泉 鏡花

幻妖美譚傑作集

処方秘箋

長山靖生・編

小鳥遊書房

処方秘箋

泉　鏡花　幻妖美譚傑作集／目次

幼い頃の記憶

人から受けた印象と云うことに就《つ》いて先《ま》ず思い出すのは、幼い時分の軟らかな目に刻み付けられた様々な人々である。

年を取ってからはそれが少《すくな》い。あってもそれは少年時代の憧《あこが》れ易い目に、些《ちょ》っと見た何の関係もない姿が永久その記憶から離れないと云うような、単純なものではなく、忘れ得ない人々となるまでに、いろ〳〵複雑した動機なり、原因なりがある。

此の点から見ると、私は少年時代の目を、純一無雑な、極《ご》く軟らかなものであると思う。どんな些っとした物を見ても、その印象が長く記憶に止まって居る。大人となった人の目は、最《も》う乾《ひ》からびて、殻が出来て居る。余程《よほど》強い刺撃《しげき》を持ったものでないと、記憶に止まらない。

私は、その幼い時分から、今でも忘れることの出来ない一人の女のことを話して見よう。

何処《どこ》へ行く時であったか、それは知らない。私は、母に連れられて船に乗って居たことを覚えて居る。その時は何と云うものか知らなかった。今考えて見ると船だ。汽車ではない、確かに船であった。

それは、私の五つぐらいの時と思う。未だ母の柔らかな乳房を指で摘《つま》み〳〵して居たように覚えて居る。幼い時の記憶だから、その外のことはハッキリしないけれども、何でも、秋の薄日の光りが、白く水の上にチラ〳〵動いて居たように思う。

その水が、川であったか、海であったか、又、湖であったか、私は、今それを茲《ここ》でハッキリ云うことが出来ない。兎《と》に角《かく》、水の上であった。

私の傍には沢山の人々が居た。その人々を相手に、母はさま〴〵のことを喋って居た。私は、母の膝に抱かれて居たが、母の唇が動くのを、物珍らしそうに凝《じ》っと見て居た。その時、私は、母の乳房を右の指にて摘んで、恰度《ちょうど》、子供が耳に珍らしい何事かを聞いた時、目に珍らしい何事かを見た時、今迄貪《むさぼ》っていた母の乳房を離して、その澄んだ瞳を上げて、それが何物であるかを究《きわ》めようとする時のような様子をして居たように思う。

その人々の中に、一人の年の若い美しい女の居たことを、私はその時偶《ふ》と見出した。そして、珍らしいものを求める私の心は、その、自分の目に見慣れない女の姿を、照れたり、含恥《はにか》んだりする心がなく、正直に見詰めた。

女は、その時は分らなかったけれども、今思ってみると、十七ぐらいであったと思う。如何《いか》にも色の白かったこと、眉が三日月形に細く整って、二重瞼《ふたえまぶた》の目が如何にも涼しい、面長な、鼻の高い、瓜実顔《うりざねがお》であったことを覚えて居る。

今、思い出して見ても、確かに美人であったと信ずる。

着物は派手な友禅縮緬《ゆうぜんちりめん》を着て居た。その時の記憶では、十七ぐらいと覚えて居るが、十七にもなって、そんな着物を着もすまいから、或《あるい》は十二三、せい〴〵四五であったかも知れぬ。

兎に角、その縮緬の派手な友禅が、その時の私の目に何とも言えぬ美しい印象を与えた。秋の日の弱い光りが、その模様の上を陽炎《かげろう》のようにゆら〳〵動いて居たと思う。

美人ではあったが、その女は淋しい顔立ちであった。何所《どこ》か沈んで居るように見えた。人々が賑やかに笑ったり、話したりして居るのに、その女のみ一人除け者《のけもの》のようになって、隅の方に坐って、外の人の話に耳を傾けるでもなく、何を思って居るのか、水の上を見たり、空を見たりして居た。

私は、その様を見ると、何とも言えず気の毒なような気がした。どうして外の人々はあの女ばかりを除け者にして居るのか、それが分らなかった。誰かその女の話相手になって遣《や》れば好いと思って居た。

私は、母の膝を下りると、その女の前に行って立った。そして、女が何とか云ってくれるだろうと待って居た。

けれども、女は何とも言わなかった。却《かえ》ってその傍に居た婆さんが、私の頭を撫でたり、抱いたりしてくれた。私は、ひどくむずがって泣き出した。そして、直ぐに母の膝に帰った。

母の膝に帰っても、その女の方を気にしては、能《よ》く見返り〳〵した。女は、相変らず、沈み切った顔をして、あてもなく目を動かして居た。しみ〴〵淋しい顔であった。

それから、私は眠って了《しま》ったのか、どうなったのか何の記憶もない。

私は、その記憶を長い間思い出すことが出来なかった。十二三の時分、同じような秋の夕暮、外口の所で、外の子供と一緒に遊んで居ると、偶と遠い昔に見た夢のような、その時の記憶を喚《よ》び起《おこ》した。

私は、その時、その光景や、女の姿など、ハッキリとした記憶をまざ〳〵と目に浮べて見ながら、それが本当にあったことか、又、生れぬ先にでも見たことか、或は幼い時分に見た夢を、何かの拍子に偶と思い出したのか、どうにも判断が付かなかった。今でも矢張《やは》り分らない。或は夢かも知れぬ。けれども、私は実際に見たような気がして居る。その場の光景でも、その女の姿でも、実際に見た記憶のように、ハッキリと今でも目に見えるから本当だと思って居る。

夢に見たのか、生れぬ前に見たのか、或は本当に見たのか、若《も》し、人間に前世の約束と云うようなことがあり、仏説などに云う深い因縁があるものなれば、私は、その女と切るに切り難い何等かの因縁の下に生れて来たような気がする。

それで、道を歩いて居ても、偶と私の記憶に残った然《そ》う云う姿、然う云う顔立ちの女を見ると、若しや、と思って胸を躍らすことがある。

若し、その女を本当に私が見たものとすれば、私は十年後か、二十年後か、それは分らないけれども、兎に角その女に最う一度、何所《どこ》かで会うような気がして居る。確かに会えると信じて居る。

化鳥

一

愉快《おもしろ》いな、愉快いな、お天気が悪くって外へ出て遊べなくっても可《い》いや、笠《かさ》を着て、蓑《みの》を着て、雨の降るなかをびしょびしょ濡れながら、橋の上を渡って行《ゆ》くのは猪《いのしし》だ。

菅笠《すげがさ》を目深《まぶか》に被《かぶ》って、澁《しぶき》に濡れまいと思って向風《むかいかぜ》に俯向《うつむ》いてるから顔も見えない、着て居る蓑の裙《すそ》が引摺《ひきず》って長いから、脚も見えないで歩行《ある》いて行く、脊の高さは五尺ばかりあろうかな、猪、としては大《おお》きなものよ、大方猪ン中の王様が彼様《あんな》三角形《なり》の冠を被《き》て、市《まち》へ出て来て、而《そ》して、私の母様《おっかさん》の橋の上を通るのであろう。

トこう思って見て居ると愉快い、愉快い、愉快い。

寒い日の朝、雨の降ってる時、私の小さな時分、何日《いつか》でしたっけ、窓から顔を出して見て居ました。

「母様《おっかさん》、愉快いものが歩行いて行くよ。」

爾時《そのとき》母様《おっかさん》は私の手袋を拵《こしら》えて居て下すって、

「そうかい、何が通りました。」

「あのウ猪。」

「そう。」といって笑って在《い》らっしゃる。

「ありゃ猪だねえ、猪の王様だねえ。

母様《おっかさん》。だって、大いんだもの、そして三角形《なり》の冠を被て居ました。そうだけれども、王様だけれども、雨が降るからねえ、びしょぬれになって、可哀相《かわいそう》だったよ。」

母様《おっかさん》は顔をあげて、此方《こっち》をお向きで、

「吹込みますから、お前も此方へおいで、そんなにして居ると、衣服《きもの》が濡れますよ。」

「戸を閉めよう、母様《おっかさん》、ね、ここん処《とこ》の。」

「いいえ、そうしてあけて置かないと、お客様が通っても橋銭《はしせん》を置いて行ってくれません。ずるいからね、引籠《ひっこも》って誰も見て居ないと、そそくさ通抜けてしまいますもの。」

私は其時《その》分は何にも知らないで居たけれども、母様《おっかさん》と二人ぐらしは、この橋銭で立って行ったので、一人《ひとり》前幾千《いくらかずつ》宛取って渡しました。

橋のあったのは、市《まち》を少し離れた処で、堤防《どて》に松の木が並んで植《うわ》って居て、橋の袂《たもと》に榎《えのき》が一本、時雨榎《しぐれえのき》とかいうのであった。

此《この》榎の下に、箱のような、小さな、番小屋を建てて、其処《そこ》に母様《おっかさん》と二人で住んで居たので、橋は粗造な、宛然《まるで》、間に合せといったような拵え方、杭の上へ板を渡して竹を欄干《らんかん》にしたばかりのもので、それでも五人や十人ぐらい一時《いっとき》に渡ったからッて、少し揺れはしようけれど、折れて落ちるような憂慮《きづかい》はないのであった。

ちょうど市《まち》の場末に住んでる日傭取《ひようとり》、土方、人足《にんそく》、それから、三味線《さみせん》を弾いたり、太鼓を鳴して飴《あめ》を売ったりする者、越後獅子《えちごじし》やら、猿廻《さるまわし》やら、附木《つけぎ》を売る者だの、唄を謡うものだの、元結《もっとい》よりだの、早附木の箱を内職にするものなんぞが、目貫《めぬき》の市《まち》へ出て行く往帰《ゆきかえ》りには、是非母様《おっかさん》の橋を通らなければならないので、百人と二百人ずつ朝晩賑《にぎや》かな人通りがある。

それからまた向うから渡って来て、この橋を越して場末の穢《きたな》い町を通り過ぎると、野原へ出る。そこン処《とこ》は梅林で、上の山が桜の名所で、其下に桃谷というのがあって、谷間《たにあい》の小流《こながれ》には、菖蒲《あやめ》、燕子花《かきつばた》が一杯咲く。頬白《ほおじろ》、山雀《やまがら》、雲雀《ひばり》などが、ばら〳〵になって唄って居るから、綺麗な着物を着た問屋の女《むすめ》だの、金満家《かねもち》の隠居だの、瓢《ひさご》を腰へ提げたり、花の枝をかついだりして千鳥足で通るのがある。それは春のことで。夏になると納涼《すずみ》だといって人が出る。秋は蕈狩《たけがり》に出懸けて来る、遊山《ゆさん》をするのが、皆内《みんなうち》の橋を通らねばならない。

この間も誰かと二三人づれで、学校のお師匠さんが、内の前を通って、私の顔を見たから、丁寧にお辞儀をすると、おや、といったきりで、橋銭を置かないで行ってしまった。

「ねえ、母様《おっかさん》、先生もずるい人なんかねえ。」

と窓から顔を引込《ひっこ》ませた。

二

「お心易立《こころやすだて》なんでしょう、でもずるいんだよ。余程《よっぽど》そういおうかと思ったけれど、先生だというから、また、そんなことで悪く取って、お前が憎まれでもしちゃなるまいと思って、黙って居ました。」

といい〳〵母様《おっかさん》は縫って在らっしゃる。

お膝の上に落ちて居た、一ツの方の手袋の、恰好が出来たのを、私は手に取って、掌《てのひら》にあてて見たり、甲の上へ乗ッけて見たり、

「母様《おっかさん》、先生はね、それでなくっても僕のことを可愛がっちゃあ下さらないの。」

と訴えるようにいいました。

こういった時に、学校で何だか知らないけれど、私がものをいっても、快く返事をおしでなかったり、拗《す》ねたような、けんどんなような、おもしろくない言《ことば》をおかけであるのを、いつでも情《なさけ》ないと思い〳〵して居たのを考え出して、少し鬱《ふさ》いで来て俯向いた。

「何故《なぜ》さ。」

何、そういう様子の見えるのは、つい四五日前からで、其前《さき》には些少《ちっと》もこんなことはありはしなかった。帰って母様《おっかさん》にそういって、何故だか聞いて見ようと思ったんだ。

けれど、番小屋へ入ると直《すぐ》飛出して遊んであるいて、帰ると、御飯を食べて、そしちゃあ横になって、母様《おっかさん》の気高い美しい、頼母《たのも》しい、穏当な、そして少し痩せておいでの、髪を束ねてしっとりして在らっしゃる顔を見て、何か談話《はなし》をしいしい、ぱっちりと眼をあいてるつもりなのが、いつか、其まんまで寝てしまって、眼がさめると、また直《すぐ》支度を済《すま》して、学校へ行くんだもの。そんなこといってる隙《ひま》がなかったのが、雨で閉籠《とじこも》って、淋しいので思い出した、次手《ついで》だから聞いたので。

「何故だって、何なの、此間ねえ、先生が修身のお談話《はなし》をしてね、人は何だから、世の中に一番えらいものだって、そういったの。母様《おっかさん》、違ってるわねえ。」

「むゝ。」

「ねッ違ってるワ、母様《おっかさん》。」

と揉《もみ》くちゃにしたので、吃驚《びっくり》して、ぴったり手をついて畳の上で、手袋をのした。横に皺《しわ》が寄ったか

ら、引張《ひっぱ》って、

「だから僕、そういったんだ、いゝえ、あの、先生、そうではないの。人も、猫も、犬も、それから熊も、皆《みんな》おんなじ動物《けだもの》だって。」

「何とおっしゃったね。」

「馬鹿なことをおっしゃいって。」

「そうでしょう。それから、」

「それから、（だって、犬や、猫が、口を利きますか、ものをいいますか）ッて、そういうの。いいます。雀だってチッチッチッて、母様《おっかさん》と、父様《おとっさん》と、児《こども》と朋達《ともだち》と皆《みんな》で、お談話をしてるじゃありませんか。僕眠い時、うっとりしてる時なんぞは、耳ン処《とこ》に来て、チッチッチて、何かいって聞かせますのッてそういうとね、（詰《つま》らない、そりゃ囀《さえず》るんです。ものをいうのじゃあなくッて囀るの、だから何をいうんだか分りますまい）ッて聞いたよ。僕ね、あのウだってもね、先生、人だって、大勢で、皆が体操場で、てんでに何かいってるのを遠くン処《とこ》で聞いて居ると、何をいってるのか些少も分らないで、ざあ〳〵ッて流れてる川の音とおんなしで、僕分りませんもの。それから僕の内の橋の下を、あのウ舟漕いで行くのが何だか唄って行くけれど、何をいうんだかやっぱり鳥が声を大きくして長く引《ひっ》ぱって鳴いてるのと違いませんもの。ずッと川下の方で、ほう〳〵ッて呼んでるのは、あれは、あの、人なんか、犬なんか、分りませんもの。雀だって、四十雀《しじゅうから》だって、軒だの、榎だのに留《とま》ってないで、僕と一所に坐って話したら皆分るんだけれど、離れてるから聞えませんの。だって、ソッとそばへ行って、僕、お談話しようと思うと、皆立っていってしまいますもの、でも、いまに大人になると、遠くで居ても分りますッて。小さい耳だから、沢山いろんな声が入らないのだって、母様《おっかさん》が僕、あかさんであった時分からいいました。犬も猫も人間もおんなじだって。ねえ、母様《おっかさん》、だねえ母様《おっかさん》、いまに皆分るんだね。」

三

母様《おっかさん》は莞爾《にっこり》なすって、

「あゝ、それで何かい、先生が腹をお立ちのかい。」

それればかりではなかった、私の児心《こどもごころ》にも、アレ先生が嫌な顔をしたな、ト斯《こ》う思って取ったのは、まだモ少し種々《いろん》なことをいいあってから、それから後の事で。

はじめは先生も笑いながら、ま、あなたが左様《そう》思って居るのなら、しばらくそうして置きましょう。けれども人間には智慧《ちえ》というものがあって、これには他の鳥だの、獣《けだもの》だのという動物が企て及ばないということを、私が河岸に住まって居るからって、例をあげておさとしであった。

釣《つり》をする、網を打つ、鳥をさす、皆人《みんな》の智慧で、何も知らない、分らないから、つられて、刺されて、たべられてしまうのだトこういうことだった。そんなことは私聞かないで知って居る、朝晩見て居るもの。

橋を挟んで、川を遡《さかのぼ》ったり、流れたりして、流網《ながれあみ》をかけて魚《うお》を取るのが、川ン中に手拱《てあぐら》かいて、ぶるぶるふるえて突立《つった》ってるうちは、顔のある人間だけれど、そらといって水に潜ると、逆《さかさ》になって、水潜《みずくぐり》をしい〳〵五分間ばかりも泳いで居る、足ばかりが見える。其足の恰好の悪さといったらない。うつくしい、金魚の泳いでる尾鰭《おひれ》の姿や、ぴら〳〵と水銀色を輝かして跳ねてあがる鮎《あゆ》なんぞの立派さには全然《まるで》くらべものになるのじゃあない。そうしてあんな、水浸《みずびたし》になって、大川の中から足を出してる、そんな人間がありますものか。で、人間だと思うとおかしいけれど、川ン中から足が生えたのだと、そう思って見て居るとおもしろくッて、ちっとも嫌なことはないので、つまらない観世物《みせもの》を見に行くより、ずっとましなのだって、母様《おっかさん》がそうお謂《い》いだから、私はそう思って居ますもの。

それから、釣をしてますのは、ね、先生、とまた其時先生にそういいました。あれは人間じゃあない、蕈《きのこ》なんで、御覧なさい。片手懐《ふところ》って、ぬうと立って、笠を被ってる姿というものは、堤防《どて》の上に一本《いっぽん》占治茸《しめじ》が生えたのに違いません。

夕方になって、ひょろ長い影がさして、薄暗い鼠色の立姿にでもなると、ます〳〵占治茸で、ずっと遠い〳〵処まで一ならびに、十人も三十人も、小さいのだの、大きいのだの、短いのだの、長いのだの、一番橋手前のを頭《かしら》にして、さかり時は毎日五六十本も出来るので、また彼処此方《あっちこっち》に五六人ずつも一団《ひとかたまり》になってるのは、千本しめじッて、くさ〳〵に生えて居る、それは小さいのだ。木だの、草だのだと、風が吹くと動くんだけれど、蕈だから、あの、蕈だからゆっさりとしもしませぬ。これが智慧があって釣をする人間で、些少も動かない。其間に魚《うお》は皆で悠々と泳いであるいて居ますわ。

また智慧があるっても、口を利かれないから鳥とくらべッこすりゃ、五分《ごぶ》々々のがある、それは鳥さしで。

過日《いっかじゅう》見たことがありました。

余所《よそ》のおじさんの鳥さしが来て、私ン処《とこ》の橋の詰《つめ》で、榎の下で立留まって、六本めの枝のさきに可愛い頬白《ほおじろ》が居たのを、棹《さお》でもってねらったから、あら〳〵ッてそういったら、叱《し》ッ、黙って、黙って。恐《こわ》い顔をして私を睨《ね》めたから、あとじさりをして、そッと見て居ると、呼吸《いき》もしないで、じっとして、石のように黙ってしまって、こう据身《すえみ》になって、中空を貫くように、じりっと棹をのばして、覗《ねら》ってるのに、頬白は何にも知らないで、チ、チ、チッチッてッて、おもしろそうに、何かいってしゃべって居ました。其《それ》をとう〳〵突《つッつ》いてさして取ると、棹のさきで、くる〳〵と舞って、まだ烈《はげ》しく声を出して鳴いてるのに、智慧のある小父さんの鳥さしは、黙って、鰌掴《どじょうづかみ》にして、腰の袋ン中へ捻《ねじ》り込んで、それでもまだ黙って、ものもいわないで、のっそり去《い》っちまったことがあったんで。

四

頬白は智慧のある鳥さしにとられたけれど、囀ってましたもの。ものをいって居ましたもの。おじさんは黙《だんま》りで、傍《そば》に見て居た私までものを言うことが出来なかったんだもの。何もくらべっこして、どっちがえらいとも分りはしないって。

何でもそんなことをいったんで、ほんとうに私そう思って居ましたから。

でも、其を先生が怒ったんではなかったらしい。

で、まだ〳〵いろんなことをいって、人間が、鳥や獣よりえらいものだと然《そ》ういっておさとしであったけれど、海ン中だの、山奥だの、私の知らない、分らない処のことばかり譬《たとえ》に引いていうんだから、口答《くちごたえ》は出来なかったけれど、ちっともなるほどと思われるようなことはなかった。

だって、私、母様《おっかさん》のおっしゃること、虚言《うそ》だと思いませんもの。私の母様《おっかさん》がうそをいって聞かせますものか。

先生は同一組《おなじクラス》の小児達《こども》を三十人も四十人も一人で可愛がろうとするんだし、母様《おっかさん》は私一人可愛いんだから、何《ど》うして、先生のいうことは私を欺《だま》すんでも、母様《おっかさん》がいってお聞かせのは、決して違ったことではない、トそう思ってるのに、先生のは、まるで母様《おっかさん》のと違ったことというんだから心服はされないじゃありませんか。

私が頷《うなず》かないので、先生がまた、それでは、皆あなたの思ってる通りにして置きましょう。けれども木だの、草だのよりも、人間が立ち優《まさ》った、立派なものであるということは、いかな、あなたにでも分りましょう、先《ま》ずそれを基礎《どだい》にして、お談話をしようからって、聞きました。

分らない、私そうは思わなかった。

「あのウ母様《おっかさん》（だって、先生、先生より花の方がうつくしゅうございます）ッてそう謂ったの。僕、ほんとうにそう思ったの、お庭にね、ちょうど菊の花の咲いてるのが見えたから。」

先生は束髪に結った、色の黒い、なりの低い巌乗《がんじょう》な、でく〳〵肥《ふと》った婦人《おんな》の方で、私がそういうと顔を赤うした。それから急にツッケンドンなものいいおしだから、大方其が腹をお立ちの原因であろうと思う。

「母様《おっかさん》、それで怒ったの、そうなの。」

母様《おっかさん》は合点々々をなすって、

「おお、そんなことを坊や、お前いいましたか。そりゃ御道理だ。」

といって笑顔をなすったが、これは私の悪戯《いたずら》をして、母様《おっかさん》のおっしゃること肯《き》かない時、ちっとも叱らないで、恐い顔しないで、莞爾笑ってお見せの、其とかわらなかった。

そうだ。先生の怒ったのはそれに違いない。

「だって、虚言《うそ》をいっちゃあなりませんって、そういつでも先生はいう癖になあ。ほんとうに僕、花の方がきれいだと思うもの。ね、母様《おっかさん》、あのお邸《やしき》の坊ちゃんの、青だの、紫だの交《まじ》った、着物より、花の方がうつくしいって、そういうのね。だもの、先生なんざ。」

「あれ、だってもね、そんなこと人の前でいうのではありません。お前と、母様《おっかさん》のほかには、こんないゝこと知ってるものはないのだから。分らない人にそんなことというと、怒られますよ。唯《ただ》、ねえ、そう思って居れば可《い》のだから、いってはなりませんよ。可いかい。そして先生が腹を立ってお憎みだって、そういうけれど、何そんなことがありますものか。其は皆《みんな》お前がそう思うからで、あの、雀だって餌《え》を与《や》って、拾ってるのを見て、嬉しそうだと思えば嬉しそうだし、頬白がおじさんにさゝれた時悲しい声だと思って見れば、ひい〳〵いって鳴いたように聞えたじゃないか。

それでも先生が恐い顔をしておいでなら、そんなものは見て居ないで、今お前がいった、其うつくしい菊の花を見て居たら可いでしょう。ね、そして何かい、学校のお庭に咲いてるのかい。」

「あゝ沢山。」

「じゃあ其菊を見ようと思って学校へおいで。花はね、ものをいわないから耳に聞えないでも、其かわり眼にはうつくしいよ。」

モひとつ不平なのはお天気の悪いことで、戸外《おもて》には、なか〳〵雨がやみそうにもない。

五

また顔を出して窓から川を見た。さっきは雨脚《あめあし》が繁くって、宛然、薄墨で刷《は》いたよう、堤防《どて》だの、石垣だの、蛇籠《じゃかご》だの、中洲《なかす》に草の生えた処だのが、点々《ぽっちり》〳〵、彼方此方《あちらこちら》に黒ずんで居て、それで湿っぽくって、暗かったから見えなかったが、少し晴れて来たから、ものの濡れたのが皆見える。

遠くの方に堤防《どて》の下の石垣の中ほどに、置物のようになって、畏《かしこま》って、猿が居る。

この猿は、誰が持主というのでもない。細引《ほそびき》の麻縄で棒杭《ぼうぐい》に結《ゆわ》えつけてあるので、あの、湿地茸《しめじたけ》が、腰弁当の握飯を半分与ったり、坊ちゃんだの、乳母《ばあや》だのが、袂の菓子を分けて与ったり、紅《あか》い着物を着て居る、みいちゃんの紅雀《べにすずめ》だの、青い羽織を着て居る吉公《きちこう》の目白だの、それからお邸のかなりやの姫様《ひいさん》なんぞが、皆で、からかいに行っては、花を持たせる、手拭《てぬぐい》を被せる、水鉄砲を浴《あび》せるという、好きな玩弄物《おもちゃ》にして、其代《そのかわり》何でもたべるものを分けてやるので、誰といって、きまって世話をする、飼主はないのだけれど、猿の餓えることはありはしなかった。

時々悪戯をして、其紅雀の天窓《あたま》の毛を捘《むし》ったり、かなりやを引掻《ひっか》いたりすることがあるので、あの猿松が居ては、うっかり可愛らしい小鳥を手放《てばな》しにして戸外《おもて》へ出しては置けない、誰か見張ってでも居ないと、危険《けんのん》だからって、ちょい〳〵縄を解いて放して遣《や》ったことが幾度もあった。

放すが疾《はや》いか、猿は方々を駈《かけ》ずり廻って勝手放題な道楽をする。夜中に月が明《あか》い時、寺の門を叩いたこともあったそうだし、人の庖厨《くりや》へ忍び込んで、鍋の大《おおき》いのと飯櫃《めしびつ》を大屋根へ持って、あがって、手掴《てづかみ》で食べたこともあったそうだし、ひら〳〵と青いなかから紅い切《きれ》のこぼれて居る、うつくしい鳥の袂を引張って、遥《はるか》に見える山を指《ゆびさ》して気絶さしたこともあったそうなり、私の覚えてからも一度誰かが、縄を切ってやったことがあった。其時はこの時雨榎《しぐれえのき》の枝の両股になってる処に、仰向《あおむけ》に寝転んで居て、鳥の脛《あし》を捕《つかま》えた。それから畚《びく》に入れてある、あのしめじ蕈《たけ》が釣った、沙魚《はぜ》をぶちまけて、散々悪巫山戯《さんざわるふざけ》をした挙句が、橋の詰の浮世床のおじさんに掴《つか》まって、額の毛を真四角《まっしかく》に鋏《はさ》まれた、それで堪忍をして追放《おっぱな》したんだそうだのに、夜が明けて見ると、また平時《いつも》の処に棒杭にちゃんと結えてあッた。蛇籠の上の、石垣の中ほどで、上の堤防《どて》には柳の切株がある処。

またはじまった、此通りに猿をつかまえてここへ縛っとくのは誰だろう〳〵ッて一《ひと》しきり騒いだのを私は知って居る。

で、此猿には出処《しゅっしょ》がある。

其は母様《おっかさん》が御存じで、私にお話しなすった。

八九年前のこと、私がまだ母様《おっかさん》のお腹《なか》ん中に小さくなっていた時分なんで、正月、春のはじめのことであった。

今は唯広い世の中に母様《おっかさん》と、やがて、私のものといったら、此番小屋と仮橋の他にはないが、其時分は此橋ほどのものは、邸の庭の中の一ツの眺望《ながめ》に過ぎないのであったそうで。今、市《まち》の人が春、夏、秋、冬、遊山に来る、桜山も、桃谷も、あの梅林も、菖蒲《あやめ》の池も皆父様《おとっさん》ので、頬白だの、目白だの、山雀《やまがら》だのが、この窓から堤防《どて》の岸や、柳の下《もと》や、蛇籠の上に居るのが見える、その身体《からだ》の色ばかりがそれである、小鳥ではない、ほんとうの可愛らしい、うつくしいのがちょうどこんな工合に朱塗《しゅぬり》の欄干のついた二階の窓から見えたそうで。今日はまだお言いでないが、こういう雨の降って淋《さみ》しい時なぞは、其時分《ころ》のことをいつでもいってお聞かせだ。

六

今ではそんな楽しい、うつくしい、花園がないかわり、前に橋銭を受取る笊《ざる》の置いてある、この小さな窓から風《ふう》がわりな猪だの、希代な蕈だの、不思議な猿だの、まだ其他《そのた》に人の顔をした鳥だの、獣だのが、いくらでも見えるから、ちっとは思出《おもいで》になるといっちゃあ、アノ笑顔をおしなので、私もそう思って見る故《せい》か、人があるいて行く時、片足をあげた処は一本脚の鳥のようでおもしろい。人の笑うのを見ると獣が大きな赤い口をあけたよと思っておもしろい。みいちゃんがものをいうと、おや小鳥が囀るかとそう思っておかしいのだ。で、何でも、おもしろくッて、おかしくッて、吹出さずには居られない。

だけれど今しがたも母様《おっかさん》がおいいの通り、こんないゝことを知ってるのは、母様《おっかさん》と私ばかりで、何うして、みいちゃんだの、吉公だの、それから学校の女の先生なんぞに教えたって分るものか。

人に踏まれたり、蹴《け》られたり、後足で砂をかけられたり、苛《いじ》められて責《さいな》まれて、煮湯《にえゆ》を飲ませられて、砂を浴せられて、鞭《むち》うたれて、朝から晩まで泣通しで、咽喉《のど》がかれて、血を吐いて、消えてしまいそうになってる処を、人に高見で見物されて、おもしろがられて、笑われて、慰《なぐさみ》にされて、嬉しがられて、眼が血走って、髪が動いて、唇が破れた処で、口惜《くや》しい、口惜しい、口惜しい、口惜しい、蓄生め、獣めと始終そう思って、五年も八年も経《た》たなければ、真個《ほんとう》に分ることではない、覚えられることではないんだそうで、お亡《なくな》んなすった、父様《おとっさん》とこの母様《おっかさん》とが聞いても身震《みぶるい》がするような、そういう酷いめに、苦しい、痛い、苦しい、辛い、惨酷なめに逢って、そうしてよう〳〵お分りになったのを、すっかり私に教えて下すったので、私はたゞ母ちゃん〳〵てッて母様《おっかさん》の肩をつかまえたり、膝にのっかったり、針箱の引出《ひきだし》を交ぜかえしたり、物さしをまわして見たり、裁縫《おしごと》の衣服を天窓《あたま》から被って見たり、叱られて遁《に》げ出したりして居て、それでちゃんと教えて頂いて、其をば覚えて分ってから、何でも、鳥だの、獣だの、草だの、木だの、虫だの、蕈だのに人が見えるのだから、こんなおもしろい、結構なことはない。しかし私にこういういゝことを教えて下すった母様《おっかさん》は、とそう思う時は鬱《ふさ》ぎました。これはちっともおもしろくなくって悲しかった、勿体ない、とそう思った。

だって母様《おっかさん》がおろそかに聞いてはなりません。私がそれほどの思《おもい》をしてよう〳〵お前に教えらるゝようになったんだから、うかつに聞いて居ては罰があたります。人間も、鳥獣も草木も、昆虫類も、皆《みんな》形こそ変って居てもおんなじほどのものだということを。

とこうおっしゃるんだから。私はいつも手をついて聞きました。

で、はじめの内は何うしても人が、鳥や、獣とは思われないで、優しくされれば嬉しかった、叱られると恐かった、泣いてると可哀相だった、そしていろんなことを思った。其たびにそういって母様《おっかさん》にきいて見ると何、皆《みんな》鳥が囀ってるんだの、犬が吠《ほ》えるんだの、あの、猿が歯を剝《む》くんだの、木が身ぶるいをするんだのとちっとも違ったことはないって、そうおっしゃるけれど、矢張《やっぱり》そうばかりは思われないで、いじめられて泣いたり、撫でられて嬉しかったりしい〳〵したのを、其都度母様《おっかさん》に教えられて、今じゃあモウ何とも思っていない。

　そしてまだ如彼《あゝ》濡れては寒いだろう、冷たいだろうと、さきのように雨に濡れてびしょ〳〵行くのを見ると気の毒だったり、釣をして居る人がおもしろそうだと然う思ったりなんぞしたのが、此節じゃもう、唯、変な蕈だ、妙な猪だと、おかしいばかりである、おもしろいばかりである、つまらないばかりである、見ッともないばかりである、馬鹿々々しいばかりである、それからみいちゃんのようなのは可愛らしいのである、吉公のようなのはうつくしいのである、けれどもそれは紅雀がうつくしいのと、目白が可愛らしいのと些少も違いはせぬので、うつくしい、可愛らしい。うつくしい、可愛らしい。

七

　また憎らしいのがある、腹立たしいのも他にあるけれども、其《ある》一場合に猿が憎らしかったり、鳥が腹立たしかったりするのとかわりは無いので。詮《せん》ずれば皆《みな》おかしいばかり、矢張噴飯材料《ふきだすたね》なんで、別に取留めたことがありはしなかった。

　で、つまり情を動かされて、悲《かなし》む、愁《うれ》うる、楽《たのし》む、喜ぶなどいうことは、時に因り場合に於ての母様《おっかさん》ばかりなので。余所のものはどうであろうと些少も心には懸けないように日ましにそうなって来た。しかしこういう心になるまでには、私を教えるために、毎日、毎晩、見る者、聞くものについて、母様《おっかさん》がどんなに苦労をなすって、丁寧に深切に、飽かないで、熱心に、懇《ねんごろ》に噛んで含めるようになすったかも知れはしない。だもの、何うして学校の先生をはじめ、余所のものが少々位《ぐらい》のことで、分るものか、誰だって分りゃしません。

処が、母様《おっかさん》と私とのほか知らないことを、モ一人他に知ってるものがあるそうで、始終母様《おっかさん》がいってお聞かせの、其は彼処《あすこ》に置物のように畏《かしこま》って居る、あの猿——あの猿の旧《もと》の飼主であった——老父《じい》さんの猿廻《さるまわし》だといいます。

さっき私がいった、猿に出処があるというのは此のことで。

まだ私が母様《おっかさん》のお腹に居た時分だッて、そういいましたっけ。

初卯《はつう》の日、母様《おっかさん》が腰元を二人連れて、市《まち》の卯辰《うたつ》の方の天神様へお参んなすって、晩方帰って行らっしゃった。ちょうど川向うの、いま猿の居る処で、堤防《どて》の上のあの柳の切株に腰をかけて猿のひかえ綱を握ったなり、俯向いて、小さくなって、肩で呼吸《いき》をして居たのが其猿廻のじいさんであった。

大方今の紅雀の其姉さんだの、頬白の其兄さんだのであったろうと思われる。男だの、女だの、七八人寄って、たかって、猿にからかって、きゃあ〳〵いわせて、わあ〳〵笑って、手を拍《う》って、喝采《かっさい》して、おもしろがって、おかしがって、散々《さんざ》慰《なぐさ》んで、そら菓子をやるワ、蜜柑《みかん》を投げろ、餅《もち》をたべさすわって、皆《みんな》でどっさり猿に御馳走をして、暗くなるとどや〳〵いっちまったんだ。で、じいさんをいたわってやったものは、唯の一人《にん》もなかったといいます。

あわれだとお思いなすって、母様《おっかさん》がお銭《あし》を恵んで、肩掛《ショオル》を着せておやんなすったら、じいさん涙を落して拝んで喜びましたって、そうして、

（あゝ、奥様、私《わたくし》は獣になりとうございます。あいら、皆《みんな》畜生で、この猿めが夥間《なかま》でござりましょう。それで、手前達の同類にものをくわせながら、人間一疋《ぴき》の私《わたくし》には目を懸けぬのでござります。）とそういってあたりを睨《にら》んだ、恐らくこのじいさんなら分るであろう、いや、分るまでもない、人が獣である

ことをいわないでも知って居ようと、そういって、母様《おっかさん》がお聞かせなすった。

うまいこと知ってるな、じいさん。じいさんと母様《おっかさん》と私と三人だ。其時じいさんが其まんまで控綱《ひかえづな》を其処ン処《とこ》の棒杭に縛りッ放しにして猿をうっちゃって行こうとしたので、供《とも》の女中が口を出して、何うするつもりだって聞いた。母様《おっかさん》もまた傍からまあ棄児《すてご》にしては可哀相でないかッて、お聞きなすったら、じいさんにや〳〵と笑ったそうで、

（はい、いえ、大丈夫でございます。人間をこうやっといたら、餓《う》えも凍《こご》えもしようけれど、獣でござりますから今に長い目で御覧《ごろう》じまし、此奴《こいつ》はもう決してひもじい目に逢うことはございませぬから。）

とそういって、かさね〴〵恩を謝して、分れて何処へか行っちまいましたッて。

果して猿は餓えないで居る。もう今では余程《よっぽど》の年紀《とし》であろう。すりゃ、猿のじいさんだ。道理で、功を経た、ものの分ったような、そして生まじめで、けろりとした、妙な顔をして居るんだ。見える〳〵、雨の中にちょこなんと坐って居るのが手に取るように窓から見えるワ。

八

朝晩見馴《みな》れて珍しくもない猿だけれど、いまこんなこと考え出して、いろんなこと思って見ると、また殊にものなつかしい。あのおかしな顔早くいって見たいなと、そう思って、窓に手をついてのびあがって、ずっと肩まで出すと潵がかゝって、眼のふちがひやりとして、冷たい風が頬を撫でた。

爾時仮橋ががた〳〵いって、川面《かわづら》の小糠雨《こぬかあめ》を掬《すく》うように吹き乱すと、流《ながれ》が黒くなって颯《さっ》と出た。と

いっしょに向岸から橋を渡って来る、洋服を着た男がある。

　橋板がまた、がッたりがッたりいって、次第に近づいて来る、鼠色の洋服で、釦《ぼたん》をはずして、胸を開けて、けば〱しゅう襟飾《えりかざり》を出した、でっぷり紳士で、胸が小さくッて、下腹《したっぱら》の方が図ぬけにはずんでふくれた、脚の短い、靴の大きな、帽子の高い、顔の長い、鼻の赤い、其は寒いからだ。そして大跨《おおまた》に、其逞《たくまし》い靴を片足ずつ、やりちがえにあげちゃあ歩行いて来る。靴の裏の赤いのがぽっかり、ぽっかりと一ツずつこっちから見えるけれど、自分じゃあ、其爪《つま》さきも分りはしまい。何でもあんなに腹のふくれた人は、臍《へそ》から下、膝から上は見たことがないのだとそういいます。あら！　あら！　短服《チョッキ》に靴を穿《は》いたものが転がって来るぜと、思って、じっと見て居ると、橋のまんなかあたりへ来て鼻目金《はなめがね》をはずした、潵がかゝって曇ったと見える。

　で、衣兜《かくし》から手巾《ハンケチ》を出して、拭きにかゝったが、蝙蝠傘《こうもりがさ》を片手に持って居たから手を空けようとして咽喉《のど》と肩のあいだへ柄を挟んで、うつむいて、珠《たま》を拭《ぬぐ》いかけた。

　これは今までに幾度《たび》も私見たことのある人で、何でも小児の時は物見高いから、そら、婆さんが転んだ、花が咲いた、といって五六人人《にんひと》だかりのすることが眼の及ぶ処にあれば、必ず立って見るが、何処に因らず、場所は限らない。すべて五十人以上の人が集会したなかには必ずこの紳士の立交《たちまじ》っていないということはなかった。

　見る時にいつも傍《はた》の人《もの》を誰か知らつかまえて、尻上りの、すました調子で、何かものをいって居なかったことは殆ど無い。それに人から聞いて居たことは嘗《かつ》てないので、いつでも自分で聞かせて居る。が、聞くものがなければ独《ひとり》で、むゝ、ふむ、といったような、承知したようなことを独言《ひとりごと》のようでなく、聞かせるようにいってる人で。母様《おっかさん》も御存じで、彼《あれ》は博士ぶりというのであるとおっしゃった。

けれども鰤《ぶり》ではたしかにない、あの腹のふくれた様子といったら、宛然、鮟鱇《あんこう》に肖《に》て居るので、私は蔭じゃあ鮟鱇博士とそういいますワ。此間も学校へ参観に来たことがある。其時も今被《かむ》って居る、高い帽子を持って居たが、何だってまたあんな度はずれの帽子を着たがるんだろう。

だって、目金を拭こうとして、蝙蝠傘を頤《おとがい》で押えて、うつむいたと思うと、ほら、ほら、帽子が傾いて、重量《おもみ》で沈み出して、見てるうちにすっぽり、赤い鼻の上へ被さるんだもの。目金をはずした上へ帽子がかぶさって、眼が見えなくなったんだから驚いた、顔中帽子、唯《ただ》口ばかりが、其口を赤くあけて、あわてて、顔をふりあげて帽子を揺りあげようとしたから蝙蝠傘がばったり落ちた。落《おっ》こちると勢《いきおい》よく三ツばかりくる〳〵と舞った間に、鮟鱇博士は五ツばかりおまわりをして、手をのばすと、ひょいと横なぐれに風を受けて、斜めに飛んで、遥か川下の方へ憎らしく落着いた風でゆったりしてふわりと落ちると、忽《たちま》ち矢の如くに流れ出した。

博士は片手で目金を持って、片手を帽子にかけたまゝ、烈《はげ》しく、急に、殆ど数える隙《ひま》がないほど靴のうらで虚空を踏んだ、橋ががた〳〵と動いて鳴った。

「母様《おっかさん》、母様、母様。」

と私は足ぶみした。

「あい。」としずかに、おいいなすったのが背後《うしろ》に聞える。

窓から見たまゝ振向きもしないで、急込《せきこ》んで、

「あら〳〵流れるよ。」

「鳥かい、獣かい。」と極めて平気でいらっしゃる。

「蝙蝠《こうもり》なの、傘《からかさ》なの、あら、もう見えなくなったい、ほら、ね、流れッちまいました。」

「蝙蝠ですと。」

「あゝ、落ッことしたの、可哀相に。」

と思わず歎息をして呟《つぶや》いた。

母様《おっかさん》は笑《えみ》を含んだお声でもって、

「廉《れん》や、それはね、雨が晴れるしらせなんだよ。」

この時猿が動いた。

九

一廻《まわり》くるりと環《わ》にまわって、前足をついて、棒杭の上へ乗って、お天気を見るのであろう、仰向《あおむ》いて空を見た。晴れるといまに行くよ。

母様《おっかさん》は嘘をおっしゃらない。

博士は頻《しきり》に指《ゆびさ》しをして居たが、口が利けないらしかった。で、一散《いっさん》に駈《か》けて来て、黙って小屋の前を通ろうとする。

「おじさん〳〵。」

と厳しく呼んでやった。追懸《おいか》けて、

「橋銭を置いて去《い》らっしゃい、おじさん。」

とそういった。

「何だ！」

一通《ひととおり》の声ではない。さっきから口が利けないで、あのふくれた腹に一杯固くなるほど詰め込み詰め込みして置いた声を、紙鉄砲ぶつようにはじきだしたものらしい。

で、赤い鼻をうつむけて、額越《ひたいごし》に睨みつけた。

「何か。」と今度は鷹揚《おうよう》である。

私は返事をしませんかった。それは驚いたわけではない、恐《こわ》かったわけではない。鮟鱇《あんこう》にしては少し顔がそぐわないから何にしよう、何に肖て居るだろう、この赤い鼻の高いのに、さきの方が少し垂れさがって、上唇におっかぶさってる工合といったらない、魚《うお》より獣より寧ろ鳥の嘴《はし》によく肖て居る。雀か、山雀《やまがら》か、そうでもない。それでもないト考えて七面鳥に思いあたった時、なまぬるい音調で、

「馬鹿め。」

といいすてにして、沈んで来る帽子をゆりあげて行こうとする。

「あなた。」とおっかさんが屹《きっ》とした声でおっしゃって、お膝の上の糸屑《くず》を、細い、白い、指のさきで二ツ三ツはじき落して、すっと出て窓の処へお立ちなすった。

「渡《わたし》をお置きなさらんではいけません。」

「え、え、え。」

といったがじれったそうに、

「俺は何じゃが、うゝ、知らんのか。」

「誰です、あなたは。」と冷《ひやや》かで、私こんなのを聞くとすっきりする。眼のさきに見える気にくわないものに、水をぶっかけて、天窓《あたま》から洗っておやんなさるので、いつでもこうだ、極めていゝ。

鮟鱇は腹をぶく〳〵さして、肩をゆすったが、衣兜から名刺を出して、笊のなかへまっすぐに恭《うやうや》しく置いて、

「こういうものじゃ、これじゃ、俺じゃ。」

といって肩書の処を指《ゆび》さした、恐しくみじかい指で、黄金《きん》の指環の太いのをはめて居る。

手にも取らないで、口のなかに低声《こごえ》におよみなすったのが、市内衛生会委員、教育談話会幹事、生命保険会社社員、一六会会長、美術奨励会理事、大野喜太郎。

「この方ですか。」

「うゝ。」といった時ふっくりした鼻のさきがふら〳〵して、手で、胸にかけた何だか徽章《きしょう》をはじいたあとで、

「分ったかね。」

こんどはやさしい声でそういったまゝまた行きそうにする。

「いけません。お払《はらい》でなきゃアあとへお帰んなさい。」とおっしゃった。

先生妙な顔をしてぼんやり立ってたが少しむきになって、

「えゝ、こ、細《こまか》いのがないんじゃから。」

「おつりを差上げましょう。」

おっかさんは帯のあいだへ手をお入れ遊ばした。

十

母様《おっかさん》ほうそをおっしゃらない。博士が橋銭をおいて遁げて行くと、しばらくして雨が晴れた。橋も蛇籠も皆《みんな》雨にぬれて、黒くなって、あかるい日中《ひなか》へ出た。榎の枝からは時々はら〳〵と雫《しずく》が落ちる。中流へ太陽《ひ》がさして、みつめて居るとまばゆいばかり。

「母様《おっかさん》遊びに行こうや。」

此時鋏《はさみ》をお取んなすって、

「あゝ。」

「ねえ、出かけたって可いの、晴れたんだもの。」

「可いけれど、廉や、お前またあんまりお猿にからかってはなりませんよ。そう可い塩梅にうつくしい羽の生えた姉さんがいつでもいるんじゃありません。また落っこちようもんなら。」

ちょいと見向いて、清《すず》しい眼で御覧なすって、莞爾してお俯向きで、せっせと縫って在らっしゃる。

そう、そう！　そうだった。ほら、あの、いま頬《ほ》っぺたを掻いて、むく〳〵濡れた毛からいきりをたてて日向《ひなた》ぼっこをして居る、憎らしいッたらない。

いまじゃあもう半年も経ったろう。暑さの取着《とッつき》の晩方《ばんがた》頃で、いつものように遊びに行って、人が天窓《あたま》を撫でてやったものを、業畜《ごうちく》、悪巫山戯をして、キッ〳〵と歯を剝《む》いて、引搔《ひっか》きそうな剣幕をするから、吃驚して飛退《とびの》こうとすると、前足でつかまえた、放さないから力を入れて引張り合った奮《はず》みであった。左の袂がびり〳〵と裂けて断《ちぎ》れて取れた、はずみをくって、踏占《ふみし》めた足がちょうど雨上りだったから、堪《たま》りはしない。石の上へ辷《すべ》って、ずる〳〵と川へ落ちた。わっといった顔へ一波《ひとなみ》かぶって、呼吸《いき》をひいて仰向けに沈んだから、面くらって立とうとすると、また倒れて、眼がくらんで、アッとまたいきをひいて、苦しいので手をもがいて身体《からだ》を動かすと唯どぶん〳〵と沈んで行く。情《なさけ》ないと思ったら、内に母様《おっかさん》の坐って在らっしゃる姿が見えたので、また勢《いきお》づいたけれど、やっぱりどぶん〳〵と沈むから、何うするのかなと落着いて考えたように思う。それから何のことだろうと考えたようにも思われる。今に眼が覚めるのであろうと思ったようでもある、何だか茫乎《ぼんやり》したが俄《にわか》に水ん中だと思って叫ぼうとすると水をのんだ。もう駄目だ。

もういかんとあきらめるトタンに胸が痛かった、それから悠々と水を吸った、するとうっとりして何だか分らなくなったと思うと、𤏋《ぱっ》と糸のような真赤な光線がさして、一幅《ひとはば》あかるくなったなかに此の身体《からだ》が包まれたので、ほっといきをつくと、山の端《は》が遠く見えて、私のからだは地《つち》を放れて、其頂より上の処に冷いものに抱えられて居たようで、大きなうつくしい目が、濡髪をかぶって私の頬ん処へくっついたから、唯縋《すが》り着いてじっとして眼を眠《ねむ》った覚《おぼえ》がある。夢ではない。

やっぱり片袖なかったもの。そして川へ落《おっ》こちて溺れそうだったのを救われたんだって、母様《おっかさん》のお膝に抱かれて居て、其晩聞いたんだもの。

だから夢ではない。

一体助けて呉《く》れたのは誰ですッて、母様《おっかさん》に問うた。私がものを聞いて、返事に躊躇《ちゅうちょ》をなすったのは此時ばかりで、また、それは猪だとか、狼だとか、狐だとか、頬白だとか、山雀だとか、鮟鱇だとか、鯖《さば》だとか、蛆《うじ》だとか、毛虫だとか、草だとか、竹だとか、松蕈《まったけ》だとか、湿地茸《しめじ》だとかおいいでなかったのも此時ばかりで、そして顔の色をおかえなすったのも此時ばかりで、それに小さな声でおっしゃったのも此時ばかりだ。

そして母様《おっかさん》はこうおいいであった。

（廉や、それはね、大きな五色《ごしき》の翼《はね》があって天上に遊んで居るうつくしい姉さんだよ。）

十一

（鳥なの、母様《おっかさん》。）とそういって其時私が聴いた。

此にも母様《おっかさん》は少し口籠《くちごも》っておいでであったが、

（鳥じゃあないよ、翼《はね》の生えた美しい姉さんだよ。）

何うしても分らんかった。うるさくいったら、しまいにゃ、お前には分らない、とそうおいいであったのを、また推返《おしかえ》して聴いたら、やっぱり、

（翼《はね》の生えたうつくしい姉さんだってば。）

それで仕方がないからきくのはよして、見ようと思った。其うつくしい翼《はね》のはえたもの見たくなって、何処に居ます〳〵ッて、せッついても、知らないと、そういってばかりおいでであったが、毎日々々あまりしつこかったもんだから、とう〳〵余儀なさそうなお顔色《かおつき》で、

（鳥屋の前にでもいって見て来るが可い。）

そんならわけはない。

小屋を出て二町ばかり行くと、直ぐ坂があって、坂の下口《おりくち》に一軒鳥屋があるので。樹蔭《こかげ》も何にもない、お天気のいゝ時あかるい〳〵小さな店で、町家《まちや》の軒ならびにあった。鸚鵡《おうむ》なんざ、くるッとした、露《つゆ》のたりそうな、小さな眼で、あれで瞳が動きますよ。毎日々々行っちゃあ立って居たので、しまいにゃあ見知顔で私の顔を見て頷くようでしたっけ、でもそれじゃあない。

駒鳥《こま》はね、丈の高い、籠ん中を下から上へ飛んで、すがって、ひょいと逆《さかさ》に腹を見せて熟柿《じゅくし》の落《おっ》こちるようにぼたりとおりて、餌《え》をつゝいて、私をばかまいつけない、ちっとも気に懸けてくれようとはしなかった、それでもない。皆《みんな》違ってる。翼《はね》の生えたうつくしい姉さんは居ないのッて、一所に立った人をつかまえちゃあ、聞いたけれど、笑うものやら、嘲《あざ》けるものやら、聞かないふりをするものやら、つまらないとけなすものやら、馬鹿だというものやら、番小屋の媽々《かゝ》に似て此奴《こいつ》も何うかして居らあ、というものやら。皆《みんな》獣だ。

（翼《はね》の生えたうつくしい姉さんは居ないの。）ッて聞いた時、莞爾笑って両方から左右の手でおうように私の天窓《あたま》を撫でて行った、それは一様に緋羅紗《ひらしゃ》のずぼんを穿いた二人の騎兵で――聞いた時――莞爾笑って、両方から左右の手で、おうように私の天窓をなでて、そして手を引《ひき》あって黙って坂をのぼって行った。長靴の音がぽっくりして、銀の剣の長いのがまっすぐに二ツならんで輝いて見えた。そればかりで、あとは皆馬鹿にした。

五日ばかり学校から帰っちゃあ其足で鳥屋の店へ行って、じっと立って、奥の方の暗い棚ん中で、コト〳〵と音をさして居る其鳥まで見覚えたけれど、翼《はね》の生えた姉さんは居ないので、ぼんやりして、ぼッとして、ほんとうに少し馬鹿になったような気がしい〳〵、日が暮れると帰り帰りした。で、とても鳥屋には居ないものとあきらめたが、何うしても見たくッてならないので、また母様《おっかさん》にねだって聞いた。何処に居るの、翼の生えたうつくしい人は何処に居るのッて。何とおいいでも肯分《ききわ》けないものだから母様《おっかさん》が、

（それでは林へでも、裏の田圃《たんぼ》へでも行って、見ておいで。何故ッて、天上に遊んで居るんだから、籠の中に居ないのかも知れないよ。）

それから私、あの、梅林のある処に参りました。

あの桜山と、桃谷と、菖蒲《あやめ》の池とある処で。

しかし、其は唯青葉ばかりで、菖蒲の短いのがむらがってて、水の色の黒い時分、此処へも二日、三日続けて行きましたっけ、小鳥は見つからなかった。烏が澤山《たんと》居た。あれが、かあ〳〵鳴いて一しきりして静まると其姿の見えなくなるのは、大方其翼《はね》で、日の光をかくしてしまうのでしょう。大きな翼《はね》だ、まことに大い翼《つばさ》だ、けれどもそれではない。

十二

日が暮れかゝると、彼方《あっち》に一ならび、此方《こっち》に一ならび、横縦になって、梅の樹が飛々《とび〳〵》に暗くなる。枝々のなかの水田《みずた》の水がどんよりして淀《よど》んで居るのに際立って真白に見えるのは鷺《さぎ》だった、二羽一処《ひとところ》に、ト

三羽一処に、ト居て、そして一羽が六尺ばかり空へ斜《ななめ》に足から糸のように水を引いて立ってあがったが音がなかった、それでもない。

蛙《かわず》が一斉に鳴きはじめる。森が暗くなって、山が見えなくなった。

宵月《よいづき》の頃だったのに、曇ってたので、星も見えないで、陰々として一面にものの色が灰のようにうるんでいた、蛙がしきりになく。

仰いで高い処に、朱の欄干のついた窓があって、そこが母様《おっかさん》のうちだったと聞く。仰いで高い処に、朱の欄干のついた窓があって、そこから顔を出す、其顔が自分の顔であったんだろうにトそう思いながら破れた垣の穴ん処《とこ》に腰をかけてぼんやりして居た。

いつでもあの翼《はね》の生えたうつくしい人をたずねあぐむ、其昼のうち精神の疲労《つかれ》ないうちは可いんだけれど、度が過ぎて、そんなに晩《おそ》くなると、いつも、こう滅入《めい》ってしまって、何だか、人に離れたような、世間に遠ざかったような気がするので、心細くもあり、裏悲しくもあり、覚束《おぼつか》ないようでもあり、恐しいようでもある。嫌な心持だ、嫌な心持だ。

早く帰ろうとしたけれど、気が重くなって、其癖神経は鋭くなって、それで居てひとりでにあくびが出た。あれ！

赤い口をあいたんだなと、自分でそうおもって、吃驚した。

ぼんやりした梅の枝が手をのばして立ってるようだ。あたりを眴《みまわ》すと真暗《まっくら》で、遠くの方で、ほう、ほうッて、呼ぶのは何だろう。冴えた通る声で野末を押《おし》ひろげるように、鳴く、トントントントンと谺《こだま》にあたるような響きが遠くから来るように聞える鳥の声は、梟《ふくろう》であった。

一ツでない。

二ツも三ツも。私に何を談《はな》すのだろう、私に何を話すのだろう。鳥がものをいうと慄然《ぞっ》として身の毛が弥立《よだ》った。

ほんとうに其晩ほど恐かったことはない。

蛙《かわず》の声がますます高くなる、これはまた仰山《ぎょうさん》な、何百、何うして幾千と居て鳴いてるので、幾千の蛙が一ツ一ツ眼があって、口があって、足があって、身体《からだ》があって、水ン中に居て、そして声を出すのだ。一ツ一ツ、トわなゝいた。寒くなった。風が少し出て、樹がゆっさり動いた。

蛙の声がます〳〵高くなる。居ても立っても居られなくッて、そっと動き出した。身体《からだ》が何うにかなってるようで、すっと立ち切れないで踞《つくば》った、裾《すそ》が足にくるまって、帯が少し弛《ゆる》んで、胸があいて、うつむいたまゝ天窓《あたま》がすわった。ものがぼんやり見える。

見えるのは眼だトまたふるえた。

ふるえながら、そっと、大事に、内証で、手首をすくめて、自分の身体《からだ》を見ようと思って、左右へ袖をひらいた時、もう、思わずキャッと叫んだ。だって私が鳥のように見えたんですもの。何んなに恐かったろう。

此時、背後《うしろ》から母様《おっかさん》がしっかり抱いて下さらなかったら、私何うしたんだか知れません。其はおそくなったから見に来て下すったんで、泣くことさえ出来なかったのが、「母様《おっかさん》！」といって離れまいと思って、しっかり、しっかり、しっかり襟ん処《とこ》へかじりついて仰向いてお顔を見た時、フット気が着いた。

何うもそうらしい、翼《はね》の生えたうつくしい人はどうも母様《おっかさん》であるらしい。もう鳥屋には、行くまい。わけてもこの恐しい処へと、その後《のち》ふっつり。

しかし何うしても何う見ても、母様《おっかさん》にうつくしい五色《ごしき》の翼《はね》が生えちゃあ居ないから、またそうではなく、他にそんな人が居るのかも知れない、何うしても判然《はっきり》しないで疑われる。

雨も晴れたり、ちょうど石原も辷るだろう。母様《おっかさん》はあゝおっしゃるけれど、故《わざ》とあの猿にぶつかって、また川へ落ちてみようか不知《しら》。そうすりゃまた引上げて下さるだろう。見たいな！　羽の生えたうつくしい姉さん。だけれども、まあ、可い。母様《おっかさん》が在らっしゃるから、母様《おっかさん》が在らっしゃったから。

絵本の春

もとの邸町《やしきまち》の、荒果てた土塀が今も其《そ》のまゝになって居る。……雪が消えて、まだ間もない、乾いたばかりの――山国で――石のごつ〳〵した狭い小路《こうじ》が、霞みながら一条《ひとすじ》煙のように、ぼっと黄昏《たそが》れて行《ゆ》く。

弥生《やよい》の末から、些《ちっ》とずつの遅速はあっても、花は一時《いっとき》に咲くので、その一ならびの塀の内に、桃、紅梅、椿《つばき》も桜も、或は満開に、或は初々しい花に、色香を装って居る。石垣の草には、蕗《ふき》の薹《とう》も萌《も》えて居よう。特に桃の花を真先《まっさき》に挙げたのは、むかし此《こ》の一廓《いっかく》は桃の組といった組屋敷だった、と聞くからである。其の樹の名木も、まだ其方此方《そっちこっち》に残っていて麗《うららか》に咲いたのが……偖《こ》う目に見えるようで、それが又如何にも寂しい。

二条ばかりも重《かさな》って、美しい婦《おんな》の虐《しいた》げられた――旧藩の頃には何処でもあり来《きた》りだが――伝説があるからで。

通道《とおりみち》と云うでもなし、花は此の近処《きんじょ》に名所さえあるから、わざとこんな裏小路を捜《さぐ》るものはない。日中《ひなか》も殆ど人通りはない。妙齢《としごろ》の娘でも見えようものなら、白昼と雖《いえど》も、それは崩れた土塀から影を顕《あら》わしたと、人を驚かすであろう。

其の癖、妙な事は、いま頃の日の暮方は、その名所の山へ、絡繹《らくえき》として、花見、遊山に出掛けるのが、此の前通りの、優しい大川の小橋を渡って、ぞろ〳〵と帰って来る、男は膚脱《はだぬ》ぎに成って、手をぐたりとのめり、女が媚《なまめ》かしい友染《ゆうぜん》の褄端折《つまばしょり》で、啣楊枝《くわえようじ》をした酔払《よっぱらい》まじりの、浮かれ浮かれた人数が、前後に揃って、此の小路をぞろ〳〵通るように思われる……まだ其の上に、小橋を渡る跫音《あしおと》が、左右の土塀へ、其処《そこ》を蹈《ふ》むように、とろ〳〵と響いて、然《しか》もそれが手に取るように聞こえるのである。

——此のお話をすると、いまでも私は、まざ〳〵と其の景色が目に浮ぶ。——

処で、いま言った古小路は、私の家から十町余りも離れて居て、縁《えん》で視《なが》めても、二階から伸上っても、それに……地方の事だから、板葺屋根《いたぶき》へ上って眴《みまわ》しても、実は建連《たてつらな》った賑《にぎやか》な町家《まちや》に隔てられて、その方角には、橋はもとよりの事、川の流《ながれ》も見えないし、小路などは、たとい見えても、松杉の立木一本にもかくれて了《しま》う。……第一見えそうな位置でもないのに——いま言った黄昏《たそがれ》になる頃は、いつも、窓にも縁にも一杯の、川向うの山ばかりか、我が家の町も、門《かど》も、欄干《てすり》も、襖《ふすま》も、居る畳も、あゝ〳〵我が影も、朦朧《もうろう》と見えなく成って、国中、町中に唯《ただ》一条、其の桃の古小路ばかりが、漫々として波の静《しずか》な蒼海《そうかい》に、船脚を曳《ひ》いたように見える。見えつゝ、面白そうな花見がえりが、ぞろ〳〵橋を渡る跫音が、約束通り、とととと、どど、ごろ〳〵と、且つ乱れて其処へ響く。……幽《かすか》に人声——女らしいのも、ほゝ、、と聞こえると、緋桃《ひもも》がぱッと色に乱れて、夕暮の桜もはら〳〵と散りかゝる。……

直接《じか》に、そゞろに其処へ行《ゆ》き、小路へ入ると、寂しがって、気味を悪がって、誰《たれ》も通らぬ、更に人影はないのであった。

気勢《けはい》はしつつ、……橋を渡る音も、隔《へだ》って、聞こえはしない。……

桃も桜も、真紅《まっか》な椿も、濃い霞に包まれた、朧《おぼろ》も暗いほどの土塀の一処《ひとところ》に、石垣を攀上《よじのぼ》るかと附着《くッつ》いて、……つゝじ、藤にはまだ早い、——荒庭の中を覗いて居る——絣《かすり》の筒袖を着た、頭の円い小柄な小僧の十余《とおあま》りなのがぽつんと見える。

其奴《そいつ》は、……私だ。

夢中でぽかんとして居るから、もう、とっぷり日が暮れて塀越の花の梢《こずえ》に、朧月《おぼろづき》のやゝ斜《ななめ》なのが、湯上りのように、薄くほんのりとして覗くのも、そいつは知らないらしい。

丁ど吹倒れた雨戸を一枚、拾って立掛けたような破れた木戸が、裂《きれ》めだらけに閉《とざ》してある。其処を覗いて居るのだが、枝ごし葉ごしの月が、ぼうとなどった白紙《しらかみ》で、木戸の肩に、「貸本」と、かなで染めた、それがほのかに読まれる——紙が樹の隈《くま》を分けた月の影なら、字もたゞ花と莟《つぼみ》を持った、桃の一枝《ひとえだ》であろうも知れないのである。

其処へ……小路の奥の、森の覆った中から、葉をざわ〳〵と鳴らすばかり、脊の高い、色の真白な、大柄な婦《おんな》が、横町の湯の帰途《かえり》と見える、……化粧道具と、手拭《てぬぐい》を絞ったのを手にして、陽気は此だし、のぼせもした、……微酔《ほろよい》もそのまゝで、ふら〳〵と花をみまわしつゝ近づいた。

巣から落ちた木菟《みみずく》の雛《ひよ》ッ子のような小僧に対して、一種の大なる化鳥《けちょう》である。大女の、わけて櫛巻《くしまき》に無雑作に引束《ひったば》ねた黒髪の房々とした濡色と、色の白さは目覚しい。

「おや〳〵……新坊。」

小僧はやっぱり夢中で居た。

「おい、新坊。」

と、手拭で頬辺《ほっぺた》を、つるりと撫でる。

「あッ。」

と、肝を消して、

「まあ、小母《おば》さん。」

ベソを掻《か》いて、顔を見て、

「御免なさい。御免なさい。父《おとっ》さんに言っては可厭《いや》だよ。」

と、あわれみを乞いつゝ言った。

不気味に凄《すご》い、魔の小路だと言うのに、婦《おんな》が一人で、湯帰りの捷径《ちかみち》を怪《あやし》んでは不可《いけな》い。……実は此の小母さんだから通ったのである。


つい、(乙)の字なりに畝《うね》った小路の、大川へ出口の小さな二階家に、独身で住《すま》って、門《かど》に周易の看板を出して居る、小母さんが既に魔に近い。婦で卜筮《うらない》をするのが怪しいのではない。小僧は、もの心ついた四つ五つ時分から、親たちに聞いて知って居る。大女の小母さんは、娘の時に一度死んで、通夜の三日の真夜中に蘇生《よみがえ》った。その時分から酒を飲んだから酔って転寝《うたゝね》でもした気で居たろう。力はあるし、棺桶をめり〳〵と鳴らした。それが高島田だったと云うから尚お稀有《けぶ》である。地獄も見て来たよ――極楽は、お手のものだ、と卜筮ごときは掌《たなごころ》である。且つ寺子屋仕込みで、本が読める。五経、文選《もんぜん》すら〳〵で、書がまた好《よ》い。一度冥途《めいど》を徜徉《さまよ》ってからは、仏教に親《したし》んで参禅もしたと聞く。――小母さんは寺子屋時代から、小僧の父親とは手習傍輩《てならいほうばい》で、然う毎々でもないが、時々は往来《ゆきき》をする。何ぞの用で、小僧も使いに遣《や》られて、煎餅《せんべい》も貰《もら》えば、小母さんの易を卜《み》る七星《しちせい》を刺繍した黒い幕を張った部屋も知って居る、その往戻《ゆきもど》りから、フト此のかくれた小路をも覚えたのであった。

此の魔のような小母さんが、出口に控えて居るから、怪《あやし》い可恐《おそろし》いものが顕《あら》われようとも、それが、小母さんのお夥間《なかま》の気がするために、何となく心易《こころやす》くって、いつの間にか、小児《こども》の癖に、場所柄を、然して憚《はばか》らないで居たのである。が、学校をなまけて、不思議な木戸に、「かしほん」の庭を覗くのを、父親の傍輩に見つかったのは、天狗に逢ったほど可恐しい。

「内へお寄り。……さあ、一緒に。」

優しく背《せな》を押したのだけれども、小僧には襟首を抓《つま》んで引立てられる気がして、手足をすくめて、宙を歩行《ある》いた。

「肥《ふと》って居ても、湯ざめがするよ。――もう春だがなあ、夜はまだ寒い。」

と、納戸で被布《ひふ》を着て、朱の長煙管《ながぎせる》を片手に、

「新坊、――あんな処に、一人で何をして居た？……小母さんが易を立てて見てあげよう。二階へおいで。」

月、星を左右の幕に、祭壇を背にして、詩経、史記、二十一史、十三経注疏《ちゅうそ》なんど本箱がずらりと並んだ、手習机を前に、ずしりと一杯に、座蒲団《ざぶとん》に坐《すわ》って、蔽《おい》のかかった火桶を引寄せ、顔を見て、ふとった頬でニタ〳〵と笑いながら、長閑《のどか》に煙草を吸ったあとで、円い肘《ひじ》を白くついて、あの天眼鏡と云うのを取って、ぴたりと額に当てられた時は、小僧は悚然《ぞっ》として震上《ふるいあが》った。

大川の瀬がさっと聞こえて、片側町の、岸の松並木に風が渡った。

「……かし本。――ろくでもない事を覚えて、此奴《こいつ》めが。こんな変な場処まで捜しまわるようでは、彼処《あすこ》、此処《ここ》、町の本屋をあら方あらしたに違いない。道理こそ、お父《とっ》さんが大層な心配だ。……新坊、小母さんの膝の傍《そば》へ。――気をはっきりとしないか。え丶、あんな裏土塀の壊れ木戸に、かしほんの貼札《はりふだ》だ。……そんなものがあるものかよ。いまも現に、小母さんが、おや、新坊、何をして居る、と

少時熟《しばらくじっ》と視《み》て居たが、そんなはり紙は気《け》も影もなかったよ。――何だとえ？……昼間来て見ると何にもない。……日の暮から、夜へ掛けてよく見えると。――それ、それ、それ見な、これ、新坊。坊が立って居た、あの土塀の中は、もう家《うち》が壊れて草ばかりだ、誰も居ないんだ。荒庭に古い祠《ほこら》が一つだけ残って居る……」

と言いかけて、ふと独《ひとり》で頷《うなず》いた。

「こいつ、学校で、勉強盛りに、親がわるいと言うのを聞かずに、夢中に成って、余り凝るから魔が魅《さ》した。ある事だ。……枝の形、草の影でも、かし本の字に見える。新坊や、可恐《こわ》い処だ、彼処は可恐い処だよ。――聞きな。――おそろしく成って帰れなかったら、可《よ》い、可い、小母さんが、町の坂まで、此の川土手を送って遣ろう。

――旧藩の頃にな、あの組屋敷に、忠義がった侍が居てな、御主人の難病は、巳巳巳巳《みみみみ》、巳の年月の揃った若い女の生肝《いきぎも》で治ると言って、――よくある事さ。いずれ、主人の方から、内証で入費は出たろうが、金子《かね》にあかして、其の頃の事だから、人買の手から、その年月の揃ったと言う若い女を手に入れた。あろう事か、俎《まないた》はなかろうよ。雨戸に、其の女を赤裸《はだか》で鎹《かすがい》で打ったとな。……これ〳〵、まあ、聞きな。……真白な腹をずぶ〳〵と刺いて開いた……待ちな、あの木戸に立掛けた戸は、その雨戸かも知れないよ。」

「う、う、う。」

小僧は息を引くのであった。

「酷《むご》たらしい話をするとお思いでない。――聞きな。さてとよ……生肝を取って、壺に入れて、組屋敷の陪臣《ばいしん》は、行水、嗽《うがい》に、身を潔《きよ》め、麻上下《あさがみしも》で、主人の邸へ持って行く。お傍医師《そばいしゃ》が心得て、……此だけの薬だもの、念のため、生肝を、生《しょう》のもので見せてからと、御前《ごぜん》で壺を開けるとな。……血肝《ちぎも》と思った真赤なのが、糠袋《ぬかぶくろ》よ、なあ。麝香入《じゃこういり》の匂袋でもある事か——坊は知るまい、女の膚身《はだみ》を湯で磨く……気取ったのは鶯《うぐいす》のふんが入る、糠袋が、それでも、殊勝に、思わせぶりに、びしょ〳〵ぶよ〳〵と濡れて出た。いずれ、身勝手な——病《やまい》のために、女の生肝を取ろうとするような殿様だもの……またものは、帰って、腹を割《さ》いた婦の死体をあらためる隙《ひま》もなしに、やあ、血みどれに成って、まだ動いて居ます る、とおのが手足を、ばた〳〵と遣りながら、お目通《めどおり》、庭前《にわさき》で斬《き》られたのさ。

いまの祠は……だけれど、その以前からあったと言うが、其のあとの邸だよ。尤も、幾度も代は替った。

——余りな話と思おうけれど、昔ばかりではないのだよ。現に、小母さんが覚えた、……こゝへ一昨年越《おとゝし》して来た当座、——夏の、しら〳〵あけの事だ。——あの土塀の処に人だかりがあって、がやがや騒ぐので行って見た。若い男が倒れて居てな、……用向うの新地帰りで、——小母さんも一寸見知って居る、些とたりないほどの色男なんだ——それが……医師《いしゃ》も駆附けて、身体《からだ》を検《しら》べると、あんぐり開けた、口一杯に、紅絹《もみ》の糠袋……」

「…………」

「糠袋を頬張《ほおば》って、それが咽喉《のど》に詰《つま》って、息が塞《ふさが》って死んだのだ。どうやら手が届いて息を吹いたが。……あとで聞くと、月夜にこの小路へ入る、美しいお嬢さんの、湯帰りのあとをつけて、そして、何だよ、無理に、何、あの、何の真似だか知らないが、お嬢さんの舌をな。」

と、小母さんは白い顔して、ぺろりと其の真紅な舌。

小僧は太い白蛇に、頭から舐《な》められた。

「その舌だと思ったのが、咽喉へつかえて気絶をしたんだ。……舌だと思ったのが、糠袋。」

と又、ぺろりと見せた。

「厭《いや》だ、小母さん。」

「大丈夫、私がついて居るんだもの。」

「然うじゃない。……小母さん、僕もね、あすこで、きれいなお嬢さんに本を借りたの。」

「あ。」

と円い膝に、揉《も》み込むばかり手を据えた。

「もう、見たかい。……えゝ、高島田で、紫色の衣《き》ものを着た、美しい、気高い……十八九の。……あゝ、悪戯《いたずら》をするよ。」

と言った。小母さんは、そのおばけを、魔を、鬼を、――あゝ、悪戯をするよ、と独言《ひとりごと》して、その時はじめて真顔に成った。

私は今でも現《うつ》ながら不思議に思う。昼は見えない。魔が時からは朧にもあらずして解《わか》る。が、夜の裏木戸は小児心《こどもごころ》にも遠慮される。……かし本の紙ばかり、三日五日続けて見て立つと、その美しいお嬢さんが、他所《よそ》から帰ったらしく、背《せな》へ来て、手をとって、荒れた寂しい庭を誘って、その祠の扉を開けて、燈明の影に、絵で知った鎧《よろい》びつのような一具の中から、一冊の草双紙を。……

「――絵解《えとき》をしてあげますか……（註。草双紙を、幼いものに見せて、母また姉などの、話して聞かせるのを絵解と言った。）――読めますか、仮名ばかり。」

「はい、読めます。」

「いゝ、お児《こ》ね。」

きつね格子に、其の半身、やがて、臈《ろう》たけた顔が覗いて、見送って消えた。

その草双紙である。一冊は、夢中で我が家の、階子段《はしごだん》を、父に見せまいと、駆上《かけあが》る時に、――帰ったかと、声がかゝって、ハッと思う、……懐中《ふところ》に、どうしたか失《う》せて見えなく成った。たゞ、内へ帰るのを待兼ねて、大通りの露店の灯影《ともしび》に、歩行きながら、ちら〳〵と見た、絵と、かながきの処は、――こゝで小母さんの話した、――後のでない、前の巳巳巳の話であった。

私は今でも、不思議に思う。そして面影も、姿も、川も、たそがれに油を敷いたように目に映る。

……

大正…年…月の中旬、大雨《たいう》の日の午《うま》の時頃から、其の大川に洪水した。――水が軟《やわらか》に綺麗で、流が優しく、瀬も荒れないと云うので、――昔の人の心であろう――名の上へ女をつけて呼んだ川には、不思議である。

明治七年七月七日、大雨の降続いた其の七日七晩めに、町のもう一つの大河が可恐《おそろし》い洪水した。七の数が累《かさ》なって、人死《ひとじに》も夥多《おびただ》しかった。伝説じみるが事実である。が、其の時さえ此の川は、常夏《とこなつ》の花に紅《べに》の口を漱《そそ》がせ、柳の影は黒髪を解かしたのであったに――

尤も、話の中の川堤《かわづつみ》の松並木が、やがて柳に成って、町の目貫《めぬき》へ続く処に、木造の大橋があったのを、此の年、石に架《かけ》かえた。工事七分と云う処で、橋杭《はしぐい》が鼻の穴のように成ったため水を驚かしたのであろうも知れない。

僥倖《さいわい》に、白昼の出水だったから、男女に死人はない。二階家は其のまゝで、辛うじて凌《しの》いだが、平屋は殆ど濁流の瀬に洗われた。

若い時から、諸所を漂泊《さすら》った果《はて》に、其の頃、やっと落着いて、川の裏小路に二階借《がり》した小僧の叔母《おば》にあたる年寄《としより》がある。

水の出盛った二時半頃、裏向《むき》の二階の肱掛窓《ひじかけまど》を開けて、立ちも遣らず、坐りもあえず、あの峰へ、と山に向って、膝を宙に水を見ると、肱の下なる、廂屋根《ひさしやね》の屋根板は、鱗《うろこ》のように戦《おの、》いて、――北国の習慣《ならわし》に、圧《おし》にのせた石の数々は僅かに水を出た磧《かわら》であった。

つい目の前を、あゝ、島田髷《しまだまげ》が流れる……緋鹿子《ひがのこ》の切《きれ》が解けて浮いて、トちらりと見たのは、一条の真赤な蛇。手箱ほど部の重《かさな》った、表紙に彩色絵《さいしきえ》の草紙を巻いて――鼓の転がるように流れたのが、忽《たちま》ち、紅の雫《しずく》を挙げて、其の並木の松の、就中《なかんずく》、山より高い、二三尺水を出た幹を、ひらひらと昇って、声するばかり、水に咽《むせ》んだ葉に隠れた。――瞬く間である。――

そこら、屋敷小路の、荒廃離落した低い崩土塀《くずれどべい》には、凡《おおよ》そ何百年来、いかばかりの蛇が巣くって居たろう。蝮《まむし》が多くて、水に浸った軒々では、その害を被ったものが少くない。

高台の職人の屈竟《くっきょう》なのが、二人づれ、翌日、水の引際を、炎天の下に、大川添《ぞい》を見物して、流の末一里有余《あまり》、海へ出て、暑さに泳いだ豪傑がある。

荒海の磯端《いそばた》で、肩を合わせて一息した時、息苦しいほど蒸暑いのに、颯《ざあ》と風の通る音がして、思わず脊筋も悚然《ぞっ》とした。……振返ると、白浜一面、早や乾いた蒸気《いきれ》の裡《なか》に、透《すき》なく打った細い杭と見るばかり、幾百条とも知れない、おなじような蛇が、おなじような状《さま》して、おなじように、揃って一尺ほどずつ、砂の中から鎌首を擡《もた》げて、一斉に空を仰いだのであった。その畝る時、歯か、鱗か、コツ、コツ、コツ、カタ〳〵カタと鳴って響いた。――洪水に巻かれて落ちつゝ、はじめて柔《やわらか》い地を知って、砂を穿《うが》って活《い》きたのであろう。

きゃッ、と云うと、島が真中から裂けたように、二人の身体《からだ》は、浜へも返さず、浪打際《なみうちぎわ》をたゞ礫《つぶて》のように左右へ飛んで、裸身《はだか》で逃げた。

雛がたり

雛《ひな》――女夫雛《めおとびな》は言うもさらなり。桜雛《さくらびな》、柳雛《やなぎびな》、花菜《はなな》の雛、桃の花雛《はなびな》、白と緋《ひ》と、紫の色《ゆかり》の菫雛《すみれびな》。鄙《ひな》には、つくし、鼓草《たんぽぽ》の雛。相合傘《あいあいがさ》の春雨雛《はるさめびな》。小波《さゝなみ》軽く袖で漕ぐ浅妻船《あさづまぶね》の調《しらべ》の雛。五人囃子《ごにんばやし》、官女《かんじょ》たち。たゞあの狆《ちん》ひきと云うのだけは形も品《しな》もなくもがな。紙雛《かみひいな》、島の雛、豆雛《まめひいな》、いちもん雛《びな》と数うるさえ、しおらしく可懐《なつかし》い。

黒棚《くろだな》、御厨子《みずし》、三棚《みつだな》の堆《うずたか》きは、われら町家《ちょうか》の雛壇《ひなだん》には些《ち》と打上《うちあが》り過ぎるであろう。箪笥《たんす》、長持《ながもち》、挟箱《はさみばこ》、金高蒔絵《きんたかまきえ》、銀金具《ぎんかなぐ》。小指ぐらいな抽斗《ひきだし》を開けると、中が紅《あか》いのも美しい。一双《いっそう》の屏風の絵は、むら消えの雪の小松に丹頂《たんちょう》の鶴、雛鶴《ひなづる》。一つは曲水《きょくすい》の群青に桃の盃《さかずき》、絵雪洞《えぼんぼり》、桃のような灯《ひ》を点《とも》す。……一寸《ちょっと》風情に舞扇《まいおおぎ》。

白酒《しろざけ》入れたは、ぎやまんに、柳さくらの透模様《すきもよう》。さて、お肴《さかな》には何よけん、あわび、さだえか、かせよけん、と栄螺《さざえ》蛤《はまぐり》が唄になり、皿の縁に浮いて出る。白魚《しらうお》よし、小鯛《こだい》よし、緋《ひ》の毛氈《もうせん》に肖《に》つかわしいのは柳鰈《やなぎがれい》と云うのがある。業平蜆《なりひらしじみ》、小町蝦《こまちえび》、飯鮹《いいだこ》も憎からず。どれも小さなほど愛らしく、器《うつわ》もいずれ可愛《かわい》いのほど風情があって、其《そ》の鯛、鰈《かれい》の並んだ処《ところ》は、雛壇の奥さながら、龍宮を視《み》るおもい。

(もし〳〵何処《どこ》で見た雛なんですえ。)

いや、実際六七歳《むつななつ》ぐらいの時に覚えている。母親の雛を思うと、遥かに龍宮の、幻のような気がしてならぬ。

ふる郷《さと》も、山の彼方《かなた》に遠い。

いずれ、金目《かねめ》のものではあるまいけれども、紅糸《べにいと》で底を結えた手遊《おもちゃ》の猪口《ちょく》や、金米糖《こんぺいとう》の壺一つも、馬で抱《だ》き、駕籠《かご》で抱えて、長い旅路を江戸から持って行ったと思えば、千代紙《ちよがみ》の小箱に入った南京砂《なんきんずな》も、雛の前では紅玉《こうぎょく》である、緑珠《りょくしゅ》である、皆敷妙《みなしきたえ》の玉《たま》である。

北の国の三月は、まだ雪が消えないから、節句は四月にしたらしい。冬籠《ふゆごもり》の窓が開いて、軒《のき》、廂《ひさし》の雪がこいが除《と》れると、北風に轟々《ごう〳〵》と鳴通《なりとお》した荒海の浪の響《ひゞき》も、春風の音にかわって、梅、桜、椿《つばき》、山吹《やまぶき》、桃も李《すもゝ》も一斉《いちどき》に開いて、女たちの眉、唇、裾八口《すそやつくち》の色も皆《みな》花のように、はらりと咲く。羽子《はご》も手鞠《てまり》も此の頃から。で、追羽子《おいはご》の音、手鞠の音、唄の声々《こえ〴〵》。

……ついて落《おと》いて、裁形《たちかた》、袖形《そでかた》、御手《おんて》に、蝶《ちょう》や……花。……

恁《かゝ》る折から、柳、桜、緋桃《ひもゝ》の小路《こみち》を、麗《うらゝ》かな日に徐《そっ》と通る、と霞《かすみ》を彩《いろど》る日光の裡《うち》に、何処ともなく雛の影、人形の影が徜徉《さまよ》う、……

朧夜《おぼろよ》には裳《も》の紅《くれない》、袖の萌黄《もえぎ》が、色に出て遊ぶであろう。

――もうお雛様がお急ぎ。

と細い段の緋毛氈《ひもうせん》。こゝで桐《きり》の箱も可懐《なつか》しそうに抱しめるように持って出て、指蓋《さしぶた》を、すっと引くと、吉野紙《よしのがみ》の霞の中に、お雛様とお雛様が、紅梅白梅《こうばいはくばい》の面影に、ほんのりと出て、口許《くちもと》に莞爾《にっこ》とし給《たま》う。

唯《と》見て、嬉しそうに膝に据えて、熟《じっ》と視ながら、黄金《こがね》の冠《かんむり》は紫紐《むらさきひも》、玉の簪《かんざし》の朱《しゅ》の紐を結《ゆ》い参らす時の、あの、若い母の其の時の、面影が忘れられない。

そんなら孝行をすれば可《い》いのに――

鼠の番でもする事か。唯《ただ》台所で音のする、煎豆《いりまめ》の香《か》に小鼻を怒《いか》らせ、牡丹《ぼたん》の有平糖《あるへいとう》を狙《ねら》う事、毒のある胡蝶《こちょう》に似たりで、立姿《たちすがた》の官女が捧げた長柄《ながえ》を抜いては叱られる、お囃子の侍烏帽子《さむらいえぼし》をコツンと突いて、また叱られる。

こゝに、小さな唐草《からくさ》蒔絵の車があった。おなじ蒔絵の台を離して、轅《ながえ》を其のまゝに、後《うしろ》から押すと、少し軋《きし》んで毛氈の上を辷《すべ》る。其《それ》が咲乱《さきみだ》れた桜の枝を伝うようで、また、紅《くれない》の霞の浪《なみ》を漕ぐような。……そして、少し其の軋む音は、幽《かすか》に、キリリ、と一種の微妙なる音楽であった。仲よしの小鳥が嘴《くちばし》を接《あわ》す時、歯の生際《はえぎわ》の嬰児《あかんぼ》が、軽焼《かるやき》をカリリと噛む時、耳を澄すと、ふとこんな音《ね》がするかと思う、――話は違うが、（ろうたけたるもの）として、（色白き児《こ》の苺《いちご》くいたる）枕の草紙《そうし》は憎い事を言った。

わびしかるべき茎《くゝ》だちの浸《ひた》しもの、わけぎのぬたも蒔絵の中。惣菜《そうざい》ものの蜆《しゞみ》さえ、雛の御前《おまえ》に罷出《まかんづ》れば、黒小袖《くろこそで》、浅葱《あさぎ》の襟《えり》。海のもの、山のもの。筍《たかんな》の膚《はだ》も美少年。どれも、食《くい》ものと云う形でなく、菜の葉に留《と》まれ蝶《ちょう》と斉《ひと》しく、弥生《やよい》の春のともだちに見える。……

袖形《そでがた》の押絵細工《おしえざいく》の箸《はし》さしから、銀の振出し、と云う華奢《きゃしゃ》なもので、小鯛《こだい》には骨が多い、柳鰈《やなぎがれい》の御馳走を思出すと、あゝ、酒と煙草は、然るにても極りが悪い。

其角《きかく》句あり。――もどかしや雛に対して小盃《こさかずき》。

あの白酒を、一寸唇につけた処は、乳《ち》の味がしはしないかと思う……一寸ですよ。

――構わず注《つ》ぎねえ。

なんかで、がぶ〳〵遣《や》っちゃ話に成らない。

金岡《かなおか》の萩《はぎ》の馬、飛騨《ひだ》の工匠《たくみ》の龍までもなく、電燈を消して、雪洞の影に見参らす雛の顔は、実際、唯《と》瞻《み》れば瞬《またゝ》きして、やがて打微笑《うちほゝえ》む。人の悪い官女のじろりと横目で見るのがある。――壇の下に寝て居ると、雛の話声《はなしごえ》が聞える、と小児《こども》の時に聞いたのを、私は今も疑いたくない。

で、家中《かちゅう》が寝静まると、何処か一ケ所、小屏風《こびょうぶ》が、鶴の羽に桃を敷いて、すッと廻ろうも知れぬ。

……御睦《おんむつ》ましさにつけても、壇に、余り人形の数の多いのは風情がなかろう。但し、多いにも、少《すくな》いにも、今私は、雛らしいものを殆ど持たぬ。母が大事にしたのは、母がなくなって後《のち》、町に大火があって皆焼けたのである。一度持出したとも聞くが、混雑に紛れて行方を知らない。あれほど気を入れて居たのであるから、大方は例の車に乗って、雛たち、火を免れたのであろう、と思って居る。

其の後偲《こ》う云う事があった。

尚おそれから十二三年を過ぎてである。

逗子《ずし》に居た時、静岡の町の光景《さま》が見たくって、三月の中《なか》ばと思う。一度彼処《あすこ》へ旅をした。浅間《せんげん》の社《やしろ》で、釜で甘酒を売る茶店へ休んだ時、鳩と一所《いっしょ》に日南《ひなた》ぼっこをする婆さんに、阿部川《あべかわ》の川原《かわら》で、桜の頃は土地の人が、毛氈に重詰《じゅうづめ》もので、花の酒宴《さかもり》をする、と言うのを聞いた。——阿部川の道を訊《たず》ねたについてである。——都路《みやこじ》の唄につけても、此処《こゝ》を府中《ふちゅう》と覚えた身には、静岡へ来て阿部川餅《もち》を知らないでは済まぬ気がする。これを、おかしなものの異名だなぞと思われては困る。確かに、豆粉《きなこ》をまぶした餅である。

賤機山《しずはたやま》、浅間《せんげん》を吹降《ふきおろ》す風の強い、寒い日で。寂しい屋敷町を抜けたり、大川《おおかわ》の堤防《どて》を伝ったりして阿部川の橋の袂《たもと》へ出て、俥《くるま》は一軒の餅屋へ入った。

色白で、赤い半襟《はんえり》をした、人柄《ひとがら》な島田の娘が唯《ただ》一人で店に居た。

——此が、名代《なだい》の阿部川だね、一盆おくれ。——

と精々喜多八《せいぐきだはち》の気分を漾《ただよ》わせて、突出《つきだ》し店の硝子戸《がらすど》の中に飾った、五つばかり装ってある朱の盆へ、突如立《いきなり》って手を掛けると、娘が、まあ、と言った。

——あら、看板ですわ——

いや、正《しょう》のものの膝栗毛《ひざくりげ》で、聊《いさゝ》か気分なるものを漾わせ過ぎた形がある。が、此処で早速頬張《ほおば》って、吸子《きびしょ》の手酌《てじゃく》で飲《や》った処は、我ながら頼母《たのも》しい。

ふと小用場《こようば》を借りたく成った。

中戸《なかど》を開けて、土間をずッと奥へ、と云う娘《ねえ》さんの指図に任せて、古くて大きい其の中戸を開けると、妙な建方《たてかた》、すぐに壁で、壁の窓からむこう土間の台所が見えながら、穴を抜けたように鉤《かぎ》の手に一つ曲って、暗い処をふっと出ると、上框《あがりかまち》に縁《えん》がついた、吃驚《びっくり》するほど広々とした茶の間。大々《だい〱》と炉《いろり》が切ってある。見事な事は、大名の一《ひと》たてぐらいは、楽に休めたろうと思う。薄暗い、古畳。寂《せき》として人気《ひとけ》がない。

……猫も居《お》らぬ。炉《ろ》に火の気もなく、茶釜も見えぬ。

遠くで、内井戸《うちいど》の水の音が水底《みなそこ》へ響いてポタン、と鳴る。不思議に風が留《や》んで寂寞《ひっそり》した。

見上げた破風口《はふぐち》は峠ほど高し、とぼんと野原へ出たような気がして、縁に添いつ、中土間《なかどま》を、囲炉裡《いろり》の前を向うへ通ると、桃桜溌《ももさくらぱっ》と輝くばかり、五壇《ごだん》一面の緋毛氈、やがて四畳半を充満《いっぱい》に雛、人形の数々。

ふと其の飾った形も姿も、昔の故郷の雛によく肖た、と思うと、どの顔も、それよりは蒼白《あおじろ》くて、衣《きぬ》も冠《かむり》も古雛《ふるびな》の、丈《たけ》が二倍ほど大きかった。

薄暗い白昼《まひる》の影が一つ一つに皆映《うつ》る。

背後《うしろ》の古襖《ふるぶすま》が半ば開いて、奥にも一つ見える小座敷に、また五壇の雛がある。不思議や、蒔絵の車、雛たちも、それこそ寸分違《たが》わない古郷《ふるさと》のそれに似た、と思わず伸上《のびあが》りながら、ふと心づくと、前の雛壇におわするのが、いずれも尋常《ただ》の形でない。雛は両方さしむかい、官女たちは、横顔やら、俯向《うつむ》いたの。お囃子はぐるり、と寄って、鼓《つゞみ》の調糸《しらべ》を緊《し》めたり、解いたり、御殿火鉢《ごてんひばち》も楽屋の光景《ありさま》。

私は吃驚して飛退《とびの》いた。

敷居の外の、苔《こけ》の生えた内井戸《うちいど》には、いま汲《く》んだような釣瓶《つるべ》の雫《しずく》、——背戸《せど》は桃もたゞ枝の中《うち》に、真黄色に咲いたのは連翹《れんぎょう》の花であった。

帰りがけに密《そっ》と通ると、何事もない。襖の奥に雛はなくて、前の壇のも、烏帽子《えぼし》一つ位置のかわったのは見えなかった。——此の時に慄然《ぞっ》とした。

風は其のまま留《や》んでいる。広い河原に霞が流れた。渡れば鞠子《まりこ》の宿《しゅく》と聞く……梅、若菜の句にも聞える。少し渡って見よう。橋詰《はしづめ》の、あの大樹《たいじゅ》の柳の枝のすら〳〵と浅翠《あさみどり》した下を通ると、樹の根に一枚、緋《ひ》の毛氈を敷いて、四隅を美しい河原の石で圧《おさ》えてあった。雛市《ひないち》が立つらしい、が、絵合《えあわせ》の貝一つ、誰《たれ》も居らぬ。唯《と》、二三町《ちょう》春の真昼に、人通りが一人もない。何故《なぜ》か憚《はばか》られて、手を触れても見なかった。

緋の毛氈は、何処のか座敷から柳の梢《こずえ》を倒《さかさま》に映る雛壇の影かも知れない。夢を見るように、橋へかゝると、此も白い虹が来て群青の水を飲むようであった。あれ〳〵雀が飛ぶように、おさえの端の石がころころと動くと、柔かい風に毛氈を捲《ま》いて、ひら〳〵と柳の下枝《したえだ》に搦《から》む。

私は愕然として火を思った。

何処ともなしに、キリリキリリと、軋《きし》る轅《ながえ》の車の響《ひゞき》。

鞠子《まりこ》は霞む長橋《ながばし》の阿部川の橋の板を、彼方此方《あっちこっち》、ちら〳〵と陽炎《かげろう》が遊んでいる。

時に蒼空《あおぞら》に富士を見た。

若き娘に幸《さち》あれと、餅屋の前を通過《とおりす》ぎつゝ、

――若い衆《しゅ》、綺麗な娘さんだね、いゝ婿《むこ》さんが持たせたいね――

――えゝ、餅屋の婿さんは知りませんが、向う側のあの長い塀、それ、柳のわきの裏門のありますお邸《やしき》は、……旦那、大財産家《だいざいさんか》でございましてな。つい近い頃、東京から、それは〳〵美しい奥さんが見えましたよ――

何と恁うした時は、見ぬ恋にも憧憬《あこが》れよう。

欲《ほし》いのは――もしか出来たら――偐紫《にせむらさき》の源氏雛《げんじびな》、姿も国貞《くにさだ》の錦絵《にしきえ》ぐらいな、花桐《はなぎり》を第一に、藤《ふじ》の方《かた》、紫、黄昏、桂木《かつらぎ》、桂木は人も知った朧月夜《おぼろづきよ》の事である。

照りもせず、くもりも果てぬ春の夜《よ》の……

此の辺は些《ちっ》と酔ってるでしょう。

凱旋祭

一

紫の幕、紅《くれない》の旗、空の色の青く晴れたる、草木の色の緑なる、唯《ただ》うつくしきものの弥《いや》が上に重なり合い、打混《うちこん》じて、譬《たと》えば大《おおい》なる幻燈《うつしえ》の花輪車《かりんしゃ》の輪を造りて、烈《はげ》しく舞出で、舞込むが見え候のみ。何をか緒《いとぐち》として順序よく申上げ候べき。全市街は其《その》日朝まだきより、七色《しちしょく》を以て彩られ候と申すより他はこれなく候。

紀元千八百九十五年―月―日の凱旋祭《がいせんまつり》は、小生が覚えたる観世物《みせもの》の中《うち》に最も偉《おおい》なるものに候いき。知事の君をはじめとして、県下に有数なる顕官、文官武官の数を尽し、有志の紳商、在野の紳士など、尽く銀山閣という倶楽部《くらぶ》組織の館《やかた》に会して、凡《およ》そ半月あまり趣向を凝《こら》されたるものに候よし。

先《ま》ず巽《たつみの》公園内にござ候記念碑の銅像を以て祭の中心といたし、こゝを式場にあて候。この銅像は丈《たけ》一丈《じょう》六尺と申すことにて、台石は二間《にけん》に余り候わん、兀如《こつじょ》として喬木《きょうぼく》の梢《こずえ》に立ちおり候。右手《めて》に提《ひっさ》げたる百錬鉄《ひゃくれんてつ》の剣《つるぎ》は霜を浴び、月に映じて、年紀古《としふ》れども錆色《せいしょく》見えず、仰ぐに日の光も寒く輝き候。

銅像の頭《かしら》より八方に綱を曳《ひ》きて、数千の鬼灯提灯《ほおずきじょうちん》を繋《つな》ぎ懸け候が、これをこそ趣向と申せ。一ツ一ツ皆真蒼《まっさお》に彩り候。提灯の表には、眉を描き、鼻を描き、眼《まなこ》を描き、口を描きて、人の顔になぞらえ候。

さて目も、口も、鼻も、眉も、一様《いつよう》普通のものにてはこれなく、いずれも、ゆがみ、ひそみ、まがり、うねりなど仕《つかまつ》り、なかには念入《ねんいり》にて、酔狂にも、真赤な舌を吐《は》かせたるが見え候。皆切取ったる敵兵の首の形にて候よし。されば其色の蒼きは死相をあらわしたるものに候わんか。下の台は、切口なればとて赤く塗り候。上の台は、尋常に黒くいたし、辮髪《べんぱつ》とか申すことにて、一一蕨縄《いちいちわらびなわ》にてぶら〳〵と釣りさげ候。一ツは仰向《あおむ》き、一ツは俯向《うつむ》き、横になるもあれば、縦になりたるもありて、風の吹くたびに動き候よ。

二

催《もよおし》の恁《かゝ》ることは、たゞ九牛《きゅうぎゅう》の一毛《いちもう》に過ぎず候。凱旋門《がいせんもん》は申すまでもなく、一廓《いっかく》数百金を以て建られ候。恰《あたか》も記念碑の正面にむかいあいたるが見え候。また其傍《かたわら》に、これこそ見物《みもの》に候え。ここに三抱《みかゝえ》に余る山桜の遠山桜とて有名なるがござ候。其梢より根に至るまで、枝も、葉も、幹も、すべて青き色の毛布にて蔽《おお》い包みて、見上ぐるばかり巨大なる象の形に拵《こしら》え候。

毛布はすべて旅団の兵員が、遠征の際に用いたるをつかい候よし。其数八千七百枚と承り候。長蛇の如き巨象の鼻は、西の方にさしたる枝なりに二蜿《ふたうね》り蜿りて喞筒《ポンプ》を見るよう、空高き梢より樹下を流るゝ小川に臨みて、いま水を吸う処に候。脚は太く、折から一員の騎兵の通り合せ候が、兜形《かぶとがた》の軍帽の頂《いたゞき》より、爪の裏まで、全体唯其前脚の後《うしろ》にかくれて、纔《わずか》に駒の尾のさきのみ、此方《こなた》より見え申し候。かばかりなる巨象の横腹をば、真四角《まっしかく》に切り開きて、板を渡し、こゝのみ赤き氈《せん》を敷詰めて、踊子が舞の舞台にいたし候。葉桜の深翠《ふかみどり》したゝるばかりの頃に候えば、舞台の上下《うえした》にいや繁《しげ》りに繁りたる桜の葉の洩れ出で候て、舞台は薄暗く、緋《ひ》の毛氈《もうせん》の色も黒ずみて、もののしめやかなるなかに、隣国を隔てたる連山の巓《いたゞき》遠く二ツばかり眉を描きて見渡され候。遠山桜あるあたりは、公園の中《うち》にても、眺望の勝景《しょうけい》第一と呼ばれたる処に候えば、式《かた》の如き巨大なる怪獣の腹の下、脚の四《よ》ツある間を透《すか》して、城の櫓《やぐら》見え、森も見え、橋も見え、日傘さして橋の上渡り来るうつくしき女の藤色の衣《きぬ》の色、恰も藤の花一片《ひとひら》、一片の藤の花、いと〳〵小さく、ちらちら眺められ候いき。

こは月のはじめより造りかけて、凱旋祭の前一日の昼すぎまでに出来上り候を、一度見たる時のことに有之《これあり》候。

夜に入ればこの巨象の両個の眼《まなこ》に電燈を灯《ひとも》し候。折から曇天《どんてん》に候いし。一体に樹立《こだち》深く、柳松など生茂《おいしげ》りて、くらきなかに、其蒼白なる光を洩《もら》し、巨象の形は小山の如く、喬木の梢を籠《こ》めて、雲低き天に接し、朦朧《もうろう》として、公園の一方にあらわれ候時こそ怪獣は物凄《ものすさ》まじき其本色《ほんしょく》を顕《あらわ》し、雄大なる趣を備えてわれ〳〵の眼には映じたれ。白昼はヤハリ唯毛布を以て包みなしたる山桜の妖精に他ならず候いし。雲はいよ〳〵重く、夜はます〳〵闇《くら》くなり候まゝ、炬《きょ》の如き一双《いっそう》の眼《まなこ》、暗夜に水銀の光を放ちて、この北の方《かた》三十間《けん》、小川の流《ながれ》一《ひと》たび灌《そゝ》ぎて、池となり候池のなかばに、五条の噴水、青龍の口よりほとばしり、なかぞらのやみをこぼれて篠《しの》つくばかり降りかゝる吹上げの水を照し、相対《あいたい》して、またさきに申上候銅像の右手《めて》に提《ひっさ》げたる百錬鉄の剣に反映して、次第に黒くなりまさる漆《うるし》の如き公園の樹立《こだち》の間《なか》に言うべからざる森厳《しんげん》の趣を呈し候、いまにも雨降り候ようなれば、人さきに立帰り申候《もうしそうろう》。

三

あくれば凱旋祭の当日、人々が案じに案じたる天候は意外にもおだやかに、東雲《しのゝめ》より密雲《みつうん》破れて日光を洩《もら》し候が、午前に到りて晴れ、昼少しすぐるより天晴《あっぱれ》なる快晴となり澄し候。

されぱこそ前《ぜん》申上げ候通り、たゞうつくしく賑《にぎや》かに候いし、全市の光景、何より申上げ候わん。こゝに繰返してまた単に一幅《いっぷく》わが県全市の図は、七色を以てなどりて彩られ候ようなるおもいの、筆執《と》ればこの紙面《しめん》にも浮びてあり〱と見え候。いかに貴下、左様に候わずや。黄なる、紫なる、紅なる、いろいろの旗天を蔽いて大鳥の群れたる如き、旗の透間《すきま》の空青き、樹々《きゞ》の葉の翠《みどり》なる、路を行く人の髪の黒き、簪《かざし》の白き、手絡《てがら》の緋なる、帯の錦、袖の綾《あや》、薔薇《しょうび》の香、伽羅《きゃら》の薫《かおり》の薫《くん》ずるなかに、この身体《からだ》一ツはさまれて、歩行《ある》くにあらず立停《たちどま》るというにもあらで、押され押され市中《まちなか》をいきつくたびに一歩ずつ式場近く進み候。横の町も、縦の町も、角も、辻も、山下も、坂の上も、隣の小路もたゞ人のけはひの轟々《ごう〱》とばかり遠波の寄するかと、ひッそりしたるなかに、或は高く、或は低く、遠くなり、近くなりて、耳底《じてい》に響き候のみ。裾の埃《ほこり》、歩《あゆみ》の砂に、両側の二階家《にかいや》の欄干に、果しなくひろげかけたる紅の毛氈も白くなりて、仰げば打重《うちかさ》なる見物の男女《なんにょ》が顔も朧《おぼろ》げなる、中空にはむら〱と何にか候らん、陽炎《かげろう》の如きもの立ち迷い候。

万丈の塵《ちり》の中に人の家の屋根より高き処々、中空に斑々《はん〱》として目覚しき牡丹の花の翻りて見え候。こは大なる母衣《ほろ》の上に書いたるにて、片端には彫刻したる獅子《しし》の頭《かしら》を縫いつけ、片端には糸を束《つか》ねてふっさりと揃えたるを結び着け候。この尾と、其頭と、及び件《くだん》の牡丹の花描いたる母衣とを以て一頭の獅子にあいなり候。胴中には青竹を破《わ》りて曲げて環にしたるを幾処《いくところ》にか入れて、竹の両はしには屈竟《くっきょう》の壮佼《わかもの》居て、支えて、膨《ふく》らかに幌《ほろ》をあげおり候。頭《かしら》に一人の手して、力逞《たく》ましきが猪首《いくび》にかゝげ持ちて、朱盆の如き口を張り、またふさぎなどして威を示し候都度《つど》、仕掛を以てカッ〳〵と金色《こんじき》の牙《きば》の鳴るが聞え候。尾のつけもとは、こゝにも竹の棹《さお》つけて支えながら、人の軒より高く突上げ、鷹揚《おうよう》に右左に振り動かし申候。何貫目やらん尾にせる糸をば、真紅の色に染めたれば、紅の細き滝支うる雲なき中空より逆《さかさ》におちて風に揺らるゝ趣《おもむき》見え、要するに空間に描きたる獣王の、花々しき牡丹の花衣《はなぎぬ》着けながら躍《おど》り狂うにことならず、目覚しき獅子の皮の、かゝる牡丹の母衣の中《うち》に、三味《さみ》、胡弓《こきゅう》、笛、太鼓、鼓《つゞみ》を備えて、節をかしく、且つ行き、且つ鳴して一ゆるぎしては式場さして近づき候。母衣の裾よりうつくしき衣《きぬ》の裾、ちいさき女の足などこぼれ出でて見え候は、歌姫の上手《じょうず》をばつどへ入れて、この楽器を司《つかさど》らせたるものに候えばなり。

おなじ仕組の同じ獅子の、唯一つには留まらで、主立《おもだ》ったる町々より一つ宛《ずつ》、すべて十五六頭《とう》遂《ね》り出《い》だし候が、群集《ぐんじゅ》のなかを処々横断し、点綴《てんてつ》して、白き地に牡丹の花、人を蔽いて見え候。

四

群集ばら〳〵と一斉《いっせい》に左右に分れ候。

不意なれば蹌踉《よろ》めきながら、おされて、人の軒に仰ぎ依りつゝ、何事ぞと存じ候に、黒き、長き物ずるずると来て、町の中央《なか》を一文字に貫きながら矢の如く駈《か》け抜け候。

これをば心付き候時は、ハヤ其物体の頭《かしら》は二三十間《けん》わが眼の前を走り去り候て、いまは其胴中《どうなか》あたり連《しき》りに進行いたしをり候が、恰も凧の糸を繰出す如く、走馬燈籠《まわりどうろう》の間断なきよう俄《にわか》に果つべくも見え申さず。唯《ただ》人の頭も、顔も、黒く塗りて、肩より胸、背、下腹のあたりまで、墨もていやが上に濃く塗りこくり、赤褌襠《あかふどし》着けたる臀《いしき》、脛《はぎ》、足、踵《かゝと》、これをば朱を以て真赤に色染めたるおなじ扮装《いでたち》の壮佼《わかもの》たち、幾百人か。一人行く前の人の後《あと》へ後へと繋《つな》ぎあい候が、繰出す如くずん〳〵と行き候。およそ半時間は連続いたし候いしならん、やがて最後の一人の、身体《からだ》黒く足赤きが眼前をよぎり候あと、またひら〳〵と群集左右より寄せ合うて、両側に別れたる路を塞ぎ候時、其の過行《すぎゆ》きし方《かた》を打眺《うちなが》め候えば、彼《か》の怪物の全体は、遥《はるか》なる向の坂をいま蜿り〳〵のぼり候首尾《しゅび》の全《まった》きを、いかにも蜈蚣《むかで》と見受候。あれはと見る間に百尺《ひゃくせき》波状の黒線《こくせん》の左右より、二条の砂煙《さえん》真白《ましろ》にぱッと立ったれば、其尾のあたりは埃《ほこり》にかくれて、躍然《やくぜん》として擡《もた》げたる其臼の如き頭《こうべ》のみ坂の上り尽くる処雲の如き大銀杏《おおいちょう》の梢とならびて、見るがうちに、またたゞ七色の道路のみ、獅子の背のみ眺められて、蜈蚣は眼界を去り候。疾《と》く既に式場に着し候いけん、風聞《うわさ》によれば、市内各処に於ける労働者、たとえばぼてふり、車夫、日傭取《ひょうとり》などいうものの総人数をあげたる、意匠の俄《パフナリー》に候とよ。

彼《か》の巨象と、幾頭の獅子と、この蜈蚣と、この群集とが遂に皆式場に会したることをおん含《ふくみ》の上、静にお考えあいなり候わば、いかなる御感《おんかん》じか御胸《おんむね》に浮び候や。

五

別に凱旋門と、生首提灯《なまくびじょうちん》と小生は申し候。人の目鼻書きて、青く塗りて、血の色染めて、黒き蕨縄着《はっ》けたる提灯と、龍の口なる五条の噴水と、銅像と、この他に今も眼に染み、脳に印して覚え候は、式場なる公園の片隅に、人を避けて悄然《しょうぜん》と立ちて、淋しげにあたりを見まわしおられ候、一個《ひとり》年若き佳人にござ候。何といういわれもあらで、薄紫のかわりたる、藤色の衣《きぬ》着けられ候いき。

このたび戦死したる少尉B氏の令閨《れいけい》に候。また小生知人にござ候。

あらゆる人の嬉しげに、楽しげに、おかしげに顔色の見え候に、小生はさて置きて夫人のみあわれに悄《しお》れて見え候は、人いきりにやのぼせたまいしと案じられ、近う寄り声をかけて、もの問わんと存じ候折から、おッという声、人なだれを打って立騒ぎ、悲鳴をあげて逃げ惑う女たちは、水車の歯にかゝりて撥《は》ね飛ばされ候よう、倒れては遁《に》げ、転びては遁げ、うずまいて来る大蜈蚣のぐる〳〵と巻き込むる環のなかをこぼれ出で候が、令閨とおよび五三人は其中心になりて、十重二十重《とえはたえ》に巻きこまれ、遁るゝ隙《ひま》なく伏《ふし》まろび候いし。警官駈けつけて後《のち》、他は皆無事に起上り候に、うつくしき人のみは、其まゝ裳《もすそ》をまげて、起《た》たず横《よこた》わり候。塵埃《ちりほこり》の其つやゝかなる黒髪を汚す間もなく、衣紋《えもん》の乱るゝまもなくて、恁うはなりはてられ候いき。

むかでは、これがために寸断され、此処《こゝ》に六尺、彼処《かしこ》に二尺《しゃく》、三尺《じゃく》、五尺、七尺、一尺、五寸になり、一分《いちぶ》になり、寸々《ずた〳〵》に切り刻まれ候が、身体《からだ》の黒き、足の赤き、切れめ〳〵に酒気を帯びて、一つずつうごめくを見申し候。

日暮れて式場なるは申すまでもなく、十万の家軒《いえのき》ごとに、おなじ生首提灯の、しかも丈《たけ》三尺ばかりなるを揃うて一斉《いっせい》に灯《ひと》し候えば、市内の隈々塵塚《くまぐちりづか》の片隅までも、真蒼《まっさお》き昼とあいなり候。白く染め抜いたる、目、口、鼻など、大路小路《おおじこうじ》の地《つち》の上に影を宿して、青き灯《ひ》のなかにたとえば蝶の舞う如く蝋燭《ろうそく》のまた、くにつれて、ふわ〳〵と其幻の浮いてあるき候いし。ひとり、唯、単に、一宇《いちう》の門のみ、生首に灯《ひとも》さで、淋しく暗かりしを、怪しという者候いしが、さる人は皆人の心も、ことのようをも知らざるにて候。其夜更《ふ》けて後、俄然として暴風起り、須臾《しゅゆ》のまに大方の提灯を吹き飛ばし、残らず灯《ひ》きえて真闇《まっくら》になり申し候。闇夜のなかに、唯一ツ凄まじき音聞え候は、大木の吹折られたるに候よし。さることのくわしくは申上げず候。唯今風の音聞え候。何につけてもおなつかしく候。

月　日

じ　い　様

鎧

時《とき》は暮春《ぼしゅん》であった――

これから言おうとする山陰道《さんいんどう》の事と、丁《ちょう》ど同じ季節に当るのも一寸《ちょっと》妙に思われる。……十六七の頃で。私は学塾《がくじゅく》の友だちが、病気保養のため帰省するのに誘われて、北陸道《ほくりくどう》富山へ出掛けた事がある。規律の立った公私の学校だと、そんな時ならない休暇はとれないはずだが、そこは塾というものの気安さに、親たちさえ承知なれば、いくらで遊んで居られた。尤《もっと》も知らぬ他国を見るのも、学問の一つだからと、そんな言いぬけもあって、二月《ふたつき》ばかりその友だちの家《うち》になまけて居た。……年久《としひさ》しいから、町はいま忘れたが、家は立山《たてやま》とひとしく名の高い、神通川《じんつうがわ》に近い邸町《やしきまち》で、土塀《どべい》沢山の町を出はずれると、堤防向《どてむこ》うは、すぐ大《だい》神通川の河原《かわら》であった。広い河原だから、石まじりにあちこちに畑が出来て居て、そこを屋敷田圃《やしきたんぼ》と称したと思う。

家から近い。……それに私より二つ三つ年上だった友だちの病気というのが、少しおかしい、いや少しどころか大分《だいぶん》おかしい。五六人の女の思いが、人の妻も、娘も、妾《めかけ》も、下宿屋の若い女房《かか》さんまで、一斉に取《とり》ついて、蠱《こ》の如く悩ませる、と自《みず》から称して、時々七転八倒《しちてんばっとう》して人事不省《じんじふせい》と成る。――皆生霊《いきりょう》である。死んだ怨念《おんねん》は一つもない。一つの身体を、惚れた女の数だけに分け與《あた》えて、満遍なく可愛《かわい》がってやればだけれども、それは出来ない相談であるとともに、苦しむ時は首も手足も五つに六つに切刻《きりきざ》まれるばかり、絶痛《ぜっつう》だそうであって。お医者が弱った。病院に、その女親《おんなおや》、叔父などが付添って、一月《ひとつき》あまりも騒いだ後で、もはやさしたる容体《ようだい》とも思われぬ。この上は郷里《きょうり》で御静養がお宜《よろ》しかろう。いわゆる敬《けい》して遠ざけた形で、退院させられた次第であった。もう、しかし痙攣《けいれん》も余程鎮《しず》まって、遠道《とおみち》でなければ散歩も出来たが、然《そ》ういった神経性の病気だから、賑《にぎ》やかな筋の、わけて女の緋縮緬《ひぢりめん》のちらつく処《ところ》は危険至極だから親たちも警戒する、また何時《いつ》那《ど》の新造《しんぞ》、那の年増《としま》が取憑《とりつ》くかも知れないと、そこは徹底したもので、病人自分で避けるようにして居たから、一所《いっしょ》にぶら〳〵あるきをする時というと、便宜で屋敷田圃へ出掛けたものである。

処で言伝《いいつた》えがある。屋敷田圃は佐々成政《さっさなりまさ》の二の丸の跡だという。真偽は知らないが、河原の真中に小高い岡があって、草は生え次第、松も柳も姿らしいもののない、荒れ果てて大きな塚かと見えるのを、むかしの築山《つきやま》のなごりだともいった。

この岡から神通の水際の間こそ……土地に名高い、あの、ぶらり火が燃えて、燃えつつ紫の黒髪の釣られたまゝに丈に余るのと、青い女の面影《おもかげ》の、往来《ゆきき》する処だそうで、月暗《つきくら》き夜《よ》、また雨のそぼ降る晩など、真夜中ともいわず、築山《つきやま》のいずれかに人が立って、（早百合姫《さゆりひめ》えのう、早百合姫、早百合姫。）――と続けて呼ぶと、成政の手に虐殺された愛妾《あいしょう》の怨念が、そのぶらり火と成って顕《あら》わるゝ事、昔も今も変らないと謂《い》って、実際土地の人々は、この荒廃離落《こうはいりらく》した一郭《いっかく》を、忌《い》み且《か》つ憚《はばか》ったようである。

昼《ひる》もさびしい……

私は――のちに五月雨《さみだれ》の頃、屋敷田圃に蛍狩《ほたるがり》に誘われた。……暗夜《やみ》は人の影と共に動き、蛍は女の姿と共に美しく流れた、が岡のあたりは、唯雲の黒く垂下《たれさが》ったばかりだったのを覚えて居る。

さて、その暮春《ぼしゅん》の一夕《いっせき》、その日は友だちの父に、客があって、いつもより後《おく》れた夕飯の前に、二人して其処《そこ》へ出た。土手を上る頃、うしろの屋敷町には、背戸《せと》、庭の若葉、樹立《こだち》を透いて、ちらちらと灯《ひ》が点《とも》れた。

春の日は遅々として、河原はまだ水の香《か》も暖かに、暮切《くれき》らない。桜はもう散ったあとだが、その花の精かと思う薄い花片《はなびら》が神通の流れに落つるか、立山《たてやま》の空に帰るか、三つ一つ、ひら〳〵と空を通る。……青麦が暗く菜の花が明るかった。

爪《つま》立《だ》ち上《のぼ》る小道の坂――むしろ段は、こまやかな草のまゝ、崩れながら、ゆるい螺旋に繞《めぐ》って、五つばかり廻《まわ》ると頂《いただき》に成る、尖って居ない、矢張《やはり》草のまゝ平《たいら》である。二人は其処へ立った。

友達の方が、勿論《もちろん》、年も上だし、背も高い。

夕暮の色は四方の山々、嶽々《たけだけ》に迫った。まだ暮《くれ》切《き》らないのに――不断はこゝへ上ると、忽《たちま》ち青い空も白い雲も目の下に翻える神通の流《ながれ》が、とう〳〵と音ばかりして、巨身の龍は、巌《いわ》に玉を攫《つか》んだ爪一《つめひと》つ、波の鱗《うろこ》の一枚をもあらわさない、河原を籠《こ》めて一帯の濃い霞《かすみ》――夕靄《ゆうもや》が深くかゝったのである。

暮ともいえよう、その霞、その靄は流れの波の際《きわ》に裾をひいて、裾が靡《なび》いて、目の透《す》かない大きな投網《とあみ》にも似れば、薄墨《うすずみ》で染めた静な几帳《きちょう》の趣《おもむき》もあった。

北国《ほっこく》の河原の石は、瀬に響いて鳴りながら、不思議に、そよりと吹く風もないのに、もはや峰を残して高く上《のぼ》り、裾はのびて、岡の道を次第に埋《うず》めようとして拡《ひろ》がった。

「あの霞は、屛風を立て廻すように見える。……河原も畑も、菜の花もこの岡も、皆繪《みなえ》に成って、屛風に吸い込まれるように見えるね。」

「吸……吸い込まれては大変だぞ。」

背《せい》のひょろ高い友だちは、いつも血走《ちばし》ったような目を斜《なゝめ》に、腕まくりをして居た手を、紫がかった兵児帯《へこおび》にはさんで、痩せた肩を聳《そび》やかしながら、

「大きな声をするなよ。」

と、たしなめるようにいって、

「君にも矢張《やっぱ》りそう見えるんだな。この霞は、まったく……土地じゃあ屏風霞《びょうぶかすみ》というんだよ。秋は屏風霧《びょうぶぎり》さ。神通川に限って掛《か》るんだ。――それで、この屏風霧《びょうぶぎり》の立つ時は、立山《たてやま》の神々が大川《おおかわ》を通って、魚津《うおず》、放生津《ほうじょうず》、岩瀬の濱《はま》、有磯海《ありそうみ》か、どこか北海《ほっかい》へ遊行《ゆぎょう》する、往来の途中だというんだぜ。……どうかすると、霞の上へ、輝く冠《かんむり》だの、光る簪《かんざし》だの、黒い頭巾《ずきん》だのが覗く事がある。時々のその模様で、天気がいろ〳〵に変るというんだ。――見給え、霞は、少しずつ上流へ動くようだね。いま、山へ帰る処だ。神通川に動く屏風の裡《なか》の神々には、勿論、袿《うちぎ》も、緋《ひ》の袴《はかま》も、女神、山媛も交って居るとさ。」

私は思わず跼《つくば》った。

「あゝ然うだ。」

友達はにわかに思いついたように言った。

「この頃、健康のためにやって居る、深呼吸は、こんな時のためだ。僕は、こゝから、あの霞を飲もう。……不思議にこの古英雄《こえいゆう》の高い岡に記念像のように立って、屏風霞に出あったのは、僕に、自然の賜《たま》わる処だ。ねえ君、然うじゃあないか。そしてからに、清らかに純な、山媛の気を吸ったら、僕の体内に虫のようにはびこる、あまたの女の生霊は、屹《きっ》と慴伏《せきふく》しようと思う。……即ち一種の血清療養《けっせいりょうほう》だ。然うだ、確に然うだ、うむ、然うだ。」

と目を引《ひっ》つるし、ぶる〳〵と尖った顎《あご》をうなづかせて、そのまくり手にはめた、幅広《はゞひろ》な黄金《きん》の腕輪、――腕輪は、女たちの生霊が時々息抜きのために其《そ》の本体に帰って、更に男の体中《たいちゅう》に分入《わけい》ろうとする毎に、丁ど二の腕の折かゞみから食い入ることを自会《じかい》し得た。それを防御《ぼうぎょ》する為だといって、強《し》いて親達にねだって、蝶番《ちょうつがい》でパチンとして居た。――いま其の腕を長く大川に向って差伸《さしの》べつつ、黄金《きん》の色の、夕やみに早細《はやほそ》く幽《かす》な菜の花に、きらりと競うのを、丁《ちょう》と敲《た》くと、蝶番をゆるめ状《さま》に、

「山媛《やまひめ》……来《きた》れ！――」

と、唇を反らして高らかに呼んで、ぴたりと骨盤に張肱《はりひじ》して、髪の毛を一振りふると、前屈《まえかが》みに目を睜《みは》り、大口を霞に張った。

むかし奥州の炭焼が、怪《あや》しき魚《うお》の串焼に渇いて、潟《かた》の水を飲み干した勢も目《ま》のあたり。ひと含み胸を仰反《のけぞ》らして傲然《ごうぜん》と立って、スーッと呼吸《いき》を太く腹へ吸った。

と見ると、張子《はりこ》のように、ポンと足が浮いて地を離れた。身体は宙《ちゅう》に、凧《たこ》の面くらった如く踊ったが、忽ち垂直して、一丈ばかり空《くう》を切って、人礫《ひとつぶて》に成って、ドシンと落ちた。

私も吃驚《びっくり》して、しりをついた。血の冷えた腰もふわ〱と綿に乗る、霞は近く来て、岡の頂を包んだ。

少年の色男は、霞を飲まんと欲して、霞に飲まれたのである。

血迷った声は、嬰児《あかご》の泣き声のようになって、私は友だちの名を叫びながら、ぐる〱と螺状《らじょう》の坂をまどい下りた。岡の中腹三段目の菜畠《なばたけ》にその友だちは仰向《あおむけ》にぐったりして居た。口に綿を含んだのは、霞でない泡である。頂を一丈ばかり宙《ちゅう》に乗って泳いだ丈が、丁度、下へ――三坂《みさか》めのこゝへ落ちる寸法《すんぽう》に成ったらしい。而《そう》して、落ちる時は真俯向《まうつむ》けだったが、こう仰向けに倒れたのは、途中で、とんぼ返りをしたに相違ない。

たゞ身体を揺《ゆす》って、名を呼んだだけで、ウ、ウ、と呻って息を返した。どこも怪我はしない、かすり

きずもない。が、きょとんとして居た。それから、やたらに草の中を這廻《はいまわ》った。犬も狸も憑《つ》いたのではない。腕輪を捜したのである。

女の生霊より、いまなお解《かい》し得ないのは、胸を張り、身を反《そら》して、霞とともに山媛を吸おうとした男が、はずみで仰向けに町の方へ倒れるのに不思議はない。反対の神通川の霞の方へ、もんどり打って怪飛《けしと》んだことである。

「お爺さん、お爺さん。」

「…………」

「おい、爺さん。」

「…………」

「一寸、唐突《だしぬけ》だけれども、その荷物を手伝って持ってあげよう、出し給え。」

七十路《なゝそじ》はもう越えて、八十にも近かろう。顔には皺《しわ》がないといっても可《い》い、余り皺で、数えようがないのである。色は鼠色《ねずみいろ》に青味を帯びて、皮剝《かわはぎ》という魚《うお》に似て居る。白髪《しらが》は煙に似て頸窪《ぼんのくぼ》に乱れ、両頤《あご》に蓬《おどろ》に垂れて左右にほうけた、これが、痩せさらぼうた手足に較《くら》べて、人一倍その顔ばかりを大きく見せて、どこか、仏に成《な》り済ました、矢口《やぐち》の頓兵衛《とんべえ》を想わせる。一度でも芝居を知ったものは、なお一つ、石屋《いしや》の弥陀六《みだろく》を思い出すであろう。それも土地の故である。

何故《なぜ》というに——

場所は京都から数えて松江までさえトンネルの数《すう》は九十八に余ると聞《きこ》えた、山陰道《さんいんどう》の中《うち》、しかも第一の検所《けんしょ》と称《とな》えらる丶、鎧駅《よろいえき》を出た千仞《せんじん》の崖道《がけみち》である。この幽僻《ゆうへき》なる絶海《ぜっかい》の漁村《ぎょそん》を右に見て、向って左の出崎《でさき》に当る御崎村《みさきむら》とは、二つながら平家の落人《おちうど》が、幾百年以来、世にひそみ住むという僻境《へききょう》であるから。

老翁《ろうおう》は、腰も背も、よぼ〳〵として、両杖を支《つ》いて居た。左手に支いたのは弓の折《おれ》で、右手を縋《すが》ったのは荷の重さゆえ助けに拾いとったらしい竹切《たけぎれ》であった。紺の褪せた破風呂敷《やぶれふろしき》に、ずっしりと俵《たわら》ほど、ものを詰めたのを首筋に背負《しょ》った――一度鎧駅（この鎧駅に汽車の留った時、旅客《りょきゃく》は石の火の見櫓《みやぐら》の最上層に立つ思いがしよう。）の崖縁《がけぶち》の柵の根に、へたばって居て、この荷を咽喉首《のどくび》をしばって立とうとして、蟹が腹をかえしたように、手足をもがいたさまを思え。――よれよれの帯に網のか丶った大籠《おおかご》をぶら下げ、それに叺《かます》を結《ゆい》つけたが、濡れものと見えて、水が浸《にじ》んで、そのためにめくら縞《じま》の素袷《すあわせ》のじんじん端折《はしょり》にした裾が、芋殻《おがら》の空脛《からすね》にひらつくのを恰《あたか》もちぎれた海松《みる》のように見せた。とともに、落武者《おちむしゃ》のちぎれ〳〵に裂け破れた草摺《くさずり》の状を偲せたのは言うまでもない。その荷と荷の上へ、葱《ねぶか》の葉の覗いた茣蓙巻《ござまき》を斜《はす》に背負《しょ》って、おまけに弁当をのせて、鯣《するめ》を一《ひと》く丶り露出《むきだ》しにぶら下げたばかりか、姥貝《うばがい》の目刺《めざ》しと転柿《ころがき》を苞《つと》にしたのを挿して居たのである。

よぼ〳〵、てくり、で、膝をがく〳〵と震わせ〳〵、腰の抜けた烏《からす》のように、じん〳〵端折《ばしょり》の尾をはねて、蜈蚣《むかで》が穿《うが》ったような、崖下《がけさ》がりの細道を、堅く畝《うね》りつつ、しかし、ほか〳〵と五月の晴れた日を吸って、真青な海の方に辿って行く。

背後《うしろ》を慕って声を掛けたのは、流行の鳥打帽《とりうちぼう》に、新形《しんがた》の洋装《ようそう》して、虫類の採取箱の大形《おおがた》なのを肩にかけ、網をたゝんで引添《ひっそ》って、きりゝと身軽に、ゲエトルで脚を巻《まき》しめながら、くつは汚さず、陽炎《かげろう》に、艶やかに光った青年である。

「ね、一つ持とうよ、お爺さん。」

「………」

たとえば、ものいわぬ猩々《しょうじょう》に似て、黒い鼻の穴で、和光《わこう》の塵を吸うばかり、黙々として下りて行く。

……

ここを見よ、弁天《べんてん》ケ峰《みね》の山の端の巌間《いわま》をのぞく、紺碧蒼藍《こんぺきそうらん》なる目の下の海の色を……凪ぎたりといえども荒波《あらなみ》の巌を削る勢《いきおい》を。

その巌に縋り、壁に添って、一軒、二軒、或《あるい》は三軒、茅屋《かやや》の日と水に輝くのが、山海《さんかい》の気に紫を籠《こ》めて、波の散る貝とともに玉を刻んだ景色である。崩れた籬《まがき》に山吹《やまぶき》も散残《ちりのこ》る。しぶきを立てて、颯《さっ》とその小家《こいえ》を洗うと見る、渚は、白く卯の花の咲くのである。

小船は見えつつ、牙を噛《か》んで、漁村《ぎょそん》の口を守るらしい。

漕いで居るのは木の葉もなかった。

出岬《でさき》の浦に、帆が見える。沖遠《おきとお》くして片帆《かたほ》のみ。

その時、壇の浦の戦いに亡《ほろ》びて、対馬に逃げようとした平家の船の暴風のために漂わされて、その御崎《みさき》に落ちたのは、門脇教盛《かどわきのりもり》、小宰相《こさいしょう》の局《つぼね》たち。この鎧村《よろいむら》に流れたのは、上總五郎忠光《かづさのごろうたゞみつ》、越中次郎盛綱《えっちゅうじろうもりつな》などであると聞く。上﨟《じょうろう》また姫君のいかでその中にあらざるべき。あの、卯の花が、山吹が、あゝ花桐《はなぎり》も遠く咲いた。唯《たゞ》、そのために、青年は、ふと足を掬《すく》い取られるように誘われて——この景色を一目《ひとめ》駅から見た、停車中の汽車の昇降台から、うっかり辷《すべ》るように下りて、老翁《ろうおう》の後を、岨道《そばみち》に慕ったのである。

「ね、お爺さん。」

「…………」

「遠慮なく荷物をお出しよ。……おかしく思うだろうけれども、僕はね、京都の医科大学の学生なんだ。」

音調に誇《ほこり》を示した。

「学生もね、有名な、ある博士の家に居て、弟のようにしてもらって居る特待生なんだよ。」

声にも著しく誇を帯びた。

「先生の博士はね、非常に蝶がお好きなんだ。その採集に殆ど凝って居られるんだね。標本室には全国の蝶の種類が集って居ると言ってい丶。外国から取寄せられる蝶の絵を集めた書物なんぞ、一部で何千円という位なものだよ。――僕はね、卒業も直《じ》きなんだが、少し勉強を仕過《しす》ごして、頭を悪くしたもんだから、心気《しんき》を休めるために、旅行をし、かた〴〵博士の意《い》を体《たい》して、実は伯耆《ほうき》の大山《だいせん》へ蝶をとりに行った帰途《かえり》なんだ。お爺さん、あの神峻嶮怪《しんしゅんけんかい》な名山に、どんな蝶が飛ぶと思うね。……浅葱《あさぎ》もあれば、雪もある、薄い桃色のさえ飛ぶじゃあないか。お爺さん。」

「…………」

「娘さんがあるかね、孫かね。真個《ほんとう》に見せたいくらいだよ。お婆さんだって喜ぶよ。それは綺麗で神々しいから。

そうだ〳〵、綺麗で神々しいといえば、僕は何だか、お爺さんが——失礼したら御免よ。伝統を引いた勇士で、忠臣で、それで、美しいお嬢さん、むしろ姫君に……だね、身を以て仕えて居る人のように思われてならないんだ。たとえば、その時代の立《たて》のものであった。上總五郎忠光、越中の前司《ぜんじ》……」

青年はふと陽炎の裡《なか》に思った。

——越中の前司、来《きた》る敵を、なお目も放たず、まぼりければ、猪俣《いのまた》あっぱれ、今一度《いまひとたび》、くまんずるものを、人見近《ひとみちか》づかば、さりとも、よも落合ぬ事あらじと、おもいて、相待処《あいまつところ》に、人見《ひとみ》も次第に近づいたり、猪俣力足をふんで、つゝ立《たち》あがり、思いもかけぬ、越中の前司が、鎧の胸板、はっとついて、後なる沢田へ、のけにつきたおす、大の男の重鎧《おもきよろい》着たりけるが、蝶の羽を、ひろげたるがごとくにて、おきん〳〵と、しける処を、

——待て、博士に語って、記念のために、大山に獲たる鎧蝶の一種大なるを、前司蝶《ぜんじちょう》か、盛俊蝶《もりとしちょう》と呼ぶとしよう。箱の中へ心を遣って、前司も次郎もごったにした、不謹慎に、思い上りつつ、なお憧憬《あこがれ》の言葉を続けた。

「その人たちの有さまを、いま見るように思うんだよ、お爺さん、お爺さんは、次の駅の久谷《くたに》から乗ったんだね。」

然《しか》り、桃観峠《ももみとうげ》の絶壁に構えた、あとのその久谷の駅は、鎧の停車場《ステエション》と双方に、弁天ヶ峰、荒神《こうじん》ヶ嶽《たけ》、両山に相対して切立《きった》ての台を立てて、その間の渓谷に、恰も釣り橋の状をなして大陸橋を架けて居る。丹波路《たんばみち》、但馬《たじま》、また伯耆《ほうき》路、前夜をいずれかの湯の宿、あるいは旅館に宿したるものには、旅籠屋の男、女は、好意を以て、翌日の旅の奇勝を語るであろう。即《すなわ》ち余部《あまるべ》の陸橋である。

汽車はゆるみなく馳《はし》るから、心なくして過ぐる目には、下に水なき橋の、たゞ高く聳《そび》えたるガアドを渡るとのみ思うであろう。一《ひと》たび窓によって差《さし》のぞくや、忽ち目くるめき、舌かわき、膝わなゝく。わが乗る車の下に、深い谷間なる、その余部《あまるべ》の甍《いらか》の状を、蟠《わだか》まる大蛇の五彩《ごさい》の鱗《うろこ》の如く見て、橋は七色《しちしょく》の虹を渡る。煙は白き雲と成って、さかさまに轍《わだち》の腹を這うのであるから、人は飛行機によらずして居ながら青天《あおぞら》を飛ぶのである、わなゝく膝、くるめく目に、御崎《みさき》は怪しき魚《うお》の如く波を砕き、鎧は美しき鳥に似て、岩角に翼をのぶる。

「あの久谷駅で、汽車がもう出ようとする間際に、十六七の少年の駅夫が、お爺さんの背負《しょ》って居る、その大きな風呂敷包みを、もろに引立《ひきた》てて、がしゃりと昇降口へ下して突込《つっこ》んだっけね。そのあとへ――よろ〳〵と両杖でいざるようにして、お爺さんが縋りついた。引《ひき》ずる足の、腰を押して、急いで汽車へ押込《おしこ》みながら、（大丈夫か、お爺さん。）少年が声を掛けると、その深切を嬉しそう、お爺さんは、ニコリとして、ものを言ったね、……言いましたね、……お爺さん。」

「…………」

が、無論唖ではないのである。

「腹を立っては不可《いけ》ないがね――僕は違った座席から見て、あゝ、中風症《よいよい》の老人が一人旅。するのも、させるのも、無法だと思ったっけ。――ふと、この変の伝説を思って、お爺さんの風采が目に浮ぶと、あゝ、平家の一党である。美しい姫君にかしづくのであろう。優しい御台《みだい》をいたわるのであろう、娘と、孫を、玉の如く愛するのであろう――鎧村の人かも知れない。……たゞそれは、ちょっとの思いつきに過ぎなかったんだけれど、鎧へ着いて、昇降口へ出て、この絶景を見た、目の前の柵の根から、のっそりお爺さんが立上がって、おゝと思ううちに、よろよろとこの崖道へかゝった時は、空《くう》な思いつきが、真実になって、確《たしか》にこれは、姫君、御台《みだい》、嫁、孫、娘と信じたんだ。――帰って、お爺さんが、その辛労苦力《しんろうくりょく》した、その買《かい》ものを分けて、嬉しく楽しく話すのだろう。うらやましい。あやかりたい。お爺さん、その労を授け給え。そしてその楽しみを分けたまえ。かしづく人、いたわる人、愛する人のために、この僻境《へききょう》の一つ家《や》で、粉骨砕身《ふんこつさいしん》する嬉しさは、法《のり》のために、道のために、菩薩《ぼさつ》のために、難行苦行《なんぎょうくぎょう》するよりも尚おありがたい。――それにしても、お爺さんをいたわった、あの駅夫《えきふ》は美少年だったね。僕は妬ける……妬ましい。……僕は医学生だ。連れて、ともなってくれ給え。――ある時は売りにも来よう、めまい、立ちくらみ、腹胸《はらむね》のいたみ……売薬《ばいやく》の効能書《こうのうがき》よりは、もっとむずかしい煩《わずら》わしい病気にも立派に役に立つつもりだ。お爺さん。」

「…………」

かくても返事なき我耳を、医学生は自ら疑って、一息して立停《たちどま》った。

幾千《いくばく》の道を来りけん、日はいまだ斜《ななめ》ならねど、巌は潮の香《か》にや、かげった。

道の縺《もつ》れたかげろうの末に、山吹の垣根に、あの卯の花を袖にして、緋のつゝじの彷彿とした――夢のような姿を見た。――学校に通う娘は、こゝでも袴ははくだろうに。――

峰は高い。浪の音は尚お響かずに、花桐の香の脈を伝って、芬《ぷん》と血に通った時である。

「お爺さん、医者がいらずば下男《げなん》に代る……水を汲もう、断崖《がけ》を攀《よじ》て。……血を滴《た》らして、薪割《まきわり》もしよう、その葱《ねぎ》は洗おう。僕の、姓、姓を西川というのも、この変の川に名がある。過去の因縁であろうも知れない、一生を村に過《すご》しても可い、お爺さん。」

と、自己陶酔に感傷して、声涙《せいるい》まさに到りつつ、

「ともなって、くれ給え。お爺さん、連れてってくれ。」

折《おり》から急な坂に爪立《つまだ》って、うしろから伸ばす手の、その襤褸《ぼろ》の袂《たもと》に届こうとしたと、同時であった。

屹と振向《ふりむ》いた老翁《じゝい》の大《だい》なる青い顔に、きらりと一双の目が光った。

「うるせい。」

ひげ髪が颯と揺れると、竹杖《たけづえ》を片手に、衝《つ》と空ざまに高く指した。

医学生は、もんどり打って、腰から宙《ちゅう》へ、鞠《まり》の如《ごと》く縮んで飛んだ。その手足の、くる〳〵と伸びた時、窪地《くぼち》一面、植棄《うえす》ての小《ちいさ》な菜畑《なばたけ》の中へ真俯向けに、のめずって落ちたのである。

雑樹《ぞうき》の葉の茂暗《しげりくら》く、心も、濛々《もう〳〵》とした樹々《きゞ》の根と、竹藪の梢《こずえ》を二重《ふたえ》に隔てた、下の断崖《がけ》から、我胸《わがむね》に響いて聞えた。……

うら若い女の声で、

「じいやは……強いこと。」

「へ、へ、へ、人間は蝶々《ちょう〳〵》より、こなし易《よ》うがんすでの。」

処方秘箋

一

此《こ》の不思議なことのあったのは五月中旬《なかば》、私が八歳《やっつ》の時、紙谷町《かみやまち》に住んだ向うの平家《ひらや》の、お辻《つじ》という、十八の娘、やもめの母親と二人ぐらし。少しある公債を便りに、人仕事《ひとしごと》などをしたのであるが、つゞまやかにして、物綺麗《ものぎれい》に住んで、お辻も身だしなみ好《よ》く、髪形《かみかたち》を崩さず、容色《きりょう》は町町の評判、以前五百石取《こくどり》の武家、然《しか》るべき品もあった、其家《その》へ泊りに行った晩の出来事で。家《うち》も向い合せのことなり、鬼ごッこにも、硨はじき《きしゃご》にも、其家《そこ》の門口《かどぐち》、出窓の前は、何時《いつ》でも小児《こども》の寄合《よりあ》う処《ところ》。次郎だの、源《げん》だの、六《ろく》だの、腕白《わんぱく》どもの多い中に、坊《ぼう》ちゃん〳〵と別ものにして可愛《かわい》がるから、姉はなし、此方《こなた》からも懐《なつ》いて、ちょこ〳〵と入っては、縫物を交返《まぜかえ》す、物差で刀の真似、馴《なれ》ッこになって親《したし》んで居たけれども、泊るのは其夜が最初《はじめて》。

西の方《かた》に山の見ゆる町の、上《かみ》の方《かた》へ遊びに行って居たが、約束を忘れなかったから晩方《ばんがた》に引返《ひっかえ》した。之《これ》から夕餉《ゆうげ》を済《すま》してというつもり。

小走《こばし》りに駆けて来ると、道のほど一町足《ちょうた》らず、屋《や》ならび三十ばかり、其《そ》の山手《やまて》の方に一軒の古家《ふるいえ》がある、丁《ちょう》ど其処《そこ》で、兎《うさぎ》のように刎《は》ねたはずみに、礫《こいし》に躓《つまず》いて礚《はた》と倒れたのである。

俗にいう越後は八百八後家《はっぴゃくやごけ》、お辻が許《とこ》も女ぐらし、又海手《うみて》の二階屋も男気《おとこげ》なし、棗《なつめ》の樹《き》のある内も、男が出入《ではいり》をするばかりで、年増《としま》は蚊帳《かや》が好《すき》だという、紙谷町一町の間《あいだ》に、四軒、いずれも夫なしで、就中《なかんずく》今転んだのは、勝手の知れない怪しげな婦人の薬屋であった。

何処《いずこ》も同一《おなじ》、雪国の薄暗い屋造《やづくり》であるのに、廂《ひさし》を長く出した奥深く、煤《すゝ》けた柱に一枚懸けたのが、薬の看板で、雨にも風にも曝《さら》された上、古び切って、虫ばんで、何という銘《めい》だか誰《たれ》も知ったものはない。藍《あい》を入れた字のあとは、断々《きれぎれ》になって、恰《あたか》も青い蛇が、渦《うずま》き立つ雲がくれに、昇天をする如く也《なり》。別に、風邪薬《かざぐすり》を一貼《ちょう》、凍傷《しもやけ》の膏薬一貝《こうやくひとかい》買いに行った話は聞かぬが、春の曙《あけぼの》、秋の暮、夕顔の咲けるほど、炉《ろ》の榾《ほだ》の消ゆる時、夜中にフト目の覚むる折など、町中《まちなか》を籠《こ》めて芬々《ぷん〱》と香《にお》う、湿《しめ》ぽい風は薬屋の気勢《けはい》なので。恐らく我国の薬種《やくしゅ》で無かろう、天竺《てんじく》伝来か、蘭方《らんぽう》か、近くは朝鮮、琉球《りゅうきゅう》あたりの妙薬に相違ない。然《そ》う謂《い》えば彼《あ》の房々《ふさ〱》とある髪は、なんと、物語にこそ謂え目前《まのあたり》、解いたら裾に靡《なび》くであろう。常に其《それ》を、束《たば》ね髪《がみ》にしてカッシと銀《しろがね》の簪《かんざし》一本、濃く且《か》つ艶《つやゝ》かに堆《うずたか》い鬢《びん》の中から、差覗く鼻の高さ、頬《ほお》の肉しまって色は雪のようなのが、眉《まゆ》を払って、年紀《とし》の頃も定かならず、十年も昔から今にかわらぬというのである。

内の様子も分らないから、何となく薄気味が悪いので、小児の気にも、暮方《くれがた》には前を通るさえ駆け出すばかりにする。真昼間、向う側から密《そっ》と透《すか》して見ると、窓も襖《ふすま》も閉切《しめき》って、空屋に等しい暗い中に、破風《はふ》の隙《ひま》から、板目《いため》の節《ふし》から、差入《さしい》る日の光一筋二筋《ひとすじふたすじ》、裾広《すそひろ》がりにぱっと明《あか》く、得《え》も知れぬ塵埃《ちりほこり》のむらむらと立つ間《あいだ》を、兎《と》もすればひら〱と姿の見える、婦人《おんな》の影。

転んで手をつくと、はや薬の匂《におい》がして膚《はだえ》を襲った。此の一町《いっちょう》がかりは、軒《のき》も柱も土も石も、残らず一種の香《か》に染んで居る。

身に痛みも覚えぬのに、場所もこそあれ、此処《こゝ》はと思うと、怪しいものに捕《とら》えられた気がして、わっと泣き出した。

二

「あれ危《あぶな》い。」と、忽《たちま》ち手を伸《の》べて肩をつかまえたのは彼《か》の婦人《おんな》で。

其の黒髪の中の大理石のような顔を見ると、小さな者はハヤ震え上って、振捥《ふりもぎ》ろうとして身をあせって、仔雀《こすゞめ》の羽《は》うつ風情。

怪しいものでも声は優しく、

「おゝ、膝が擦剝《すりむ》けました、薬をつけて上げましょう。」と左手《ゆんで》には何《ど》うして用意をしたろう、既に薫《かおり》の高いのを持って居た。

守宮《やもり》の血で二《に》の腕《うで》に極印《ごくいん》をつけられるまでも、膝に此の薬を塗られて何うしよう。

「厭《いや》だ、厭だ。」と、しゃにむに身悶《みもだえ》して、声高になると、

「強情だねえ、」といったが、漸《やっ》と手を放し、其のまゝ駆出《かけだ》そうとする耳の底へ、

「今夜、お辻さんの処へ泊りに行《ゆ》くね。」

という一聯《いちれん》の言《ことば》を刻んだのを、……今に到って忘れない。

内へ帰ると早速、夕餉を済し、一寸着換《ちょいときか》え、糸、犬、錨《いかり》、などを書いた、読本《どくほん》を一冊、草紙《そうし》のように引提《ひっさ》げて、母様《おっかさん》に、帯の結目《むすびめ》を丁《トン》と叩かれると、直《すぐ》に戸外《おもて》へ。

海から颯《さっ》と吹く風に、本のペエジを乱しながら、例のちょこ〳〵、おばさん、辻《つう》ちゃんと呼びざまに、からりと開けて飛込んだ。

人仕事《ひとしごと》に忙《いそがわ》しい家の、晩飯の支度は遅く、丁ど御膳。取附《とっつき》の障子を開けると、洋燈《ランプ》の灯《あかし》も朦朧《もうろう》とするばかり、食物《たべもの》の湯気が立つ。

冬でも夏でも、暑い汁《つゆ》の好《すき》だったお辻の母親は、むんむと気の昇る椀《わん》を持ったまゝ、ほてった顔をして、

「おや、おいで。」

「大層おもたせぶりね、」とお辻は箸箱《はしばこ》をがちゃりと云わせる。

母親もやがて茶碗の中で、さら〱と洗って塗箸《ぬりばし》を差置《さしお》いた。

手で片頬《かたほ》をおさえて、打傾《うちかたむ》いて小楊枝《こようじ》をつかいながら、皿小鉢《さらこばち》を寄せるお辻を見て、

「あしたにすると可《い》いやね、勝手へ行ってたら坊《ぼう》ちゃんが淋しかろう、私は直に出懸《でか》けるから。」

「然うねえ。」

「可いよ、可いよ、構《かま》やしないや、独《ひとり》で遊んでら。」と無雑作《むぞうさ》に、小さな足で大胡坐《おおあぐら》になる。

「じゃ、まあ、お出懸けなさいまし。」

「大人しいね。感心、」と頭を撫でる手つきをして、

「どれ、其では、」楊枝を棄てると、やっとこさ、と立ち上った。

お辻が膳を下げる内に、母親は次の仏間《ぶつま》で着換える様子、其処に箪笥《たんす》やら、鏡台やら。

最《も》一ツ六畳が別に戸外《おもて》に向いて居て、明取《あかりとり》が皆《みんな》で三間《げん》なり。

母親はやがて、繻子《しゅす》の帯を、前結びにして、風呂敷包《ふろしきづつみ》を持って顕《あらわ》れた。お辻の大柄な背のすらりとしたのとは違い、丈《たけ》も至って低く、顔容《かおかたち》も小造《こづくり》な人で、髪も小さく結《ゆ》って居た。

「それでは、お辻や。」

「あい、」と、がちゃ〳〵いわせて居た、彼方《かなた》の勝手で返事をし、襷《たすき》がけのまゝ、駆けて来て、

「気をつけて行らっしゃいましよ。」

「坊《ぼっ》ちゃん、緩《ゆっく》り遊んでやって下さい。直ぐ寝っちまっちゃあ不可《いけ》ませんよ、何うも御苦労様なことッたら、」

とあとは独言《ひとりごと》、框《かまち》に腰をかけて、足を突出《つきだ》すようにして下駄《げた》を穿《は》き、上へ蔽《おっ》かぶさって、沓脱越《くつぬぎごし》に此方《こちら》から戸をあけるお辻の脇あけの下あたりから、つむりを出して、ひょこ〳〵と出て行った。渠《かれ》は些《ち》と遠方をかけて、遠縁のものの通夜《つや》に詣《まい》ったのである。其がために女《むすめ》が一人だからと、私を泊めたのであった。

三

枕に就いたのは、良《やゝ》ほど過ぎて、私の家《うち》の職人衆が平時《いつも》の湯から帰る時分。三人づれで、声高にものを言って、笑いながら入った、何うした、などと言うのが手に取るように聞えたが、又笑声《わらいごえ》がして、其から寂然《ひっそり》。

戸外《おもて》の方は騒がしい、仏間《ぶつま》の方《かた》を、とお辻はいったけれども其方《そっち》を枕にすると、枕頭《まくらもと》の障子一重《ひとえ》を隔てて、中庭というではないが一坪ばかりのしッくい叩《たゝき》の泉水《せんすい》があって、空は同一ほど長方形に屋根を抜いてあるので、雨も雪も降込《ふりこ》むし、水が溜《たま》って濡れて居るのに、以前女髪結《おんなかみゆい》が住んで居て、取散《とりちら》かした

元結《もっとい》が化《な》ったという、足巻《あしまき》と名づける針金に似た黒い蚯蚓《みみず》が多いから、心持《こゝろもち》が悪くって、故《わざ》と外を枕にして、並んで寝たが、最《も》う夏の初めなり、私には清らかに小掻巻《こがいまき》。寝る時、着換えて、と謂って、女《むすめ》の浴衣と、紅《あか》い扱帯《しごき》をくれたけれども、角兵衛獅子《かくべえじし》の母衣《ほろ》ではなし、母様《おっかさん》のいいつけ通り、帯を〆《し》めたまゝで横になった。

お辻は寒さをする女《むすめ》で、夜具《やぐ》を深く被《か》けたのである。

唯《と》顔を見合せたが、お辻は思出《おもいだ》したように、莞爾《にっこり》して、

「さっき、駆出《かけだ》して来て、薬屋の前でころんだのね、大《おおき》な形《なり》をして、おかしかったよ。」

「呀《や》、復《また》見て居たの、」と私は思わず。……

之は此の春頃から、其まで人の出入《ではいり》さえ余りなかった上《かみ》の薬屋が方《かた》へ、一人《にん》の美少年が来て一所《いっしょ》に居る、女主人《おんなあるじ》の甥《おい》だそうで、信濃《しなの》のもの、継母《まゝはゝ》に苛《いじ》められて家出をして、越後なる叔母《おば》を便《たよ》ったのだと謂う。此のほどから黄昏《たそがれ》に、お辻が屋根へ出て、廂から山手《やまて》の方《ほう》を覗くことが、大抵日毎《ひごと》、其は二階の窓から私も見た。

一体裏に空地はなし、干物《ほしもの》は屋根でする、板葺《いたぶき》の平屋造《ひらやづくり》で、お辻の家は、其真中、泉水のある処から、二間梯子《にけんばしご》を懸けてあるので、悪戯《いたずら》をするなら小児でも上下《あがりおり》は自由な位、干物に不思議はないが、待て、お辻の屋根へ出るのは、手拭一筋棹《てぬぐいひとすじさお》に懸《か》って居る時には限らない、恰も山の裾へかけて紙谷町は、だらだらのぼり、斜めに高いから一目に見える、薬屋の美少年をお辻が透見《すきみ》をするのだと、内の職人どもが言《ことば》を、小耳《こみゝ》にして居るさえあるに、先刻《さっき》転んだことを、目《ま》のあたり知って居るも道理こそ。

呀《や》、復《また》見て居たの……といったは其の所為《せい》で、私は何の気もなかったのであるが、之を聞くと、目を

ぱっちりあけたが顔を赧《あか》らめ、

「厭な！」といって、口許《くちもと》まで天鵞絨《びろうど》の襟《えり》を引《ひっ》かぶった。

「そして転んだのを知ってるの、おかしいな、辻《つう》ちゃんは転んだのを知ってるし、彼《あ》のおばさんは、私の泊るのを知って居たよ、皆《みんな》知って居ら、おかしいな。」

四

「え！」と慌《あわただ》しく顔を出して、まともに向直《むきなお》って、じっと見て、

「今夜泊ることを知って居ました？」

「あゝ、整《ちゃん》と然う言ったんだもの。」

お辻は美しい眉《まゆ》を顰《ひそ》めた。燈火《ともしび》の影暗く、其の顔寂《さみ》しゅう、

「恐《おそろ》しい人だこと、」といいかけて、再び面《おもて》を背《そむ》けると、又深々《ふかぶか》と夜具《やぐ》をかけた。

「辻《つう》ちゃん。」

「…………」

「辻《つう》ちゃんてば、」

「…………」

「よう。」

こんな約束ではなかったのである、俊徳丸《しゅんとくまる》の物語のつゞき、それから手拭《てぬぐい》を藪《やぶ》へ引いて行った、踊《おどり》を

する三《さん》という猫の話、それもこれも寝てからというのであったに、詰《つま》らない、寂《さび》しい、心細い、私は帰ろうと思った。丁ど其時、どんと戸を引いて、かたりと鎖《じょう》をさした我家《わがや》の響《ひゞき》。

胸が轟《とゞろ》いて搔巻《かいまき》の中で足をばた〳〵したが、堪《たま》らなくッて、くるりとはらばいになった。目を開いて耳を澄すと、物音は聞えないで、却《かえっ》て戸外《おもて》なる町が歴然《ありあり》と胸に描かれた、暗《やみ》である。駆けて出て我家《わがや》の門《かど》へ飛着《とびつ》いて、と思うに、夜《よ》も恁《こ》う更《ふ》けて、他人《ひと》の家からは勝手が分らず、考えれば、毎夜寝《ね》つきに聞く職人が湯から帰る跫音《あしおと》も、向うと此方《こちら》、音にも裏表《うらおもて》があるか、様子も違って居た。世界が変ったほど情《なさけ》なくなって、枕頭《まくらもと》に下《おろ》した戸外《おもて》から隔ての蔀《しとみ》が、厚さ十万里を以て我を囲うが如く、身動きも出来ないように覚えたから、これで殺されるのか知らと涙ぐんだのである。

ものの懸念さに、母様《おっかさん》をはじめ、重吉《じゅうきち》も、嘉蔵《かぞう》も呼立《よびた》てる声も揚げられず、呼吸《いき》さえ高くしてはならない気がした。

密《そッ》と見れば、お辻はすや〳〵と糸が揺れるように幽《かすか》な寝息《ねいき》。

これも何者かに命ぜられて然《し》かく寝入って居るらしい、起してはならないように思われ、ア、復《また》横になって、足を屈《かが》めて、目を塞いだ。

けれども今しがた、お辻が（恐《おそろ》しい人だこと、）といった時、其の顔色とともに灯《あかし》が恐しく暗くなったが、消えはしないだろうかと、いきなり電《いなびかり》でもするかの如く、恐る〳〵目をあけて見ると、最う真暗《まっくら》、灯《あかり》はいつの間《ま》にか消えて居る。

はッと驚いて我ながら、自分の膚《はだ》に手を触れて、心臓《むね》をしっかと圧《おさ》えた折から、芬々として薫《にお》ったのは、橘《たちばな》の音信《おとずれ》か、あらず、仏壇の香《こう》の名残《なごり》か、あらず、ともすれば風につれて、随所、紙谷町を渡り来る一種の薬の匂《におい》であった。

しかも梅の影がさして、窓がぽっと明《あかる》くなる時、縁《えん》に蚊遣《かやり》の靡《なび》く時、折に触れた今までに、つい其夜の如く香《か》の高かった事はないのである。

瓶《びん》か、壺か、其の薬が宛然枕許《さながらまくらもと》にでもあるようなので、余《あまり》の事に再び目をあけると、暗《くらやみ》の中に二枚の障子。件《くだん》の泉水を隔てて寝床の裾に立って居るのが、一間真蒼《いっけんまっさお》になって、桟《さん》も数えらるゝばかり、黒みを帯びた、動かぬ、どんよりした光がさして居た。

見る〳〵裡《うち》に、べら〳〵と紙が剝《は》げ、桟が吹ッ消《ふけ》されたように、ありのまゝで、障子が失《う》せると、羽目《はめ》の破目《やぶれめ》にまで其の光が染み込んだ、一坪の泉水を後《うしろ》に、立顕《たちあらわ》れた婦人《おんな》の姿。

解き余る鬢《びん》の堆《うずたか》い中に、端然として真向《まむき》の、瞬《また》きもしない鋭い顔は、正《まさ》しく薬屋の主婦《あるじ》である。

唯《と》見る時、頬《ほお》を蔽《おお》える髪のさきに、ゆら〳〵と波立《なみだ》ったが、そよりともせぬ、裸蝋燭《はだかろうそく》の蒼《あお》い光を放つのを、左手《ゆんで》に取ってする〳〵と。

五

其の裳《もすそ》の触《ふ》るゝばかり、すッくと枕許に突立《つった》った、私は貝を磨いたような、足の指を寝ながら見て呼吸《いき》を殺した、顔も冷《つめと》うなるまでに、室《ま》の内を隈《くま》なく濁った水晶に化し了《りょう》するのは蝋燭の鬼火である。

鋭い、しかし媚《なまめ》いた声して、

「腕白《わんぱく》、先刻《さっき》はよく人の深切《しんせつ》を無にしたね。」

私は石になるだろうと思って、一思《ひとおもい》に窘《すく》んだのである。

「したが私の深切を受ければ、此の女《むすめ》に不深切になる処。感心にお前、母様《おっかさん》に結んで頂いた帯を〆めたま、寝てること、腕白もの、おい腕白もの、目をぱちくりして寝て居るよ。」といって、ふふんと鷹揚《おうよう》に笑った。姐御《あねご》真実《まったく》だ、最う堪《たま》らぬ。

途端に人膚《ひとはだ》の気勢《けはい》がしたので、咽喉《のど》を噛《かま》れたろうと思ったが、然うではなく、蝋燭が、敷蒲団《しきぶとん》の端と端、お辻と並んで合せ目の、畳の上に置いてあった。而《そう》して婦人《おんな》は膝をついて、のしかゝるようにして、鬢《びん》の間《あい》から真白な鼻で、お辻の寐顔の半夜具《なかばやぐ》を引《ひっ》かついで膨らんだ前髪の、眉《まゆ》のかゝり目のふちの稍《やや》曇って見えるのを、じっと覗込《のぞきこ》んで居るのである。おゝ、あわれ、小《さ》やかに慎《つゝ》ましい寐姿は、藻脱《もぬけ》の殻か、山に夢がさまようなら、衝戻《つきもど》す鐘も聞えよ、と念じ危《あや》ぶむ程こそありけれ。

婦人《おんな》は右手《めて》を差伸《さしのば》して、結立《ゆいたて》の一筋《ひとすじ》も乱れない、お辻の高島田を無手《むず》と掴《つか》んで、ヅッと立った。手荒さ、烈《はげ》しさ。元結《もとゆい》は切れたから、髪のずるりと解けたのが、手の甲《こう》に絡《まつ》わると、宙に釣《つる》されるようになって、お辻は半身《はんしん》、胸もあらわに、引起《ひきおこ》されたが、両手を畳に裏返して、呼吸《いき》のあるものとは見えない。

爾時《その》、右手《めて》に黒髪を搦《から》んだなり、

「人もあろうに私の男に懸想《けそう》した。さあ、何うするか、よく御覧。」

左手《ゆんで》の肱《ひじ》を鍵形《かぎなり》に曲げて、衝《つ》と目よりも高く差上《さしあ》げた、掌《たなそこ》に、細長い、青い、小さな瓶《びん》あり、捧げて、俯向《うつむ》いて、額《ひたい》に押当《おしあ》て、

「呪詛《のろい》の杉より流れし雫《しずく》よ、いざ汝《なんじ》の誓《ちかい》を忘れず、目《ま》のあたり、験《しるし》を見せよ、然《さ》らば、」と言って、取直《とりなお》して、お辻の髪の根に口を望ませ、

「あの美少年と、容色《きりょう》も一対《いっつい》と心上《こころあが》った淫奔女《いたずらもの》、いで〳〵女の玉《たま》の緒《お》は、黒髪とともに切れよかし。」と恰も宣告をするが如くに言って、傾けると、颯とかゝって、千筋《ちすじ》の紅《くれない》溢《あふ》れて、糸を引いて、ねばねばと染《にじ》むと思うと、丈《たけ》なる髪はほつりと切れて、お辻は崩れるように、寝床の上、枕をはずして土気色《つちけいろ》の頬《ほお》を蒲団《ふとん》に埋《うず》めた。

玉の緒か、然らば玉の緒は、長く婦人《おんな》の手に奪われて、活《い》きたる如く提《ひっさ》げられたのである。

莞爾《かんじ》として朱《しゅ》の唇の、裂けるかと片頬笑《かたほえ》み、

「腕白《わんぱく》、膝へ薬をことづかってくれれば、私が来るまでもなく、此の女《むすめ》は殺せたものを、夜《よ》が明けるまで黙って寐なよ。」といいすてにして、細腰楚々《さいようそゝ》たる後姿《うしろすがた》、肩を揺《ゆす》って、束《つか》ね髱《たぼ》がざわ〳〵と動いたと見ると、障子の外。

蒼《あお》い光は浅葱幕《あさぎまく》を払ったように颯と消えて、襖も壁も旧《もと》の通り、燈《ともしび》が薄暗く点《つ》いて居た。

同時に、戸外《おもて》を山手《やまて》の方《かた》へ、からこん〳〵と引摺《ひきず》って行く婦人《おんな》の跫音、私はお辻の亡骸《なきがら》を見まいとして掻巻を被《かぶ》ったが、案外かな。

抱起《だきおこ》されると眩《まばゆ》いばかりの昼であった。母親も帰って居た。抱起したのは昨夜《ゆうべ》のお辻で、高島田も其まゝ、早《は》や朝の化粧《けはい》もしたか、水の垂《た》る美しさ。呆気《あっけ》に取られて目も放さないで目詰《みつ》めて居ると、雪にも紛う頸《うなじ》を差《さし》つけ、くッきりした髷《まげ》の根を見せると、白粉《おしろい》の薫《かおり》、櫛《くし》の歯も透通《すきとお》って、

「島田がお好《すき》かい、」と唯《たゞ》あでやかなものであった。私は家に帰って後《のち》も、疑《うたがい》は今に解けぬ。

お辻は十九で、敢《あえ》て不思議はなく、煩《わずら》って若死《わかじに》をした、其の黒髪を切ったのを、私は見て悚然《ぞっ》としたけれども、其は仏教を信ずる国の習慣であるそうな。

外科室

上

実は好奇心の故に、然《しか》れども予《よ》は予が画師《えし》たるを利器として、兎も角も口実を設けつゝ、予と兄弟もたゞならざる医学士高峰《たかみね》を強いて、某《それ》の日東京府下の一病院に於て、渠《かれ》が刀《とう》を下すべき、貴船《きふね》伯爵夫人の手術をば予をして見せしむることを余儀なくしたり。

其《その》日午前九時過ぐる頃家を出《い》でて病院に腕車《わんしゃ》を飛ばしつ。直ちに外科室の方《かた》に赴《おもむ》く時、先方《むこう》より戸を排してすら〳〵と出来《いでき》たれる華族の小間使とも見ゆる容目《みめ》妍《よ》き婦人《おんな》二三人と、廊下の半ばに行違えり。

見れば渠等《かれら》の間には、被布着たる一個《いっこ》七八歳の娘を擁しつ、見送るほどに見えずなれり。これのみならず玄関より外科室、外科室より二階なる病室に通うあいだの長き廊下には、フロックコート着たる紳士、制服着けたる武官、或は羽織袴《はかま》の扮装《いでたち》の人物、其他、貴婦人令嬢等《とう》いずれも尋常《ただ》ならず気高きが、彼方《あなた》に行違い、此方《こなた》に落合い、或は歩し、或は停し、往復恰《あたか》も織るが如し。予は今門前に於て見たる数台《すだい》の馬車に思い合せて、ひそかに心に頷《うなず》けり。渠等の或者は沈痛に、或者は憂慮《きづかわ》しげに、はた或者は慌《あわた》ゞしげに、いずれも顔色穏《おだやか》ならで、忙《せわ》しげなる小刻みの靴の音、草履《ぞうり》の響《ひゞき》、一種寂寞《せきばく》たる病院の高き天井と、広き建具と、長き廊下との間にて、異様の跫音《きょうおん》を響かしつゝ、転《うた》た陰惨の趣をなせり。

予はしばらくして外科室に入《い》りぬ。

時に予と相目して、脣辺《しんぺん》に微笑《びしょう》を浮べたる医学士は、両手を組みて良《や》ゝあおむけに椅子に凭《よ》れり。今にはじめぬことながら、殆ど我国の上流社会全体の喜憂に関すべき、この大《おお》いなる責任を荷《にな》える身の、恰も晩餐《ばんさん》の筵《むしろ》に望みたる如く、平然として冷《ひやゝ》かなること、おそらく渠の如きは稀なるべし。助手三人と、立会《たちあい》の医博士一人と、別に赤十字の看護婦五名あり。看護婦其者にして、胸に勲章帯びたるも見受けたるが、あるやんごとなきあたりより特に下し給えるもありぞと思わる。他《た》に女性《にょしょう》とてはあらざりし。なにがし公と、なにがし侯と、なにがし伯と、皆《みな》立会の親族なり。然して一種形容すべからざる面色《おもゝち》にて、愁然として立ちたるこそ、病者の夫の伯爵なれ。

室内のこの人々に瞻《みまも》られ、室外の彼《か》の方々に憂慮《きづか》われて、塵《ちり》をも数うべく、明るくして、しかも何となく凄まじく侵すべからざる如き観ある処の外科室の中央に据えられたる、手術台なる伯爵夫人は、純潔なる白衣を絡《まと》いて、死骸《しがい》の如く横われる、顔の色あくまで白く、鼻高く、頤《おとがい》細りて手足は綾羅《りょうら》にだも堪えざるべし。脣《くちびる》の色少しく褪《あ》せたるに、玉の如き前歯幽《かす》かに見え、眼《め》は固く閉したるが、眉《まゆ》は思いなしか顰《ひそ》みて見られつ。纔《わずか》に束《つか》ねたる頭髪は、ふさ〳〵と枕に乱れて、台の上にこぼれたり。

其かよわげに、且つ気高く、清く、貴く、美わしき病者の俤《おもかげ》を一目見るより、予は慄然《りつぜん》として寒さを感じぬ。

医学士はと、不図《ふと》見れば、渠は露ほどの感情をも動かし居《お》らざるものの如く、虚心に平然たる状露《さまあら》われて、椅子に坐《すわ》りたるは室内に唯渠のみなり。其太《いた》く落着きたる、これを頼母《たのも》しと謂《い》わば謂え、伯爵夫人の爾《しか》き容体を見たる予が眼よりは寧ろ心憎きばかりなりしなり。

折からしとやかに戸を排して、静かにこゝに入来《いりきた》れるは、先刻《さき》に廊下にて行逢いたりし三人の腰元の中に、一際目立ちし婦人《おんな》なり。

そと貴船伯《きふねはく》に打向《うちむか》いて、沈みたる音調以《も》て、

「御前《ごぜん》、姫様《ひいさま》はよう〳〵お泣き止《や》み遊ばして、別室に大人しゅう在《い》らっしゃいます。」

伯はものいわで頷けり。

看護婦は吾が医学士の前に進みて、

「それでは、貴下《あなた》。」

「宜しい。」

と一言答えたる医学士の声は、此時少しく震《ふるい》を帯びてぞ予が耳には達したる。其顔色は如何にしけん、俄《にわか》に少しく変りたり。

さては如何なる医学士も、驚破《すわ》という場合に望みては、さすがに懸念のなからんやと、予は同情を表《ひょう》したりき。

看護婦は医学士の旨を領して後、彼の腰元に立向いて、

「もう、何ですから、彼《あ》のことを、一寸、貴下から。」

腰元は其意を得て、手術台に擦寄《すり》りつ、優に膝の辺まで両手を下げて、しとやかに立礼し、

「夫人《おくさま》、唯今、お薬を差上げます。何《ど》うぞ其《それ》を、お聞き遊ばして、いろはでも、数字でも、お算《かぞ》え遊ばしますように。」

伯爵夫人は答なし。

腰元は恐る〳〵繰返して、

「お聞済みでございましょうか。」

「あゝ。」とばかり答え給う。

念を推して、

「それでは宜しゅうございますね。」

「何かい、痲酔剤《ねむりぐすり》をかい。」

「はい、手術の済みますまで、ちょっとの間でございますが、御寝《げし》なりませんと、不可《いけ》ませんそうです。」

夫人は黙して考えたるが、

「いや、よそうよ。」と謂える声は判然として聞えたり。一同顔を見合せぬ。

腰元は諭《さと》すが如く、

「それでは夫人《おくさま》、御療治が出来ません。」

「はあ、出来なくッても可《い》いよ。」

腰元は言葉は無くて、顧みて伯爵の色を伺《うかがえ》り。伯爵は前に進み、

「奥、そんな無理を謂っては不可ません。出来なくッても可いということがあるものか。我儘を謂ってはなりません。」

侯爵はまた傍より口を挟めり。

「余り、無理をお謂やったら、姫《ひい》を連れて来て見せるが可いの。疾《はや》く快くならんで何うするものか。」

「はい。」

「それでは御得心でございますか。」

腰元は其間《あいだ》に周旋せり。夫人は重げなる頭《かぶり》を掉《ふ》りぬ。看護婦の一人は優しき声にて、

「何故《なぜ》、其様《そんな》にお嫌い遊ばすの、ちっとも厭《いや》なもんじゃございませんよ、うと〳〵遊ばすと、直ぐ済ん

でしまいます。」

此時夫人の眉は動き、口は曲《ゆが》みて、瞬間苦痛に堪えざる如くなりし。半ば目を睜《みひら》きて、

「そんなに強《し》いるなら仕方がない。私はね、心に一つ秘密がある。痲酔剤《ねむりぐすり》は譫言《うわごと》を謂うと申すから、それが恐くってなりません、何卒《どうぞ》もう、眠らずにお療治が出来ないようなら、もう〱快《なお》らんでも可い、よして下さい。」

聞くが如くんば、伯爵夫人は、意中の秘密を夢現《むげん》の間に人に呟《つぶや》かんことを恐れて、死を以てこれを守ろうとするなり。良人《おっと》たる者が此れを聞ける胸中いかん。此言《ことば》をしてもし平生にあらしめば必ず一条《いちじょう》の紛紜《ふんぬん》を惹起《ひきおこ》すに相違なきも、病者に対して看護の地位に立てる者は何等《なんら》のことも之を不問に帰せざるべからず。然も吾が口よりして、あからさまに秘密ありて人に聞かしむることを得ずと、断乎《だんこ》として謂出《いいいだ》せる、夫人の胸中を推《すい》すれば。

伯爵は温乎《おんこ》として、

「私《わし》にも、聞かされぬことなンか。え、奥。」

「はい、誰にも聞かすことはなりません。」

夫人は決然たるものありき。

「何も痲酔剤《ますいざい》を嗅《か》いだからって、譫言を謂うという、極《き》まったことも無さそうじゃの。」

「否《いいえ》、このくらい思って居れば、屹《きっ》と謂いますに違いありません。」

「そんな、また、無理を謂う。」

「もう、御免下さいまし。」

投棄《なげすつ》るが如く恬謂《かく》いつゝ、伯爵夫人は寝返りして、横に背《そむ》かんとしたりしが、病める身のまゝならで、歯を鳴らす音聞こえたり。

ために顔の色の動かざる者は、唯彼《か》の医学士一人あるのみ。渠は先刻《さき》に如何にしけん、一度《ひとたび》其平生を失《しっ》せしが、今やまた自若となりたり。

侯爵は渋面《じゅうめん》造りて、

「貴船、こりゃ何でも姫《ひい》を連れて来て、見せることじゃの、なんぼでも児《こ》の可愛さには我《が》折れよう。」

伯爵は頷きて、

「これ、綾《あや》。」

「は。」と腰元は振り返る。

「何を、姫を連れて来い。」

夫人は堪《たま》らず遮《さえぎ》りて、

「綾、連れて来んでも可い。何故、眠らなけりゃ、療治は出来ないか。」

看護婦は窮したる微笑《えみ》を含みて、

「お胸を少し切りますので、お動き遊ばしちゃあ、危険《けんのん》でございます。」

「なに、私ゃ、じっとして居る。動きゃあしないから、切っておくれ。」

予は其余りの無邪気さに、覚えず森寒《しんかん》を禁じ得ざりき。恐らく今日《きょう》の切開術は、眼を開きてこれを見るものあらじとぞ思えるをや。

看護婦はまた謂えり。

「それは夫人《おくさま》、いくら何んでも些少《ちっと》はお痛み遊ばしましょうから、爪をお取り遊ばすとは違いますよ。」

夫人はこゝに於てぱっちりと眼を睜《ひら》けり。気もたしかになりけん、声は凛《りん》として、

「刀《とう》を取る先生は、高峰様だろうね！」

「はい、外科々長です。いくら高峰様でも痛くなくお切り申すことは出来ません。」

「可いよ、痛かあないよ。」

「夫人《ふじん》、貴下の御病気は其様《そん》な手軽いのではありません。肉を殺《そ》いで、骨を削るのです。ちっとの間御辛抱なさい。」

臨検の医博士はいまはじめて恁謂えり。これ到底関雲長《かんうんちょう》にあらざるよりは、堪え得べきことにあらず。

然るに夫人は驚く色なし。

「其事は存じて居ります。でもちっともかまいません。」

「あんまり大病なんで、何うかしおったと思われる。」

と伯爵は愁然たり。侯爵は傍《かたわら》より、

「兎も角、今日はまあ見合すとしたら何うじゃの。後でゆっくりと謂聞《いい》かすが可《よ》かろう。」

伯爵は一議もなく、衆皆これに同ずるを見て、彼《か》の医博士は遮りぬ。

「一時後《ひとときおく》れては、取返しがなりません。一体、あなた方は病を軽蔑《けいべつ》して居《お》らるゝから埒《らち》あかん。感情をとやかくいうのは姑息《こそく》です。看護婦一寸お押え申せ。」

いと厳《おごそ》かなる命の下《もと》に五名の看護婦はバラ〳〵と夫人を囲みて、其手と足とを押えんとせり。渠等は服従を以て責任とす。単に、医師の命をだに奉ずれば可《よ》し、敢《あえ》て他の感情を顧みることを要せざるなり。

「綾！　来ておくれ。あれ！」

と夫人は絶入る呼吸《いき》にて、腰元を呼び給えば、慌《あわ》てて看護婦を遮りて、

「まあ、一寸待って下さい。夫人《おくさま》、どうぞ、御堪忍遊ばして。」と優しき腰元はおろ〳〵声。

夫人の面《おもて》は蒼然《そうぜん》として、

「どうしても肯《き》きませんか。其《そ》れじゃ全快《なお》っても死んでしまいます。可いから此儘で手術をなさいと申すのに。」

と真白く細き手を動かし、辛うじて衣紋《えもん》を少し寛《くつろ》げつゝ、玉の如き胸部を顕《あらわ》し、

「さ、殺されても痛かあない。ちっとも動きゃしないから、大丈夫だよ。切っても可い。」

決然として言放《いいはな》てる、辞色ともに動かすべからず。さすが高位の御身とて、威厳あたりを払うにぞ、満堂斉《ひと》しく声を呑《の》み、高き咳《しわぶき》をも漏らさずして、寂然《せきぜん》たりし其瞬間、先刻《さき》より些との身動きだもせで、死灰の如く、見えたる高峰、軽く見を起こして椅子を離れ、

「看護婦、刀《メス》を。」

「え、。」と看護婦の一人は、目を睜《みは》りて猶予《ためら》えり。一同斉しく愕然《がくぜん》として、医学士の面を瞻る時、他《た》の一人の看護婦は少しく震えながら、消毒したる刀《メス》を取りてこれを高峰に渡したり。

医学士は取ると其まゝ、靴音《くつおと》軽く歩を移して、衝《つ》と手術台に近接せり。

看護婦はおど〳〵しながら、

「先生、このまゝでいゝんですか。」

「あゝ、可いだろう。」

「じゃあ、お押え申しましょう。」

医学士は一寸手を挙げて、軽く押留《とど》め、

「なに、それにも及ぶまい。」

謂う時疾《はや》く其手は既に病者の胸を掻開《かき》けたり。夫人は両手を肩に組みて身動きだもせず。

恁《か》ゝりし時医学士は、誓うが如く、深重厳粛たる音調もて、

「夫人、責任を負って手術します。」

時に高峰の風采は一種神聖にして犯すべからざる異様のものにてありしなり。

「何うぞ。」と一言答《いら》えたる、夫人が蒼白なる両の頬《ほお》に刷《は》けるが如き紅を潮しつ。じっと高峰を見詰めたるまゝ、胸に臨める鋭刀《ナイフ》にも眼《まなこ》を塞がんとはなさざりき。

唯見《と》れば雪の寒紅梅、血汐《ちしお》は胸よりつと流れて、さと白衣《びゃくえ》を染むるとともに、夫人の顔は旧《もと》の如く、いと蒼白《あおじろ》くなりけるが、果せるかな自若として、足の指をも動かさざりき。

ことのこゝに及べるまで、医学士の挙動脱兎《だっと》の如く神速にして聊《いさ》か間《かん》なく、伯爵夫人の胸を割《さ》くや、一同は素《もと》より彼《か》の医博士に到るまで、言《ことば》を挟《さしはさ》むべき寸隙《すんげき》とてもなかりしなるが、こゝに於てか、わなゝくあり、面を蔽《おお》うあり、背向《そがい》になるあり、或は首を低《こうべ》を低《た》るゝあり、予の如き、我を忘れて、殆ど心臓まで寒くなりぬ。

三秒《セコンド》にして渠が手術は、ハヤ其佳境に進みつゝ、刀骨《メス》に達すと覚しき時、

「あ。」と深刻なる声を絞りて、二十日以来寝返りさえもえせずと聞きたる、夫人は俄然《がぜん》器械の如く、其半身を跳起きつゝ、刀《とう》取れる高峰が右手《めて》の腕《かいな》に両手を確《しか》と取縋《すが》りぬ。

「痛みますか。」

「いいえ、貴下だから、貴下だから。」

伝言懸けて伯爵夫人は、がっくりと仰向《あおむ》きつゝ、凄冷《せいれい》極り無き最後の眼《まなこ》に、国手《こくしゅ》をじっと瞻りて、

「でも、貴下は、貴下は、私《わたくし》を知りますまい！」

謂う時晩《おそ》し、高峰が手にせる刀《メス》に片手を添えて、乳の下深く掻切りぬ。医学士は真蒼《まっさお》になりて戦《おのゝ》きつゝ、

「忘れません。」

其声、其呼吸《いき》、其姿、其声、其呼吸《いき》、其姿。伯爵夫人は嬉しげに、いとあどけなき微笑《えみ》を含みて高峰の手より手をはなし、ばったり、枕に伏すとぞ見えし、脣《くちびる》の色変りたり。

其時の二人が状《さま》、恰も二人の身辺には、天なく、地なく、社会なく、全く人なきが如くなりし。

下

数うれば、はや九年前《ぜん》なり。高峰が其頃は未だ医科大学に学生なりし砌《みぎり》なりき。一日《あるひ》予は渠とともに、小石川なる植物園に散策しつ。五月五日躑躅《つゝじ》の花盛なりし。渠とともに手を携え、芳草の間を出つ、入りつ、園内の公園なる池を繞《めぐ》りて、咲揃《そろ》いたる藤を見つ。

歩《ほ》を転じて彼処《かしこ》なる躑躅の丘に上らんとて、池に添いつゝ、歩める時、彼方《かなた》より来りたる、一群の観客あり。

一個《ひとり》洋服の扮装《いでたち》にて煙突帽を戴《いただ》きたる蓄髯《ちくぜん》の漢《おとこ》前衛して、中に三人の婦人を囲みて、後《あと》よりもまた同一《おなじ》様なる漢《おとこ》来れり。渠等は貴族の御者なりし。中なる三人の婦人等《おんなたち》は、一様に深張《ふかばり》の涼傘《ひがさ》を指翳《さしかざ》して、裾捌《すそさばき》の音最冴《いとさや》かに、するくと練来れる、ト行違いざま高峰は、思わず後《あと》を見返りたり。

「見たか。」

高峰は頷きぬ。「む、。」

恁て丘に上りて躑躅を見たり。躑躅は美なりしなり。されど唯赤かりしのみ。

傍のベンチに腰懸《こしか》けたる、商人《あきゅうど》体の壮者《わかもの》あり。

「吉さん、今日は好《い》いことをしたぜなあ。」

「そうさね、偶《たま》にゃお前の謂うことを聞くも可いかな、浅草へ行って此処へ来なかったろうもんなら、拝まれるんじゃなかったっけ。」

「何しろ、三人とも揃ってらあ、どれが桃やら桜やらだ。」

「一人は丸髷《まるまげ》じゃあないか。」

「何《ど》の道はや御相談になるんじゃなし、丸髷でも、束髪でも、乃至しゃぐまでも何でも可い。」

「ところでと、あの風じゃあ、是非、高島田と来る処を、銀杏《いちょう》と出たなあ何ういう気だろう。」

「銀杏、合点《がてん》がいかぬかい。」

「ええ、わりい洒落《しゃれ》だ。」

「何でも、貴姑方《あなたがた》がお忍びで、目立たぬようにという肚《はら》だ。ね、それ、真中のに水際が立ってたろう。いま一人が影武者というのだ。」

「そこでお召物は何と踏んだ。」

「藤色と踏んだよ。」

「え、藤色とばかりじゃ、本読が納まらねえぜ。足下《そこ》のようでもないじゃないか。」

「眩《まばゆ》くってうなだれたね、おのずと天窓《あたま》が上がらなかった。」

「そこで帯から下へ目をつけたろう。」

「馬鹿をいわっし、勿体ない。見しやそれとも分かぬ間だったよ。あ、残惜《のこりおし》い。」

「あのまた、歩行振《あるきぶり》といったらなかったよ。唯もう、すうッとこう霞《かすみ》に乗って行くようだっけ。裾捌《すそさばき》、褄《つま》はずれなんということを、なるほどと見たは今日が最初《はじめ》てよ。何うもお育柄《そだちがら》はまた格別違ったもんだ。ありゃもう自然、天然と雲上《うんじょう》になったんだな。何うして下界の奴儕《やつばら》が真似ようたって出来るものか。」

「酷くいうな。」

「ほんのコッたが私《わっし》ゃそれ御存じの通り、北廓《なか》を三年が間、金毘羅《こんぴら》様に断《た》ったというもんだ。処が、何のこたあない。肌守《はだまもり》を懸けて、夜中に土堤《どて》を通ろうじゃあないか。罰のあたらないのが不思議さね。もう〳〵今日という今日は発心切った。あの醜婦《すべった》ども何うするものか。見なさい、アレアレちらほらとこう其処《そこ》いらに、赤いものがちらつくが、何うだ。まるでそら、芥塵《ごみ》か、蛆《うじ》が蠢《うご》めいて居るように見えるじゃあないか。馬鹿々々しい。」

「これはきびしいね。」

「串戯《じょうだん》じゃあない。あれ見な、やっぱりそれ、手があって、足で立って、着物も羽織もぞろりとお召しで、おんなじ様な蝙蝠傘《こうもりがさ》で立ってる処は、憚《はゞか》りながらこれ人間の女だ、然も女の新造《しんぞ》だ。女の新造に違いはないが、今拝んだのと較《くら》べて、何うだい。まるでもって、くすぶって、何といって可いか汚《よご》れ切って居らあ。あれでもおんなじ女だっさ、へん、聞いて呆《あき》れらい。」

「おや〳〵、何うした大変なことを謂出したぜ。しかし全くだよ。私もさ、今まではこう、ちょいとした女を見ると、ついそのなんだ。一所に歩くお前にも、随分迷惑を懸けたっけが、今のを見てからもうもう胸がすっきりした。何だかせい〳〵とする、以来女はふッつりだ。」

「それじゃあ生涯《しょうがい》ありつけまいぜ。源吉とやら、みずからは、とあの姫様《ひいさま》が、言いそうもないからね。」

「罰があたらあ、あてこともない。」

「でも、あなたやあ、と来たら何うする。」

「正直な処、私《わっし》は遁《に》げるよ。」

「足下《そこ》もか。」

「え、君は。」

「私も遁げるよ。」と目を合せつ。しばらく言途《ことば》絶えたり。

「高峰、ちっと歩こうか。」

予は高峰と共に立上りて、遠く彼《か》の壮佼《わかもの》を離れし時、高峰はさも感じたる面色《おももち》にて、

「あゝ、真の美の人を動かすことあの通りさ、君はお手のものだ、勉強し給え。」

予は画師たるが故に動かされぬ。行くこと数《す》百歩、彼《あ》の樟《くす》の大樹の鬱蓊《うつおう》たる木《こ》の下蔭《したかげ》の、稍《や》、薄暗きあたりを行く藤色の衣《きぬ》の端を遠くよりちらとぞ見たる。

園を出《い》ずれば丈《たけ》高く肥えたる馬二頭立ちて、磨《す》り硝子《がらす》入りたる馬車に、三個《みたり》の馬丁《べっとう》休らいたりき。其

後九年を経て病院の彼《か》のことありしまで、高峰は彼《か》の婦人のことにつきて、予にすら一言《こと》をも語らざりしかど、年齢に於ても、地位に於ても、高峰は室《しつ》あらざるべからざる身なるにも関《かゝわ》らず、家を納むる夫人なく、然も渠は学生たりし時代より品行一層謹厳にてありしなり。予は多くを謂わざるべし。

青山の墓地と、谷中《やなか》の墓地と所こそは変りたれ、同一《おなじ》日に前後して相逝《ゆ》けり。

語を寄す、天下の宗教家、渠等二人は罪悪ありて、天に行くことを得ざるべきか。

紫陽花

一

色青く光ある蛇、おびたゞしく棲《す》めればとて、里人は近よらず。其野社《そののやしろ》は、片眼の盲いたる翁ありて、昔より斉眉《かしず》けり。

其片眼を失いし時一たび見たりと言う、几帳の蔭に黒髪のたけなりし、それぞ神なるべき。

ちかきころ水無月中旬、二十日余り照り続きたる、きょう日ざかりの、鼓子花《ひるがお》さえ草いきれに色褪せて、砂も、石も、きら〳〵と光を帯びて、松の老木《おいき》の梢《こずえ》より、糸を乱せる如き薄き煙の立ちのぼるは、木精《こだま》とか言うものならん。おぼろ〳〵と霞むまで、暑き日の静さは夜半《よは》にも増して、眼もあてられざる野の細道を、十歳《とお》ばかりの美少年の、尻を端折《はしょ》り、竹の子笠被《かぶ》りたるが、跣足《はだし》にて、

「氷や、氷や。」

と呼びもて来つ。其《それ》より市《まち》に行かんとするなり。氷は筵包《むしろづつみ》にして天秤に釣したる、其片端には、手ごろの石を藁縄《わらなわ》もて結びかけしが、重きもの荷《にな》いたる、力なき身体のよろめく毎に、石は、ふら〳〵この如くはずみて揺れつ。

とこうして、此の社の前に来りし時、太き息つきて立停りぬ。

笠は目深《まぶか》に被りたれど、日の光は遮らで、白き頸《うなじ》も赤らみたる、渠《かれ》はいかに暑かりけん。

蚯蚓《みみず》の骸《むくろ》の干乾びて、色黒く成りたるが、なかばなま〳〵しく、心ばかり蠢《うごめ》くに、赤き蟻の群りて湧くが如く働くのみ、葉末《はすえ》の揺るゝ風もあらで、平たき焼石の上に何とか言う、尾の尖《さき》の少し黒き蜻蛉《とんぼ》の、

ひたと居て動きもせざりき。

かゝる時、社の裏の木蔭より婦人《おんな》二人出で来れり。一人は涼傘《ひがさ》畳み持ちて、細き手に杖としたる、いま一人は、それよりも年少《としわか》きが、伸上るようにして、背後より傘さしかけつ。腰元なるべし。丈高き貴女のつむりは、傘のうらに支うるばかり、青き絹の裏、眉のあたりに影をこめて、くらく光るものあり、黒髪にきらめきぬ。

怪しと美少年の見返る時、彼《か》の貴女、腰元を顧みしが、やがて此方《こなた》に向いて、

「あの、少しばかり。」

暑さと、疲労《つかれ》とに、少年はものも言いあえず、纔《わずか》に頷きて、筵《むしろ》を解きて、笹の葉の濡れたるをざわ〳〵と掻分けつ。

雫落ちて、雪の塊は氷室より切出したるまゝ、未だ角も失せざりき。其一角《ひとすみ》をば、鋸《のこぎり》もて切取りて、いざとて振向く。睫《まつげ》に額の汗つたいたるに、手の塞がりたれば、拭いもあえで眼を塞ぎつ。貴女の手に捧げたる雪の色は真黒なりき。

「この雪は、何《ど》うしたの。」

美少年はものをも言わで、直ちに鋸の刃を返して、さら〳〵と削り落すに、粉はばら〳〵とあたりに散り、ぢ、ぢ、ぢ、と蝉の鳴きやむ音して、焼砂に煮え込みたり。

二

あきないに出づる時、継母の心なく嘗《かつ》て炭を挽きしまゝなる鋸を持たせしなれば、さは雪の色づくを、少年は然《さ》りとも知らで、削り落し払うまゝに、雪の量は掌《たなそこ》に小さくなりぬ。

別に新しきを進めたる、其もまた黒かりき。貴女は手をだに触れんとせで、

「きれいなのでなくっては。」

と静《しずか》にかぶりをふりつゝいう。

「えゝ。」と少年は力を籠めて、ざら〳〵とぞ掻いたりける。雪は崩れ落ちて砂にまぶれつ。

渋々捨てて、新しきを、また別なるを、更に幾度か挽いたれど、鋸につきたる炭の粉の、其都度《つど》雪を汚しつゝ、はや残り少なに成りて、笹の葉に蔽《おお》われぬ。

貴女は身動《みじろ》きもせず、瞳をすえて、冷かに瞻《みまも》りたり。少年は便《たより》なげに、

「お母様《つかさん》に叱られら。お母様に叱られら。」

と訴うるが如く呟きたれど、耳にもかけざる状《さま》したりき。附添いたる腰元は、笑止と思い、

「まあ、何うしたと言うのだね、お前、変じゃないか。いけないね。」

とたしなめながら、

「可哀そうでございますから、あの……」と取做《とりな》すが如くにいう。

「いゝえ。」

と、にべもなく言いすてて、袖も動かさで立ちたりき。少年は上目づかいに、腰元の顔を見しが、涙

ぐみて俯《うつむ》きぬ。

雪の砕けて落《おち》散りたるが、見る〳〵水になりて流れて、けぶり立ちて、地の濡色も乾きゆくを、怨めしげに瞻りぬ。

「さ、おくれよ。いゝのを、いゝのを。」

と貴女は急込《せきこ》みてうながしたり。

こたびは鋸を下に置きて、筵《むしろ》の中に残りたる雪の塊を、其まゝ引出《ひきいだ》して、両手に載せつ。

「み、みんなあげよう。」

細りたる声に力を籠めて突出すに、一掴みの風冷たく、水気《すいき》むら〳〵と立ちのぼる。

流るゝ如き瞳動きて、雪と少年の面《おもて》を、貴女は屹《きっ》とみつめしが、

「あら、こんなじゃ、いけないいッていうのに。」

といまは苛《いら》てる状にて、はたとばかり掻退《かいの》けたる、雪は辷《すべ》り落ちて、三ツ四ツに砕けたるを、少年のあなやと拾《ひろ》いて、拳を固めて掴むと見えし、血の色颯と頬を染めて、右手《めて》に貴女の手を扼《とりしば》り、ものをも言わで引立てつ。

「あれ、あれ、あれえ！」

と貴女は引かれて倒れかゝりぬ。

風一陣、さら〳〵と木の葉を渡れり。

三

腰元のあれよと見るに、貴女の裾、袂、はら〳〵と、柳の糸を絞るかのよう、細腰を捩りてよろめきつゝ、ふたゝび悲しき声たてられしに、つと駈寄りて押隔て、

「えゝ！　失礼な、これ、これ、御身分を知らないか。」

貴女はいき苦しき声の下に、

「いゝから、いゝから。」

「御前《ごぜん》――」

「いゝから好きにさせておやり。さ、行こう。」

と胸を圧して、馴れぬ足に、煩わしかりけん、穿物を脱ぎ棄《す》てつ。

引かれて、やがて蔭ある処、小川流れて一本の桐の青葉茂り、紫陽花の花、流にのぞみて、破垣《やれがき》の内外に今を盛りなる空地の此方に来りし時、少年は立停りぬ。貴女はほと息つきたり。

少年はためらう色なく、流に俯して、掴み来れる件の雪の、炭の粉に黒くなれるを、その流れに浸して洗いつ。

掌にのせてぞ透し見たる。雫ひた〳〵と滴りて、時の間に消え失する雪は、はや豆粒のやゝ大《おお》いなるばかりとなりしが、水晶の如く透きとおりて、一点の汚もあらずなれり。

きっと見て、

「これでいゝかえ。」という声ふるえぬ。

貴女は蒼《あお》く成りたり。

後馳《おくれば》せに追続ける腰元の、一目見るより色を変えて、横様にしっかと抱く。其《そ》の膝に倒れかゝりつ、片手をひしと胸にあてて。

「あ。」とくいしばりて、苦しげに空をあおげる、唇の色青く、鉄漿《かね》つけたる前歯動き、地に手をつきて、草に縋《すが》れる真白き指のさきわなゝきぬ。

はッとばかり胸をうちて瞻るひまに衰えゆく。

「御前様――御前様。」

腰元は泣声たてぬ。

「しずかに。」

幽《かすか》なる声をかけて、

「堪忍《かんにん》おし、坊や、坊や。」とのみ、言う声も絶え入りぬ。

呆れし少年の縋り着きて、いまは雫ばかりなる氷を其口に齎《もたら》しつ。腰元腕《かいな》をゆるめたれば、貴女の顔のけざまに、うっとりと目を睜《みひら》き、胸をおしたる手を放ちて、少年の肩を抱きつゝ、じっと見てうなずくはしに、がっくりと咽喉に通りて、桐の葉越の日影薄く、紫陽花の色、淋しき其笑顔にうつりぬ。

くさびら

御馳走には季春《しゅん》がまだ早いが、たゞ見るだけなら何時《いつ》でも構わない。食料に成る成らないは別として、今頃の梅雨には種々《さまざま》の茸《きのこ》がにょき〳〵と野山に生《は》える。

野山に、にょき〳〵、と言って、あの形を想うと、何となく滑稽《おど》けてきこえて、大分安直《だいぶあんちょく》に扱うようだけれども、飛《と》んでもない事、あれでなか〳〵凄味《すごみ》がある。

先年《せんねん》、麹町《こうじまち》の土手三番町《どてさんばんちょう》の堀端寄《ほりばたより》に住んだ借家《しゃくや》は、太い湿気《しけ》で、遁出《にげだ》すように引越《ひっこ》した事がある。一体三間《いったいみま》ばかりの棟割長屋《むねわりながや》に、八畳も、京間《きょうま》で広々として、柱に唐草彫《からくさぼり》の釘かくしなどがあろうと言う、書院《しょいん》づくりの一座敷《ひとざしき》を、無理に附着《つきつ》けて、屋賃《やちん》をお邸《やしき》なみにしたのであるから、天井《てんじょう》は高いが、床は低い。――大掃除の時に、床板《ゆかいた》を剝すと、下は水溜《みずたまり》に成って居て、溢《あふ》れたのがちょろ〳〵と蜘蛛手《くもで》に走ったのだから可恐《おそろし》い。此《こ》の邸……いや此の座敷へ茸が出た。

生えた……などと尋常《じんじょう》な事は言うまい。「出た」とおばけらしく話したい。五月雨《さみだれ》のしと〳〵とする時分《じぶん》、家内が朝の間《あいだ》、掃除をする時、縁《えん》のあかりで気が着《つ》くと、畳のへりを横縦《よこたて》にスッと一列に並んで、小《ち》さい雨垂《あまだれ》に足の生えたようなものの群《むら》り出たのを、黴《かび》にしては寸法が長し、と横に透《すか》すと、まあ、怪《け》しからない、悉《ことごと》く茸であった。細い針ほどな侏儒《いっすんぼうし》が、一《ひと》つ〳〵、と、歩《ある》行き出しそうな気勢《けはい》がある。吃驚《びっくり》して、煮湯《にえゆ》で雑巾を絞って、よく拭《ぬぐ》って、先《ま》ず退治た。が、暮方《くれがた》の掃除に視《み》ると、同じように、ずらりと並んで揃って出て居た。此《これ》が茸なればこそ、目もまわさずに、じっと堪《こら》えて私には話さずに秘《かく》して居た。私が臆病だからである。

何しろ梅雨あけ早々《そう〳〵》に其家《そこ》は引越した。が、……私はあとで聞いて身ぶるいした。むかしは加州山中《かしゅうさんちゅう》の温泉宿に、住居《すまい》の大囲炉裡《おおいろり》に、灰の中《なか》から、笠のかこみ一尺ばかりの真黒な茸が三本ずつ、続けて五日も生えた、と言うのが、手近な三州奇談《さんしゅうきだん》に出て居る。家族は一統《いっとう》、加持《かじ》よ祈祷《きとう》よ、と青くなって騒いだが、私に似ない其主人《そのしゅじん》、胆《たん》が据《すわ》って聊《いさゝ》かも騒がない。茸だから生えると言って、むしっては捨て、むしっては捨てたので、やがて妖《よう》は留《や》んで、一家に何事の触《さわ》りもなかった——鐵心銷怪《てっしんかいをけす》。偉い！……と其《そ》の編者は賞《ほ》めて居る。私は笑われても仕方がない。成程《なるほど》、其の八畳に転寝をすると、とろりとすると下腹《したはら》がチクリと疼《いた》んだ。針のような茸が洒落に突《つゝ》いたのであろうと思って、もう一度身ぶるいすると同時に、何《ど》うやら其の茸が、一《ひとつ》ずつ芥子《けし》ほどの目を剝《む》いて、ぺろりと舌を出して、店賃《たなちん》の安値《やす》いのを嘲笑《あざわら》って居たようで、少々癪《しゃく》だが、しかし可笑《おかし》い。可笑いが、気味が悪い。

能の狂言に「茸」がある。——山家《やまが》あたりに住むものが、邸中《やしきじゅう》、座敷まで大《おおき》な茸が幾つともなく出て祟《たゝ》るのに困《こう》じて、大峰葛城《おおみねかつらぎ》を渡った知音《ちいん》の山伏《やまぶし》を頼んで来ると、「それ、山伏と言っぱ山伏なり、何と殊勝《しゅしょう》なか。」と先ず威張って、兜巾《ときん》を傾け、いらたかの数珠《じゅず》を揉《も》みに揉んで、祈るほどに、祈るほどに、祈れば祈るほど、大《おおき》な茸の、あれ〳〵思いなしか、目鼻手足《めはなてあし》のようなものの見えるのが、おびたゞしく出て、したゝか仇《あだ》をなし、引着《ひきつ》いて悩ませる。「いで、此上《このうえ》は、茄子《なすび》の印《いん》を結んで掛け、いろはにほへとと祈るならば、などか奇特《きどく》のなかるべき、などか、ちりぬるをわかンなれ。」と祈る時、傘を半びらきにした、中にも毒々《どく〳〵》しい魔形《まぎょう》なのが、二《に》の松へ這って出る。此にぎょっとしながら、いま一祈《ひといの》り祈りかけると、その茸、傘を開いてスックと立ち、躍《おど》りかゝって、「ゆるせ、」と逃げ廻る山伏を、「取って噛もう、取って噛もう。」と脅《おびやか》すのである。——彼等を軽《かろ》んずる人間に対して、茸のために気を吐《は》いたものである。臆病な癖に私はすきだ。

そこで茸の扮装は、縞《しま》の着附《きつけ》、括袴《くゝりばかま》、腰帯《こしおび》、脚絆《きゃはん》で、見徳《けんとく》、嘯吹《うそぶき》、上髯《うわひげ》の面《めん》を被《かぶ》る。その傘の逸《いち》もつが、鬼頭巾《おにづきん》で武悪《ぶあく》の面《めん》だそうである。岩茸《いわたけ》、灰茸《はいたけ》、鳶茸《とびたけ》、坊主茸《ぼうずたけ》の類《たぐい》であろう。いずれも、塗笠《ぬりがさ》、檜笠《ひがさ》、菅笠《すげがさ》、坊主笠《ぼうずがさ》を被って出ると言う。……此の狂言はまだ見ないが、古寺《ふるでら》の広室《ひろま》の雨、孤屋《ひとつや》の霧のたそがれを舞台《ぶたい》にして、ずらりと此の形《なり》で並んだら、並んだだけで、おもしろかろう。……中に、紅絹《もみ》の切《きれ》に、白い顔の目ばかり出して褄折笠《つまおりがさ》の姿がある。紅茸《べにたけ》らしい。あの露を帯びた色は、幽《かすか》に光をさえ放って、たとえば、妖女《ようじょ》の艶《えん》がある。庭に植えたいくらいに思う。食べるのじゃあないから――茸よ、取って噛むなよ、取って噛むなよ。……

人魚の祠《ほこら》

一

「いまの、あの婦人が抱いて居た嬰児《あかんぼ》ですが、鯉か、鼈《すっぽん》でも有りそうでならないんですがね。」

「…………」

私は、黙《だま》って工学士の其《そ》の顔を視《み》た。

「まさかとは思いますが。」

赤坂の見附《みつけ》に近い、唯《と》ある珈琲店《コオヒイてん》の端近《はしぢか》な卓子《テエブル》で、工学士は麦酒《ビイル》の硝子杯《コップ》を控えて云った。

私は巻莨《まきたばこ》を点けながら、

「あゝ、結構。私は、それが石地蔵《いしじぞう》で、今のが姑護鳥《うぶめ》でも構いません。けれども、それじゃ、貴方が世間へ済まないでしょう。」

六月の末であった。府下《ふか》渋谷辺《へん》に或茶話会《あるさわかい》があって、斯《こ》の工学士が其の席に臨むのに、私は誘われて一日《あるひ》出向《でむ》いた。

談話《はなし》の聴人《きゝて》は皆《みな》婦人で、綺麗な人が大分《だいぶ》見えた、と云う質《たち》のであるから、羊羹《ようかん》、苺《いちご》、念入《ねんいり》に紫《むらさき》袱紗《ふくさ》で薄茶《うすちゃ》の饗応《もてなし》まであったが――辛抱をなさい――酒と云うものは全然《まるで》ない。が、豫《かね》ての覚悟である。それがために意地汚《いじきたな》く、帰途《かえり》に恁《こ》うした場所へ立寄った次第ではない。

本来なら其の席で、工学士が話した或種《あるしゅ》の講述を、こゝに筆記でもした方が、読まるゝ方々の利益《りえき》なのであろうけれども、それは殊更に御海容《ごかいよう》を願うとして置く。

実は往路《いき》にも同伴立《つれだ》った。

指す方《かた》へ、煉瓦塀板塀《れんがべいいたべい》続きの細い路《みち》を通る、とやがて其の会場《かいじょう》に当る家の生垣で、其処《そこ》で三つの外囲《そとがこい》が三方《さんぼう》へ岐《わか》れて三辻《みつじ》に成る……曲角《まがりかど》の窪地《くぼち》で、日蔭《ひかげ》の泥濘《ぬかるみ》の処《ところ》が——空《そら》は曇《くも》って居た——残《のこ》ンの雪かと思う、散敷《ちりし》いた花で真白であった。

下へ行《ゆ》くと学士の背広が明《あか》るいくらい、今を盛《さかり》と空に咲く。枝も梢《こずえ》も撓《たわ》に満ちて、仰向《あおむ》いて見上《みあ》げると屋根よりは丈伸《たけの》びた樹が、対《つい》に並んで二株《ふたかぶ》あった。李《すもゝ》の時節《じせつ》でなし、卯木《うつぎ》に非《あら》ず。そして、木犀《もくせい》のような甘い匂《におい》が、燻《いぶ》したように薫《かお》る。楕円形の葉は、羽状複葉《うじょうふくよう》と云うのが真蒼《まっさお》に上《うえ》から可愛《かわい》い花をはら〱と包《つゝ》んで、鷺《さぎ》が緑なす蓑《みの》を被《かつ》いで、彳《たゝず》みつゝ、颯《さっ》と開いて、雙方《そうほう》から翼を交した、比翼連理《ひよくれんり》の風情がある。

私は固《もと》よりである。……学士にも、此の香木《こうぼく》の名が分らなかった。

当日《とうじつ》、席でも聞合《きゝあわ》せたが、居合《いあ》わせた婦人連《ふじんれん》が亦誰《またたれ》も知らぬ。其の癖、佳薫《いゝかおり》のする花だと云って、小《ちい》さな枝ながら硝子杯に挿《さ》して居たのがあった。九州の猿が狙うような棲《つま》の媚《なまめ》かしい姿をしても、下枝《したえだ》までも届《とゞ》くまい。小鳥の啄《ついば》んで落したのを通りがかりに拾って来たものであろう。

「お乳《ちゝ》のようですわ。」

一人《ひとり》の処女が然《そ》う云った。

成程《なるほど》、近々と見ると、白い小さな花の、薄《うっす》りと色着《いろづ》いたのが一ツ一ツ、美《うつく》しい乳首《ちゝくび》のような形に見えた。

却説《さて》、日が暮れて、其の帰途《かえり》である。

私たちは七丁目《なゝちょうめ》の終点から乗って赤坂の方へ帰って来た……あの間《あいだ》の電車は然《さ》して込合《こみあ》う程《ほど》では無いのに、空怪《そらあや》しく雲脚《くもあし》が低く下《さが》って、今にも一降《ひとふり》来そうだったので、人通《ひとどお》りが慌《あわたゞ》しく、一町場二町場《ひとちょうばふたちょうば》、近処《きんじょ》へ用たしの分も使《たよ》ったらしい、停留場毎《ていりゅうじょうごと》に乗人《のりて》の数が多かった。

で、何時何処《いつどこ》から乗組んだか、つい、それは知らなかったが、丁《ちょう》ど私たちの並んで掛けた向《むこ》う側――墓地とは反対――の処に、二十三四の色の白い婦人が居る……

先《ま》ず、色の白い婦《おんな》と云おう、が、雪なす白さ、冷《つめた》さではない。薄桜の影がさす、朧《おぼろ》に香《にお》う装《よそおい》である。……こんなのこそ、膚《はだえ》と云うより、不躾《ぶしつけ》ながら肉《にく》と言おう。其胸《そのむね》は、合歓《ねむ》の花が雫《しずく》しそうにほんのりと露《あらわ》である。

藍地《あいじ》に紺の立絞《たてしぼり》の浴衣を唯一重《たゞひとえ》、糸ばかりの紅《くれない》も見せず素膚《すはだ》に着た。襟をなぞえに膨《ふっく》りと乳《ち》を画《くぎ》って、衣《きぬ》が青い。青いのが葉に見えて、先刻《さっき》の白い花が俤立《おもかげだ》つ……撫肩《なでがた》をたゆげに落して、すらりと長く膝の上へ、和々《やわ〳〵》と重量《おもみ》を持たして、二の腕を撓《しな》やかに抱いたのが、其《それ》が嬰児で、仰向けに寝た顔へ、白い帽子を掛けてある。寝顔に電燈《でんとう》を厭《いと》ったものであろう。嬰児の顔は見えなかった、だけ其だけ、懸念《けねん》と云えば懸念なので、工学士が――鯉か鼈《すっぽん》か、と云ったのは此《これ》であるが……

此の媚《なま》めいた胸のぬしは、顔立ちも際立って美しかった。鼻筋の象牙彫《ぞうげぼり》のようにつんとしたのが難《なん》を言えば強過《つよす》ぎる……かわりには目を恍惚《うっとり》と、何か物思《ものおも》う体《てい》に仰向いた、細面《ほそおも》が引緊《ひきしま》って、口許《くちもと》とともに人品《じんぴん》を崩《くず》さないで且《か》つ威《い》がある……其の顔だちが帯《おび》よりも、きりゝと細腰《ほそごし》を緊《し》めて居た。面《おもて》で緊めた姿である。皓歯《しらは》の一《ひと》つも莞爾《にっこり》と綻《ほころ》びたら、はらりと解けて、帯も浴衣も其のまゝ消えて、膚《はだ》の白い色が颯と簇《むらが》って咲こう。霞《かすみ》は花を包むと云うが、此の婦《おんな》は花が霞《かすみ》を包むのである。膚《はだえ》が衣《きぬ》を消すばかり、其の浴衣の青いのにも、胸襟《むねえり》のほのめく色はうつろわぬ、然《しか》も湯上《ゆあが》りかと思う温《あたゝか》さを全身に漲《みなぎ》らして、髪《かみ》の艶《つや》さえ滴《したゝ》るばかり濡々《ぬれ〳〵》として、其がそよいで、硝子窓《がらすまど》の風に額《ひたい》に絡《まつ》わる、汗ばんでさえ居たらしい。

ふと明《あ》いた窓へ横向きに成って、ほつれ毛《げ》を白々《しろぐ》とした指で掻《か》くと、あの花の香《か》が強く薫った、と思うと緑の黒髪《くろかみ》に、同じ白い花の小枝を活《い》きたる萼《うてな》、湧立《わきた》つ蕊《しべ》を揺《ゆる》がして、鬢《びんづら》に挿《さ》して居たのである。

唯《と》、見た時、工学士の手が、確《しか》と私の手を握った。

「下りましょう。是非、談話《はなし》があります。」

立って見送《みおく》れば、其の婦《おんな》を乗せた電車は、見附《みつけ》の谷の窪《くぼ》んだ広場《ひろば》へ、すら〳〵と降りて、一度暗《くら》く成って停まったが、忽《たちま》ち風に乗ったように地盤を空《そら》ざまに颯と坂へ辷《すべ》って、青い火花がちらちらと、桜の街樹《なみき》に搦《から》んだなり、暗夜《くらがり》の梢に消えた。

小雨《こさめ》がしと〳〵と町へかゝった。

其処で珈琲店へ連立って入ったのである。

こゝに、一寸断《ちょっとことわ》っておくのは、工学士は嘗《かつ》て苦学生で、其当時《とうじ》は、近県《きんけん》に売薬《ばいやく》の行商をした事である。

二

「利根川の流《ながれ》が汎濫《はんらん》して、田《た》に、畠《はたけ》に、村里《むらざと》に、其の水が引残《ひきのこ》って、月を経《へ》、年《とし》を過《す》ぎても涸《か》れないで、其のまゝ溜水《たまりみず》に成ったのがあります。……

小さなのは、河骨《こうほね》の点々《ぽつ〳〵》黄色《きいろ》に咲いた花の中を、小児《こども》が徒《いたずら》に猫を乗せて盥《たらい》を漕いで居る。大《おお》きなのは汀《みぎわ》の芦《あし》を積んだ船が、棹《さお》さして波を分けるのがある。千葉、埼玉、あの大河《たいが》の流域を辿る旅人は、時々、否《いや》、毎日一ツ二ツは度々此の水に出会《でっくわ》します。此を利根の忘れ沼、忘れ水と呼んで居る。

中には又、あの流を邸内《ていない》へ引いて、用水ぐるみ庭の池にして、筑波の影を矜《ほこ》りとする、豪農《ごうのう》、大百姓《おおびゃくしょう》などがあるのです。

唯今《たゞいま》お話をする、……私が出会《であ》いましたのは、何《ど》うも庭に造《つく》った大池《おおいけ》で有ったらしい。尤《もっと》も、居周囲《いまわり》に柱《はしら》の跡らしい礎《いしずえ》も見当りません。が、其とても埋《うも》れたのかも知れません。一面《いちめん》に草が茂って、曠野《あらの》と云った場所で、何故《なぜ》に一度は人家《じんか》の庭だったか、と思われたと云うのに、其の沼の真中《まんなか》に拵《こしら》えたような中島の洲《す》が一《ひと》つ有ったからです。

で、此の沼は、話を聞いて、お考《かんが》えに成るほど大なものではないのです。然うかと云って、向う岸とさし向《むか》って声が届くほどは小さくない。それじゃ余程広いのか、と云うのに、又然うでもない、ものの十四五分《ふん》も歩行《ある》いたら、容易《たやす》く一周《ひとまわ》り出来そうなんです。但《たゞ》し十四五分で一周《ひとまわり》と云って、すぐに思うほど、狭《せま》いのでもないのです。

と、恁う言います内《うち》にも、其の沼が伸びたり縮《ちゞ》んだり、すぼまったり、拡がったり、動いて居るようでしょう。――居ますか、結構です――其のつもりでお聞き下さい。

一体《いったい》、水と云うものは、一雫《ひとしずく》の中にも河童《かっぱ》が一個《ひとつ》居て住むと云う国が有りますくらい、気心《きごころ》の知れないものです。分けて底澄《そこず》んで少《すこ》し白味《しろみ》を帯《お》びて、とろ〳〵と然も岸とすれ〴〵に満々と湛《たゝ》えた古沼《ふるぬま》ですもの。丁《ちょう》ど、其の日の空模様、雲と同一《おなじ》に淀《どんよ》りとして、雲の動く方へ、一所《いっしょ》に動いて、時々、てら〳〵と天に薄日《うすび》が映《さ》すと、其の光を受けて、晃々《きら〳〵》と光《ひか》るのが、沼の面《おもて》に眼《まなこ》があって、薄目《うすめ》に白く人を窺《うかゞ》うようでした。

此では、其の沼が、何だか不気味《ぶきみ》なようですが、何、一寸の間《ま》の事で、――四時下《さが》り、五時前と云う時刻――暑い日で、大層《たいそう》疲《つか》れて、汀にぐったりと成って一息吐《つ》いて居る中《うち》には、雲が、なだらかに流れて、薄いけれども平《たいら》に日を包むと、沼の水は静《しずか》に成って、そして、少し薄暗《うすぐら》い影が渡りました。

風はそよりともない。が、濡れない袖も何となく冷いのです。

風情は一段で、汀には、所々、丈の低い燕子花《かきつばた》の、紫の花に交《まじ》って、あち此方《こち》に又一輪《りん》ずつ、言交《いいか》わしたように、白い花が交《まじ》って咲く……

あの中島は、簇《むらが》った卯の花で雪を被《かつ》いで居るのです。岸に、葉と花の影の映る処は、松葉が流れるように、ちら〳〵と水が揺れます。小魚《こうお》が泳ぐのでしょう。

差渡《さしわた》し、池の最も広《ひろ》い、向うの汀に、こんもりと一本《ぽん》の柳が茂って、其の緑の色を際立てて、背後《うしろ》に一叢《ひとむら》の森がある、中へ横雲《よこぐも》を白くたなびかせて、もう一叢、一段高く森が見える。うしろは、遠里《とおざと》の淡《あわ》い靄《もや》を曳《ひ》いた、なだらかな山なんです。――柳の奥に、葉を掛けて、小さな葭簀張《よしずばり》の茶店《ちゃみせ》が見えて、横が街道《かいどう》、すぐに水田《みずた》で、水田のへりの流にも、はら〳〵燕子花が咲いて居ます。此の方は、薄碧《うすあお》い、眉毛のような遠山《とおやま》でした。

唯《と》、沼が呼吸《いき》を吐《つ》くように、柳の根《ね》から森の裾、紫の花の上かけて、霞《かすみ》の如き夕靄《ゆうもや》がまわりへ一面《いちめん》に白く渡って来ると、同じ雲が空から捲《ま》き下《おろ》して、汀に濃く、梢に淡く、中ほどの枝を透かして靡《なび》きました。

私の居た、草にも、しっとりと其の靄が這《は》うようでしたが、袖には掛《かゝ》らず、肩にも巻《ま》かず、目なんぞは水晶を透《とお》して見るように透明で。詰《つま》り、上下《うえした》が白く曇《くも》って、五六尺《しゃく》水の上《うえ》が、却《かえ》って透通《すきとお》る程《ほど》なので……

あゝ、あの柳に、美い虹が渡る、と見ると、薄靄《うすもや》に、中が分《わか》れて、三《みっ》つに切れて、友染《ゆうぜん》に、鹿《か》の子《こ》絞《しぼり》の菖蒲《あやめ》を被《か》けた、派手に涼《すゞ》しい装《よそおい》の婦《おんな》が三人。

白い手が、ちら〳〵と動いた、と思うと、鉛《なまり》を曳いた糸が三条《みすじ》、三処《みところ》へ棹が下りた。

（あゝ、鯉が居る……）

一尺《しゃく》、金鱗《きんりん》を重く輝《かゞや》かして、水の上へ翻然《ひらり》と飛ぶ。」

三

「それよりも、見事なのは、釣竿《つりざお》の上下《あげおろし》に、縺《もつ》るゝ袂《たもと》、翻る袖で、翡翠《かわせみ》が六つ、十二の翼《つばさ》を翻すようなんです。

唯《と》、其の白い手も見える、莞爾笑う面影《おもかげ》さえ、俯向《うつむ》くのも、仰《あお》ぐのも、手に手を重ねるのも其の微笑《ほゝえ》む時、一人の肩をたゝくのも……莟《つぼみ》がひら〳〵開くように見えながら、厚い硝子窓を隔てたように、まるっ切《きり》、声が……否《いや》、四辺《あたり》は寂然《ひっそり》して、ものの音も聞《きこ》えない。

向って左の端に居た、中でも小柄《こがら》なのが下《おろ》して居る、棹が満月の如くに撓った、と思うと、上へ絞った糸が真直《まっすぐ》に伸びて、するりと水の空へ掛った鯉が――」

――理学士は言掛《いいか》けて、私の顔を視て、而《そ》して四辺《あたり》を見た。恁うした店の端近は、奥より、二階より、却《かえ》って椅子は閑《しずか》であった――

「鯉は、其は鯉でしょう。が、玉のような真白な、あの森を背景にして、宙に浮いたのが、すっと合《あわ》せた白脛《しろはぎ》を流す……凡《およ》そ人形《にんぎょう》ぐらいな白身《はくしん》の女子《じょし》の姿です。釣られたのじゃありません。釣針《つりばり》をね、恁う、両手で抱いた形。

御覧《ごらん》なさい。釣済《つりす》ました当《とう》の美人が、釣棹を突離《つきはな》して、柳の根へ靄を枕に横倒しに成ったが疾《はや》いか、起《おき》るが否《いな》や、三人ともに手鞠《てまり》のように衝《つ》と遁《に》げた。が、遁げるのが、其の靄を踏むのです。鈍《どん》な、はずみの無い、崩《くず》れる綿を踏越《ふみこ》し踏越しするように、褄《つま》が縺《もつ》れる、裳《もすそ》が乱れる……其が、やゝ少時《しばらく》の間《あいだ》見えました。

其の後《あと》から、茶店の婆さんが手を泳がせて、此も走る……

一体あの辺には、自動車《じどうしゃ》か何かで、美人が一日《いちにち》がけと云う遊山宿《ゆさんやど》、乃至《ないし》、温泉のようなものでも有るのか、何うか、其の後まだ尋《たず》ねて見ません。其が有ればですが、それにした処で、近所の遊山宿へ来て居たのが、此の沼へ来て釣をしたのか、それとも、何の国、何の里、何の池で釣ったのが、一種《いっしゅ》の蜃気楼《しんきろう》の如き作用で此処《こゝ》へ映ったのかも分りません。余り静《しずか》な、もの音のしない様子《ようす》が、夢と云うよりか其の海市《かいし》に似て居ました。

沼の色は、やゝ蒼味《あおみ》を帯びた。

けれども、其の茶店の婆さんは正《しょう》のものです。現《げん》に、私が通り掛《がか》りに沼の汀の祠《ほこら》をさして、（あれは何様《なにさま》の社《やしろ》でしょう。）と尋ねた時に、（賽《さい》の神様だ。）と云って教えたものです。今其の祠は沼に向って草に憩《いこ》った背後《うしろ》に、なぞえに道芝《みちしば》の小高《こだか》く成った小さな森の前にある。鳥居が一基《いっき》、其の傍《そば》に大《おおき》な棕櫚《しゅろ》の樹が、五株《かぶ》まで、一列に並んで、蓬々《おどろ〳〵》とした形で居る。……さあ、此も邸《やしき》あとと思われる一条《ひとつ》で、其の小高いのは、大きな築山《つきやま》だったかも知れません。

処で、一銭たりとも茶代《ちゃだい》を置いてなんぞ、憩《やす》む余裕の無かった私ですが、……然うやって売薬の行商に歩行きます時分は、世に無い両親へせめてもの供養《くよう》のため、と思って、殊勝《しゅしょう》らしく聞《きこ》えて如何《いかゞ》ですけれども、道中《どうちゅう》、宮《みや》、社、祠のある処へは、屹《きっ》と持合《もちあわ》せた薬の中の、何種《なにしゅ》のか、一包《ひとつゝみ》ずつを備《そな》えました。——詣《もう》づる人があって神仏《しんぶつ》から授かったものと思えば、屹と病気が治《なお》りましょう。私も幸福なんです。丁度私の居た汀に、朽木《くちき》のように成って、沼に沈んで、裂目《さけめ》に燕子花の影が映《さ》し、破れた底を中空《なかぞら》の雲の往来《ゆきき》する小舟《こぶね》の形が見えました。

其を見棄《みす》てて、御堂《おどう》に向って起《た》ちました。

談話《はなし》の要領《ようりょう》をお急《いそ》ぎでしょう。

早く申しましょう。……其の狐格子《きつねごうし》を開けますとね、何うです……

(まあ、此は珍しい。)

几帳とも、垂幕《さげまく》とも言いたいのに、然うではない、萌黄《もえぎ》と青と段染《だんだら》に成った綸子《りんず》か何ぞ、唐絵《からえ》の浮模様《うきもよう》を織込《おりこ》んだのが窓帷《カアテン》と云った工合《ぐあい》に、格天井《ごうてんじょう》から床へ引いて蔽《おお》うてある。此に蔽われて、其の中は見えません。

此が、もっと奥へ詰めて張ってあれば、絹一重《きぬひとえ》の裡《うち》は、すぐに、御厨子《みずし》、神棚《かみだな》と云うのでしょうから、誓って、私は、覗くのではなかったのです。が、堂《どう》の内《うち》の、寧《むし》ろ格子《こうし》へ寄った方に掛って居ました。

何心《なにごころ》なく、端を、キリ〳〵と、手許《てもと》へ、絞ると、蜘蛛《くも》の巣のかわりに幻の綾《あや》を織《お》って、脈々《みゃく〳〵》として、顔を撫でたのは、薔薇《ばら》か菫《すみれ》かと思う、いや、それよりも、唯今《たゞいま》思えば、先刻《さっき》の花の匂《におい》です、何とも言えない、甘い、媚《なまめ》いた薫が、芬《ぷん》と薫った。」

——学士は手巾《ハンケチ》で、口を蔽うて、一寸額《ひたい》を壓《おさ》えた——

「——其処が閨《ねや》で、洋式の寝台《ねだい》があります。二人寝《ふたりね》の寛《ゆった》りとした立派《りっぱ》なもので、一面《いちめん》に、光を持った、滑《なめ》らかに艶々《つや〳〵》した、絖《ぬめ》か、羽二重《はぶたえ》か、と思う淡い朱鷺色《ときいろ》なのを敷詰めた、聊《いさゝ》か古《ふる》びては見えました。が、それは空が曇って居た所為《せい》でしょう。同じ色の薄掻巻《うすかいまき》を掛けたのが、すんなりとした寝姿《ねすがた》の、少し肉附《にくづき》を肥《よ》くして見せるくらい。膚《はだ》を蔽うたとも見えないで、美い女の顔がはらはらと黒髪《くろかみ》を、矢張《やっぱ》り、同じ絹の枕にひったりと着けて、此方《こちら》むきに少し仰向けに成って寝て居ます。のですが、其が、黒目勝《くろめがち》な雙《そう》の瞳《ひとみ》をぱっちりと開けて居る……此の目に、此処で殺されるのだろう、と余りの事に然う思いましたから、此方《こっち》も熟《じっ》と凝視《みつめ》ました。

少し高過《たかす》ぎるくらいに鼻筋がツンとして、彫刻か、練《ねり》ものか、眉、口許、はっきりした輪郭《りんかく》と云い、第一桜色《さくらいろ》の、あの、色艶《いろつや》が、——其が——今の、あの電車の婦人に瓜二つと言っても可《い》い。

時に、毛一筋でも動いたら、其の、枕、蒲団《ふとん》、掻巻の朱鷺色《ときいろ》にも紛《まご》う莟とも云った顔の女は、芳香《ほうこう》を放って、乳房《ちぶさ》から蕊《しべ》を湧かせて、爛漫《らんまん》として咲くだろうと思われた。」

四

「私の目が眩《くら》んだんでしょうか、婦《おんな》は瞬《またゝき》をしません。五分か一時《いっとき》と、此方《こっち》が呼吸《いき》をも詰めて見ます間《あいだ》——で、余り調《そろ》った顔容《かおだち》といい、果《はた》して此は白像彩塑《はくぞうさいそ》で、何う云う事か、仔細《しさい》あって、此の廟《びょう》の本尊《ほんぞん》なのであろう、と思ったのです。

床の下……板縁《いたえん》の裏の処で、がさ〳〵がさ〳〵と音が発出《しだ》した……彼方《あっち》へ、此方《こっち》へ、鼠《ねずみ》が、ものでも引摺《ひきず》るようで、床へ響《ひゞ》く、と其の音が、変《へん》に、恁う上に立ってる私の足の裏を擽《くすぐ》ると云った形で、むず痒《がゆ》くって堪《たま》らないので、もさ〳〵身体《からだ》を揺《ゆす》りました。――本尊《ほんぞん》は、まだ瞬《また、き》もしなかった。――其の内に、右の音が、壁でも攀《よ》じるか、這上《はいあが》ったらしく思うと、寝台の脚の片隅《かたすみ》に羽目の破れた処がある。其の透間《すきま》へ鼬《いたち》がちょろりと覗くように、茶色の偏平《ひらった》い顔《つら》を出したと窺《うかゞ》われるのが、もぞり、がさりと少しずつ入《はい》って、ばさ〳〵と出る、と大きさやがて三俵法師《さんだらぼうし》、形も似たもの、毛だらけの凝団《かたまり》、足も、顔も有るのじゃない。成程《なるほど》、鼠でも中に潜って居るのでしょう。

其奴《そいつ》が、がさ〳〵と寝台の下へ入《はい》って、床の上をずる〳〵と引摺ったと見ると、婦《おんな》が掻巻から二の腕を白く抜いて、私の居る方へぐたりと投げた。寝乱れて乳も見える。其を片手で秘《かく》したけれども、足のあたりを震わすと、あゝ、と云って其の手も両方、空《くう》を掴《つか》むと裙《すそ》を上げて、弓形《ゆみなり》に身を反《そ》らして、掻巻を蹴て、転がるように衾《ふすま》を抜けた。……

私は飛出した……

壇《だん》を落ちるように下りた時、黒い狐格子を背後《うしろ》にして、婦《おんな》は斜違《はすつかい》に其処に立ったが、呀《あ》、足許《あしもと》に、早やあの毛むくじゃらの三俵法師だ。

白い踵《くびす》を揚《あ》げました、階段を辷り下りる、と、後《あと》から、ころ〳〵と転げて附着《くっつ》く。さあ、それからは、宛然人魂《さながらひとだま》の憑《つき》ものがしたように、毛が赫《かっ》と赤く成って、草の中を彼方へ、此方へ、たゞ、伊達巻《だてまき》で身についたばかりのしどけない媚《なまめ》かしい寝着《ねまき》の婦《おんな》を追廻す。婦《おんな》はあとびっしゃりをする、脊筋《せすじ》を捩《よじ》らす。三俵法師は、裳にまつわる、踵を嘗《か、と》め《な》る、刎上《はねあが》る、身震《みぶるい》する。

やがて、沼の縁《ふち》へ追迫《おいせま》られる、と足の甲《こう》へ這上る三俵法師に、わな〳〵身悶《みもだえ》する白い足が、あの、釣竿《つりざお》を持った三人の手のように、ちら〳〵と宙に浮いたが、するりと音して、帯が辷ると、衣《き》ものが脱げて草に落ちた。

「沈んだ船――」と、思わず私が声を掛けた。隙《ひま》も無《な》しに、陰気《いんき》な水音《みずおと》が、だぶん、と響いた……

しかし、綺麗に泳いで行く。美い肉の脊筋《せすじ》を掛けて左右へ開く水の姿は、軽い羅《うすもの》を捌《さば》くようです。其の膚《はだ》の白い事、あの合歓花《ねむのはな》をぼかした色なのは、豫《かね》て此の時のために用意されたのかと思うほどでした。

動止《うごきや》んだ赤茶《あかちゃ》けた三俵法師が、私の目の前に、惰力《だりょく》で、毛筋《けすじ》を、ざわ〳〵とざわつかせて、うッぷうッぷ喘《あえ》いで居る。

見ると驚《おどろ》いた。ものは棕櫚の毛を引束《ひっつか》ねたに相違《そうい》はありません。が、人が寄る途端に、ぱちぱち豆を焼く音がして、ばら〳〵と飛着《とびっ》いた、棕櫚の赤いのは、幾千万とも数の知れない蚤《のみ》の集団《かたまり》であったのです。

早《は》や、両脚が、むず〳〵、脊筋がぴち〳〵、頚首《えりくび》へぴちんと来る、私は七顛八倒《しってんはっとう》して身体《からだ》を振って振飛《ふりと》ばした。

唯《と》、何と、其の棕櫚の毛の蚤の巣の処に、一人、頭《ず》の小さい、眦《めじり》と頬《ほ》の垂下《たれさが》った、青膨《あおぶく》れの、土袋《どぶつ》で、肥張《でっぷり》な五十恰好《ごじゅう》の、頤鬚《あごひげ》を生《はや》した、漢《おとこ》が立って居るじゃありませんか。何ものとも知れない。越中褌《えっちゅうふんどし》と云う……あいつ一つで、真裸《まっぱだか》で汚い尻《けつ》です。

婦《おんな》は沼の洲へ泳ぎ着いて、卯の花の茂《しげり》にかくれました。

が、其の姿が、水に流れて、柳を翠《みどり》の姿見《すがたみ》にして、ぽっと映ったように、人の影らしいものが、水の向うに、岸の其の柳の根に薄墨色《うすずみいろ》に立って居る……或《あるい》は又……此処の土袋《どぶつ》と同一《おなじ》ような男《おとこ》が、其処へも出て来て、白身《はくしん》の婦人《おんな》を見て居るのかも知れません。

私も其の一人でしょうね……

（や、待てい。）

青膨《あおぶく》れが、痰《たん》の搦んだ、ぶやけた声して、早や行掛《ゆきか》った私を留めた……

（見て貰《もれ》えたいものがあるで、最《も》う直《じき》じゃぞ。）と、首をぐたりと遣《や》りながら、横柄に言う。……何と、其の両足から、下腹《したばら》へ掛けて、棕櫚の毛の蚤が、うよ〳〵ぞろ〳〵……赤蟻《あかあり》の列を造ってる……私は立竦《たちすく》みました。

ひら〳〵、と夕空《ゆうぞら》の雲を泳ぐように柳の根から舞上《まいあが》った、あゝ、其は五位鷺《ごいさぎ》です。中島の上へ舞上った、と見ると輪を掛けて颯と落した。

（ひい。）と引く婦《おんな》の声。鷺は舞上りました。翼の風に、卯の花のさら〳〵と乱るゝのが、婦《おんな》が手足を畝《うね》らして、身を踠《もが》くに宛然である。

今考《かんが》えると、それが矢張り、あの先刻《さっき》の樹だったかも知れません。同じ薫が風のように吹乱《ふきみだ》れた花の中へ、雪の姿が素直《まっすぐ》に立った。が、滑《なめら》かな胸の衝と張る乳の下に、星の血なるが如き一雫の鮮紅《からくれない》。糸を乱して、卯の花が真赤に散る、と其の淡紅《うすべに》の波の中へ、白く真倒《まっさかさま》に成って沼に沈んだ。汀を広くするらしい寂《しず》かな水の輪が浮いて、血汐《ちしお》の綿がすら〳〵と碧《みどり》を曳いて漾《たゞよ》い流れる……

（あれを見い、血の形が字《じ》じゃろうが、何と読むかい。）

——私が息を切って、頭《かぶり》を掉《ふ》ると、

(分らんかい、白痴《たわけ》めが。)と、ドンと胸を突いて、突倒《つきたお》す。重い力は、磐石《ばんじゃく》であった。

(又……遣直《やりなお》しじゃ。)と呟《つぶや》きながら、其の蚤の巣をぶら下げると、私が茫然《ぼうぜん》とした間《あいだ》に、のそのそ、と越中褌の灸《きゅう》のあとの有る尻を見せて、そして、やがて、及腰《およびごし》の祠の狐格子を覗くのが見えた。

(奥さんや、奥さんや——蚤が、蚤が——)

と腹をだぶ〳〵、身悶えをしつゝ、後退《あとじさ》りに成った。唯《と》、どしん、と尻餅《しりもち》をついた。が、其の頭《あたま》へ、棕櫚の毛をずぼりと被《かぶ》る、と梟《ふくろう》が化《ば》けたような形に成って、其のまゝ、べた〳〵と草を這って、縁《えん》の下へ這込《はいこ》んだ。——

蝙蝠傘《こうもりがさ》を杖にして、私がひょろ〳〵として立去る時、沼は暗《くろ》うございました。そして生ぬるい雨が降出した……

(奥さんや、奥さんや。)

と云ったが、其の土袋《どぶつ》の細君《さいくん》だそうです。土地の豪農何某《ごうのうなにがし》が、内証《ないしょう》の逼迫《ひっぱく》した華族の令嬢を金子《かね》にかえて娶《めと》ったと言います。御殿《ごてん》づくりでかしづいた、が、其の姫君《ひめぎみ》は可恐《おそろし》い蚤嫌《ぎら》いで、唯《たゞ》一匹にも、夜も昼も悲鳴を上げる。其の悲しさに、別室の閨《ねや》を造って防《ふせ》いだけれども、防ぎ切れない。で、果《はて》は亭主が、蚤を除《よ》けるための蚤の巣に成って、棕櫚の毛を全身に纏《まと》って、素裸《すっぱだか》で、寝室《しんしつ》の縁の下へ潜《もぐ》り潜り、一夏《ひとなつ》のうちに狂死《くるいじに》をした。——

(まだ、迷って居さっしゃるかのう、二人とも——旅の人がの、あの忘れ沼では、同じ事を度々見ます。)

旅籠屋《はたごや》での談話《はなし》であった。」

工学士は附《つ》けたして、

「……祠の其の縁の下を見ましたがね、……御存じですか……異類異形《いるいいぎょう》な石がね。」

日を経《へ》て工学士から音信《おとずれ》して、あれは、乳香《にゅうこう》の樹であろうと言う。

星あかり

もとより何故《なにゆえ》という理《わけ》はないので、墓石の倒れたのを引摺寄《ひきずりよ》せて、二ツばかり重ねて台にした。其《そ》の上に乗って、雨戸《あまど》の引合《ひきあわ》せの上の方を、ガタ〳〵動かして見たが、開きそうにもない。雨戸の中《うち》は、相州西鎌倉乱橋《みだればし》の妙長寺《みょうちょうじ》という、法華《ほっけ》宗の寺の、本堂に隣《とな》った八畳の、横に長い置床《おきどこ》の附いた座敷で、向って左手《ゆんで》に、葛籠《つゞら》、革鞄《かばん》などを置いた際《きわ》に、山科《やましな》という医学生が、四六《しろく》の借蚊帳《かりかや》を釣って寝て居るのである。

声を懸けて、戸《と》を敲《たゝ》いて、開けておくれと言えば、何の造作《ぞうさ》はないのだけれども、止《よ》せ、と留めるのを肯《き》かないで、墓原《はかはら》を夜中に徘徊《はいかい》するのは好心持《いいこゝろもち》のものだと、二ツ三ツ言争《いいあらそ》って出た、いまのさき、内《うち》で心張棒《しんばりぼう》を構えたのは、自分を閉出《しめだ》したのだと思うから、我慢にも恃《たの》むまい。……

冷《つめた》い石塔《せきとう》に手を載せたり、湿臭《しめりくさ》い塔婆《とうば》を掴《つか》んだり、花筒《はなづつ》の腐水《くされみず》に星の映るのを覗いたり、漫歩《そゞろあるき》をして居たが、藪《やぶ》が近く、蚊が酷いから、座敷の蚊帳が懐しくなって、内へ入ろうと思ったので、戸を開けようとすると閉出されたことに気がついた。

それから墓石に乗って推《お》して見たが、原《もと》より然《そ》うすれば開くであろうという望《のぞみ》があったのではなく、唯《たゞ》居るよりもと、徒《いたず》らに試みたばかりなのであった。

何にもならないで、ばたりと力なく墓石から下りて、腕を拱《こまぬ》き、差俯向《さしうつむ》いて、じっとして立って居ると、しっきりなしに蚊が集《たか》る。毒虫が苦しいから、もっと樹立《こだち》の少《すく》い、広々とした、うるさくない処をと、寺の境内《けいだい》に気がついたから、歩き出して、卵塔場《らんとうば》の開戸《ひらきど》から出て、本堂の前に行った。

然《さ》まで大きくもない寺で、和尚と婆さんと二人で住む。門まで僅《わず》か三四間《けん》、左手《ゆんで》は祠《ほこら》の前を一坪ばかり花壇にして、松葉牡丹《まつばぼたん》、鬼百合《おにゆり》、夏菊《なつぎく》など雑植《まぜうえ》の繁った中に、向日葵《ひまわり》の花は高く蓮《はす》の葉の如く押被《おっかぶ》さって、何時《いつ》の間《ま》にか星は隠れた。鼠色《ねずみいろ》の空はどんよりとして、流るゝ雲も何にもない。なか〳〵気が晴々《せい〳〵》しないから、一層海端《いっそうみばた》へ行って見ようと思って、さて、ぶら〳〵。

門の左側に、井戸が一個《ひとつ》。飲水《のみみず》ではないので、極めて塩ッ辛いが、底は浅い、屈《かが》んでざぶ〳〵、さるぼうで汲み得《え》らるゝ。石畳《いしだたみ》で穿下《ほりおろ》した合目《あわせめ》には、此のあたりに産する何とかいう蟹《かに》、甲良《こうら》が黄色で、足の赤い、小さなのが数限《かずかぎり》なく群《むらが》って動いて居る。毎朝此の水で顔を洗う、一杯頭から浴びようとしたけれども、あんな蟹は、夜中に何をするか分らぬと思ってやめた。

門を出ると、右左、二畝《ふたうね》ばかり慰みに植えた青田《あおた》があって、向う正面の畦中《あぜなか》に、琴弾松《ことひきまつ》というのがある。一昨日《おとつい》の晩宵《ばんよい》の口に、其の松のうらおもてに、ちら〳〵灯《ともしび》が見えたのを、海浜《かいひん》の別荘で花火を焚くのだといい、否《いや》、狐火《きつねび》だともいった。其の時は濡れたような真黒な暗夜《やみよ》だったから、其の灯《ひ》で松の葉もすら〳〵と透通《すきとお》るように青く見えたが、今は、恰《あたか》も曇った一面の銀泥《ぎんでい》に描いた墨絵のようだと、熟《じっ》と見ながら、敷石《しきいし》を蹈《ふ》んだが、カラリ〳〵と日和下駄《ひよりげた》の音の冴《さ》えるのが耳に入って、フと立留《たちとま》った。

門外《おもて》の道は、弓形《ゆみなり》に一条《ひとすじ》、ほの〴〵と白く、比企《ひき》ヶ谷《やつ》の山から由井ヶ浜の磯際《いそぎわ》まで、斜《なゝめ》に鵠《かさゝぎ》の橋を渡したよう也《なり》。

ハヤ浪の音が聞えて来た。

浜の方へ五六間進むと、土橋が一架《ひとつ》、並の小さなのだけれども、滑川《なめりがわ》に架《かゝ》ったのだの、長谷《はせ》の行合橋《ゆきあいばし》だのと、おなじ名に聞えた乱橋というのである。

此の上で又た立停《たちとま》って前途《ゆくて》を見ながら、由井ヶ浜までは、未《ま》だ三町ばかりあると、つく〴〵然う考えた。三町は蓋《けだ》し遠い道ではないが、身体《からだ》も精神も共に太《いた》く疲れて居たからで。

しかし其《その》ま丶素直《まっすぐ》に立ってるのが、余り辛かったから又《ま》た歩いた。

路《みち》の両側しばらくのあいだ、人家《じんか》が断《た》えては続いたが、いずれも寝静まって、白《しら》けた藁屋《わらや》の中に、何家《どこ》も何家《どこ》も人の気勢《けはい》がせぬ。

其の寂寞《せきばく》を破る、跫音《あしおと》が高いので、夜更《よふけ》に里人《さとびと》の懐疑《うたがい》を受けはしないかという懸念から、誰《たれ》も咎《とが》めはせぬのに、抜足《ぬきあし》、差足《さしあし》、音は立てまいと思うほど、なお下駄《げた》の響《ひゞき》が胸を打って、耳を貫《つらぬ》く。

何か、自分は世の中の一切《すべて》のものに、現在《いま》、僨《か》く、悄然《しょんぼり》、夜露《よつゆ》で重ッくるしい、白地《しろじ》の浴衣の、しおたれた、細い姿で、首《こうべ》を垂れて、唯一人、由井ヶ浜へ通ずる砂道を辿ることを、見られてはならぬ、知られてはならぬ、気取《けど》られてはならぬというような思《おもい》であるのに、まあ！　廂《ひさし》も、屋根も、居酒屋の軒《のき》にかかった杉の葉も、百姓屋の土間《どま》に据《す》えてある粉挽臼《こなひきうす》も、皆目《みな》を以て、じろじろ睨《ね》めるようで、身の置処《おきどころ》ないまでに、右から、左から、路をせばめられて、しめつけられて、小さく、堅くなって、おど〳〵して、其癖、駆《か》け出そうとする勇気はなく、凡《およ》そ人間の歩行に、ありッたけの遅さで、汗になりながら、人家のある処をすり抜けて、よう〳〵石地蔵の立つ処。

ほッと息をすると、びょう〳〵と、頻《しきり》に犬の吠《ほ》えるのが聞えた。

一つでない、二つでもない。三頭《みっ》も四頭《よっ》も一斉に吠え立てるのは、丁《ちょう》ど前途《ゆくて》の浜際《はまぎわ》に、また人家が七八軒、浴場、荒物屋《あらものや》など一廓《ひとくるわ》になって居る其あたり。彼処《あすこ》を通抜《とおりぬ》けねばならないと思うと、今度は寒気《さむけ》がした。我ながら、自分を怪《あやし》むほどであるから、恐ろしく犬を憚《はばか》ったものである。進まれもせず、引返《ひきかえ》せば再び石臼《いしうす》だの、松の葉だの、屋根にも廂にも睨《にら》まれる、あの、此上《このうえ》もない厭《いや》な思《おもい》をしなければならぬの歟《か》と、それもならず。静《じっ》と立ってると、天窓《あたま》がふら〳〵、おしつけられるような、しめつけられるような、犇々《ひしひし》と重いものでおされるような、切《せつ》ない、堪《たま》らない気がして、もはや！　横に倒れようかと思った。

処へ、荷車が一台、前方《むこう》から押寄せるが如くに動いて、来たのは頬被《ほおかぶり》をした百姓である。

これに夢が覚めたようになって、少し元気がつく。

曳《ひ》いて来たは空車《からぐるま》で、青菜《あおな》も、藁《わら》も乗って居はしなかったが、何故《なぜ》か、雪の下の朝市に行くのであろうと見て取ったので、なるほど、星の消えたのも、空が淀《よど》んで居るのも、夜明に間《ま》のない所為《せい》であろう。墓原へ出たのは十二時過《すぎ》、それから、あゝして、あゝして、と此処《こゝ》まで来た間《あいだ》のことを心に繰返して、大分《だいぶん》の時間が経ったから。

と思う内に、車は自分の前、ものの二三間《げん》隔たる処から、左の山道《やまみち》の方へ曲った。雪の下へ行くには、来て、自分と摺《す》れ違って後方《うしろ》へ通り抜けねばならないのに、と怪《あや》しみながら見ると、ぼやけた色で、夜の色よりも少し白く見えた、車も、人も、山道《やまみち》の半《なかば》あたりでツイ目のさきにあるような、大きな、鮮《あざやか》な形で、ありのまゝ衝《つ》と消えた。

今は最《も》う、さっきから荷車が唯辷《ただすべ》ってあるいて、少しも轣轆《れきろく》の音の聞えなかったことも念頭に置かないで、早く此の懊悩《おうのう》を洗い流そうと、一直線に、夜明に間もないと考えたから、人憚《ひとはばか》らず足早《あしばや》に進んだ。荒物屋《あらものや》の軒下《のきした》の薄暗《うすくら》い処に、斑犬《ぶちいぬ》が一頭、うしろ向《むき》に、長く伸びて寝て居たばかり、事なく着いたのは由井ヶ浜である。

碧水金砂《へきすいきんさ》、昼の趣《おもむき》とは違って、霊山《りょうぜん》ヶ崎《さき》の突端《とっぱな》と小坪《こつぼ》の浜でおしまわした遠浅《とおあさ》は、暗黒の色を帯び、伊豆の七島も見ゆるという蒼海原《あおうなばら》は、さゝ濁《にごり》に濁《にご》って、果《はて》なくおっかぶさったように堆《うずだか》い水面は、おなじ色に空に連《つらな》って居る。浪打際《なみうちぎわ》は綿をば束《つか》ねたような白い波、波頭《なみがしら》に泡《あわ》を立てて、どうと寄せては、ざっと、おうように、重々《おもおも》しゅう、翻ると、ひた〳〵と押寄せるが如くに来る。これは、一秒に砂一粒《りゅう》、幾億万年の後《のち》には、此の大陸を浸《ひた》し尽そうとする処の水で、いまも、瞬間の後《のち》も、咄嗟《とっさ》のさきも、正《まさ》に然《しか》なすべく働いて居るのであるが、自分は余り大陸の一端が浪のために喰欠《くいか》かれることの疾《はや》いのを、心細く感ずるばかりであった。

妙長寺に寄宿してから三十日ばかりになるが、先に来た時分とは浜が著《いちじる》しく縮まって居る。町を離れてから浪打際まで、凡《およ》そ二百歩もあった筈なのが、白砂《しらすな》に足を踏掛《ふみか》けたと思うと、早《は》や爪先《つまさき》が冷《つめた》く浪のさきに触れたので、昼間は鉄の鍋で煮上げたような砂が、皆ずぶ〳〵に濡れて、冷《ひやっ》こく、宛然《さながら》網の下を、水が潜《くぐ》って寄せ来るよう、砂地に立ってても身体《からだ》が揺《ゆら》ぎそうに思われて、不安心でならぬから、浪が襲うとすた〳〵と後《あと》へ退《の》き、浪が返るとすた〳〵と前へ進んで、砂の上に唯一人やがて星一つない下に、果のない蒼海《あおうみ》の浪に、あわれ果敢《はかな》い、弱い、力のない、身体単個《ひとつ》弄《もてあそ》ばれて、刎返《はねかえ》されて居るのだ、と心着《こゝろづ》いて悚然《ぞっ》とした。

時に大浪が、一《ひと》あて推寄《おしよ》せたのに足を打たれて、気も上《うわ》ずって蹌踉《よろ》けかゝった。手が、砂地に引上《ひきあ》げてある難破船の、纔《わず》かに其形を留《とど》めて居る、三十石積《こくづみ》と見覚えのある、其の舷《ふなばた》にかゝって、五寸釘をヒヤヒヤと掴んで、また身震《みぶるい》をした。下駄はさっきから砂地を駆ける内に、いつの間にか脱いでしまって、跣足《はだし》である。

何故かは知らぬが、此船にでも乗って助かろうと、片手を舷に添えて、あわたゞしく擦上《すりあが》ろうとする、足が砂を離れて空《くう》にかゝり、胸が前屈《まえかが》みになって、がっくり俯向いた目に、船底に銀のような水が溜《たま》って居るのを見た。

思わずあッといって失望した時、轟々轟《ごう〳〵ごう》という波の音。山を覆《くつがえ》したように大畝《おおうねり》が来たとばかりで、――跣足で一文字《いちもんじ》に引返《ひきかえ》したが、吐息《といき》もならず――寺の門を入ると、其処《そこ》まで隙間《すきま》もなく追縋《おいすが》った、灰汁《あく》を覆《かえ》したような海は、自分の背《せなか》から放れて去《い》った。

引き息で飛着《とびつ》いた、本堂の戸を、力まかせにがたひしと開ける、屋根の上で、ガラ〳〵という響《ひゞき》、瓦《かわら》が残らず飛上《とびあが》って、舞立《まいた》って、乱合《みだれあ》って、打破《うちゃぶ》れた音がしたので、はッと思うと、目が眩《くら》んで、耳が聞えなくなった。が、うッかりした、疲《つか》れ果《は》てた、倒《たお》れそうな自分の体は、……夢中で、色の褪《あ》せた、天井の低い、皺《しわ》だらけな蚊帳《かや》の片隅《かたすみ》を掴んで、暗くなった灯《ひ》の影に、透かして蚊帳の裡《うち》を覗いた。

医学生は肌脱《はだぬぎ》で、うつむけに寝て、踏返《ふみかえ》した夜具《やぐ》の上へ、両足を投懸《なげか》けて眠って居る。

ト枕を並べ、仰向《あおむけ》になり、胸の上に片手を力なく、片手を投出し、足をのばして、口を結んだ顔は、灯の片影《かたかげ》になって、一人すや〳〵と寝て居るのを、……一目見ると、其《それ》は自分であったので、天窓から氷を浴びたように筋《すじ》がしまった。

ひたと冷《つめ》たい汗になって、眼を瞬《みひら》き、殺されるのであろうと思いながら、すかして蚊帳の外を見たが、墓原をさまよって、乱橋から由井ヶ浜をうろついて死にそうになって帰って来た自分の姿は、立って、蚊帳に縋っては居なかった。

もののけはいを、夜毎《よごと》の心持で考えると、まだ三時には間《ま》があったので、最う最うあたまがおもいから、其まゝ、黙って、母上の御名《おんな》を念じた。――人は恁《こ》ういうことから気が違うのであろう。

ほたる

まあ聞給え六月のたしか三日だっけ去年のこった。夕方から用事があって牛込の中里町まで出懸けてね、用を足して帰ると、丁度ね、其晩《そのばん》は雨模様で、むこうを出しなにぱら〳〵と来たから、傘を借りたが、もうほんの通雨で、でもまた何時《いつ》降出《ふりだす》かも知れないからとひろげたまんま、矢来《やらい》を通ると、「ちょいともし〳〵」。と優しい声で呼留めた者がある、それ、それだから僕が嫌だというんだ、すぐそれだ、何も優しい声で呼んだからたって直ちにこれを怪しいということあない、そりゃ勿論何だ、君よりも僕の方が其時は怪しいと思ったからね、可《いい》か、そこで、「は、私かね」。と謂《い》って振返って、と見ると妙齢のお嬢様。何《ど》うだい怪しかろう、中形《ちゅうがた》のあらい奴でこう少しく意気造《いきづくり》さ、謂うまでもなく島田だよ、然も一面の識も無しと来て居る、僕こゝに於てか其少しなにさ、え、いやに気をまわすことあない、矢張怪しかったばかりだあな。一体後背からおうい〳〵と時代で来るのは、松並木か、山路と極《きま》って居るがこれは「ちょいと貴下《あなた》」で世話に出来てゝ、娘は杉垣の中に居た。露次《ろじ》と見えるね、椽側《えんがわ》にゃずらりと其簾《すだれ》を下ろして十畳ばかり一面の油団《ゆとん》の濡れたようなのが奥床しい。前へまわると冠木門《かぶきもん》があろうかという書割だ。曇ってるから薄暗いのに、件の座敷から燈明のさすのが翠の滴るような、植込を潜って来て娘の白いのを、ぼかしたように見せる。ね、十二時過だとこいつ薩張《さっぱり》気がないがまだ宵の口だから、僕ぐっと腹を据た、君だって左様だろう扇をあげて招かれる、三反ばかり乗出したのが駒の頭を立直してざんぶ〳〵と引返すのが、日本人だというからね、僕の引返したのも不思議じゃあるまい。さて、「何ぞ用かい」。と尋ねると、少し口籠ってね、「どうもあの、お足を留めまして、誠に済みませんが、あのウ此児《このこ》があなた」。と言懸けて、下を向いて、「ほんとに仕ようがないねえ」。といったのは其処《そこ》にもう一人六つばかり小児《こども》が居たので。

兄弟と見えたよ、それからまた僕に、「何しても肯きません、仕様がないんですわ、あの蛍が欲しいって」。「え、蛍が」。「それ、お傘に」。なるほど、一疋、傘の裏にとまって居る。今の雨で驚いて、窮虫傘に入ったる奴、これをいきにいうと傘に塒《ねぐら》かりたよとか何とかいうのだ、そこは、君のお眼がねでどちらでもして置くさ。

僕もいわれて気がついたんだから、「おやほんにな、坊ちゃんあげましょう」。と取って遣ると、本人より姉様が大喜で、「可愛いのね、貴下、新ちゃん、お礼をおいゝよ、何も難有《ありがと》う存じました」。「何」。といったきりずうぃと帰る。トたゞこれだけのお話さ、生憎《あいにく》僕がいそがしかったもんだからちっとも小説にゃあならなかったので、それっきり。

今年の四月、日は忘れたが、夕方から朋友《ともだち》を誘ってね、今の家から散歩に出懸けて伝通院をぶらついて、切支丹坂《きりしたんざか》を下りて竹早町から江戸川へ出て、石切橋を渡って神楽坂へ行こうと思ったが何うまちがえたかついそれた。気が着く《ママ》妙な処《ところ》さ、両側が杉垣で路巾《みちはば》が甚だ狭いならんじゃあ歩《ある》行《か》れない位、それで以て暗いと来て居る、この位弱ったことあイヤ恐らくあるまい、町の名が薩張知れなくって何処《どこ》だか解らず、段々木立が深うなってます〳〵暗くなる、行っても〳〵見当が着かないので、まあ〳〵ともかくも日本のうちにゃあ違いないがと、くだらないことも真面目に謂う、時間も大分経ったろう、固《もと》より人ッ子一人にも逢わないしさ、頗《すこぶ》る心細くなった処へ、うおうーと牛の声が聞こえたので僕あもう飛上ったね、何だってくらやみに牛とそれ譬《たとえ》にもいうじゃあないか。譬え違った処で犬だ。犬だって不景気さね、何の君鳴かずともの事じゃあ、るまいか、ほんとにさ吃驚《びっくり》して驚いて、ぱた〳〵と駈出《かけだ》したね。よう〳〵立留まって、ほっという呼吸をつくと、あゝ！　天祐だ。あかりが見える。

「もし〳〵此処《こゝ》は一体こりゃ何処でございましょう」。と聞いたから可じゃあないか。「台町ですよ、何処へ行らっしゃいます」。と婦人の声、ソレまたか。婦人の声というと直ぐ耳を立て、悪《わ》るい癖だ。「え、、小石川へ行くんですが」。「はい、小石川の何処へ行らっしゃるの」。「植物園の方へ」。「じゃあね、これを左へ真直においでなすって」。と腰障子をあけて顔を出して、あたりを見て「お、、真闇だこと、これじゃあ知れ憎うございましょう。ちょいとお待遊ばせ、あのう、何を、失礼ですが提灯を差上げましょう」。「い、え、何、其《それ》にゃあ及びません」。「御遠慮遊ばすな。何のしどいんですが」。と影法師がすうとすわって、しばらくして出て来てね、「じゃあ、これを」。とくれた。僕が感謝して受取る時、おい、顔を見ると見違えるほどだったよ。

月夜

月の光に送られて、一人《ひとり》、山の裾を、町はずれの大川《おおかわ》の岸へ出た。

同じ其《そ》の光ながら、山の樹立《こだち》と水の流れと、蒼《あお》く、白く、薄《うっす》りと色が分《わか》れて、一《ひと》ツを離れると、一ツが迎える。影法師《かげぼうし》も露《つゆ》に濡れて——此《こ》の時は夏帽子《なつぼうし》も単衣《ひとえ》の袖も、うっとりとした姿《なり》で、俯向《うつむ》いて、土手《どて》の草のすら〳〵と、瀬《せ》の音に揺れるような風情を視《なが》めながら、片側《かたかわ》、山に沿《そ》う空屋《あきや》の前を寂《さみ》しく歩行《ある》いた。

以前は、此の辺《へん》の様子もこんなでは無かった。恁《こ》う涼風《すゞかぜ》の立つ時分《じぶん》でも、団扇《うちわ》を片手に、手拭《てぬぐい》を提《さ》げなどして、派手《はで》な浴衣が、もっと川上《かわかみ》あたりまで、岸をちらほら徜徉《ぶら》ついたものである。

秋《あき》にも成ると、山遊びをする町の男女《なんにょ》が、ぞろ〳〵続いて、坂へ掛《か》ゝり口の、此処《こゝ》にあった酒屋《さかや》で、吹筒《すいづつ》、瓢《ひさご》などに地酒《じざけ》の澄《す》んだのを詰めたもので。……軒《のき》も門《かど》も傾いて、破廂《やれびさし》を漏《も》る月影《つきかげ》に掛棄《かけす》てた、杉の葉が、現《げん》に梟《ふくろう》の巣のように、がさ〳〵と釣下《つりさが》って、其の古《ふる》びた状《さま》は、大津絵《おおつえ》の奴《やっこ》が置忘《おきわす》れた大鳥毛《おおとりげ》のようにも見える。

「狐狸《こり》の棲家《すみか》と云うのだ、相馬《そうま》の古御所《ふるごしょ》、いや〳〵、酒に縁《えん》のある処《ところ》は酒顛童子《しゅてんどうじ》の物置《ものおき》です、此《これ》は……」

渠《かれ》は立停《たちど》まって、露は、しとゞ置きながら水の涸《か》れた磧《かわら》の如き、ごつ〳〵と石を並べたのが、引傾《ひっかし》いで危《あぶ》なッかしい大《おお》屋根を、杉の葉越《ごし》の峰《みね》の下にひとり視《なが》めて、

「店賃《たなちん》の言訳《いいわけ》ばかり研究をして居ないで、一生に一度は自分の住む家を買え。其《それ》も東京で出来なかったら、故郷に住居《すまい》を求めるように、是非恰好なのを心懸《こゝろが》ける、と今朝《けさ》も従姉が言うから、いや、何《ど》う仕《つかまつり》まして、とつい真面目に云って叩頭《おじぎ》をしたっけ。人間然《そ》うした場合には、実際、謙遜の美徳《びとく》を顕《あらわ》す。

其もお値段《ねだん》によりけり……川向《かわむこ》うに二三軒《げん》ある空屋《あきや》なぞは、一寸《ちょっと》お紙幣《さつ》が一束ぐらいな処で手に入る、と云って居た。家なんざ買うものとも、買えるものとも、てんで分別《ふんべつ》に成らないのだから、空耳《そらみゝ》を走らかしたばかりだったが、……成程《なるほど》。名所圖絵《めいしょずえ》の家並を、ぼろ〳〵に虫の蝕《く》ったと云う形の此処なんです。

此れなら、一生涯《いっしょうがい》に一度ぐらい買えまいとも限らない。其のかわり武者修行《むしゃしゅぎょう》に退治られます。此を見懸《みか》けたのは難有《ありがた》い。子を見る事親《おや》に如《し》かずだって、其の両親も何にもないから、私を見る事従姉に如かずだ。」

と苦笑《にがわらい》をして又《また》俯向いた……フと気が付くと、川風《かわかぜ》に手尖《てさき》の冷《つめた》いばかり、ぐっしょり濡らした新しい、白い手巾《ハンケチ》に――闇《やみ》夜だと橋の向うからは、近頃聞《ちかごろきこ》えた寂しい処、卯辰山《うたつやま》の麓《ふもと》を通る、陰火《おにび》、人魂《ひとだま》の類《たぐい》と見て驚《おどろ》こう。青い薄《すゝき》で引結《ひきむす》んで、蛍《ほたる》を包《つゝ》んで提《さ》げて居た。

渠は後《うしろ》を振向《ふりむ》いた。

最《も》う、角《かど》の其の酒屋に隔てられて、此処からは見えないが、山へ昇《のぼ》る坂下に、崖を絞る清水《しみず》があって、手桶《ておけ》に受けて、真桑《まくわ》、西瓜《すいか》などを冷《ひや》す水茶屋《みずぢゃや》が二軒《けん》ばかりあった……其も十年一昔《ひとむかし》に成る。其の茶屋あとの空地《あきち》を見ると、人の丈《たけ》よりも高く八重葎《やえむぐら》して、末の白露《しらつゆ》、清水の流れに、蛍は、網《あみ》の目に真蒼《まっさお》な浪《なみ》を浴びせて、はら〳〵と崖の樹の下の、漆《うるし》の如き蔭《かげ》を飛ぶのであった。

此から帰る従姉の内へ土産《みやげ》に、と思って、つい、あの、二軒茶屋《にけんぢゃや》の跡で取って来たんだが、待てよ……考《かんが》えて見ると、是《これ》は此の土地では珍らしくも何ともない。

「出はじめなら知らず……最うこれ今頃は小児《こども》でも玩弄《おもちゃ》にして沢山に成った時分《ころ》だ。東京に居て、京都の芸妓に、石山寺《いしやまでら》の蛍を贈られて、其処等《そこら》露草《つゆぐさ》を探して歩行いて、朝晩《あさばん》井戸の水の霧《きり》を吹くと云う了簡《りょうけん》だと違うんです……矢張《やっぱ》り故郷《ふるさと》の事を忘れた所為《せい》だ、なんぞと又厭味《いやみ》を言われてははじまりません。放す事だ。」

と然う思って、落すように、川べりに手巾《ハンケチ》の濡れたのを、はらりと解いた。

ふッくり蒼く、露が滲《にじ》んだように、其の手巾《ハンケチ》の白いのを透《とお》して、土手の草が浅緑《あさみどり》に美しく透《す》いたと思うと、三ツ五ツ、上臈《じょうろう》が額《ひたい》に描いた黛《まゆずみ》のような姿が映って、すら〳〵と彼方此方《かなたこなた》光を曳《ひ》いた。

颯《さっ》と、吹添《ふきそ》う蒼水《あおみず》の香《か》の風に連れて、流《ながれ》の上《うえ》へそれたのは、卯の花縅《おどし》の鎧《よろい》着た冥界《めいかい》の軍兵《ぐんびょう》が、弗《ふ》ッと射《い》出《だ》す幻の矢が飛ぶようで、川の半《なか》ばで、白く消える。

ずぶ濡《ぬれ》の、一所《いっしょ》に包んだ草の葉に、弱々《よわ〳〵》と成って、其のまゝ縋着《すがりつ》いたのもあったから、手巾《ハンケチ》は其なりに土手に棄《す》てて身を起《おこ》した。

が、丁度一本《ちょうどひともと》の古い槐《えんじゅ》の下で。

此の樹の蔭から、すらりと向うへ、隈《くま》なき白銀《しろがね》の夜《よ》に、雪のような橋が、瑠璃色《るりいろ》の流の上を、恰《あたか》も月を投掛《なげか》けた長き玉章《たまずさ》の風情に架《か》ゝる。

欄干の横木《よこぎ》が、水の響《ひゞ》きで、光に揺れて、袂《たもと》に吹きかゝるように、薄黒《うすぐろ》く二《ふた》ツ三《み》ツ彳《たゝず》むのみ、四辺《あたり》に人影《ひとかげ》は一ツもなかった。

やがて、十二時に近かろう。

耳に馴れた瀬の音が、一時《ひとしきり》ざッと高い。

「……蛍だ、それ露虫《つゆむし》を捉《つかま》えるわと、よく小児の内《うち》、橋を渡ったっけ。此の槐が可恐《こわ》かった……」

時々梢《こずえ》から、（赤茶釜《あかちゃがま》）と云うのが出る。目も鼻も無い、赤剝《あかは》げの、のつぺらぽう、三尺《じゃく》ばかりの長い顔で、敢《あえ》て口と云うも見えぬ癖に、何処《どこ》かでゲラ〳〵と嘲笑《あざわら》う……正体《しょうたい》は小児ほどある大《おお》きな梟《ふくろう》。あの嘴《くちばし》で丹念《たんねん》に、這奴《しゃつ》我《わ》が胸、我が腹の毛を残りなく挘《むし》り取って、赤裸《あかはだか》にした処を、いきみをくれて、ぬぺらと出して、葉隠《はがく》れに……へたばる人間をぎろりと睨《にら》んで、噴飯《ふきだ》す由《よし》。

形は大《おおい》なる梟ながら、性《せい》は魔《ま》ものとしてある。

其の樹の下を通りがかりに、影は映《さ》しても光を漏《も》らさず、枝は鬼のような腕を伸《の》ばした、真黒な其の梢を仰いだ。

「今も居るか、赤茶釜。」と思うのが、つい声に成って口へ出た。

「ホウ。」

と唐突《だしぬけ》に茂《しげり》の中から、宛然《さながら》応答《へんとう》を期《き》して居たものの如く、何か鳴いた。

思わず、肩から水を浴びたように慄然《ぞっ》としたが、声を続けて鳴出《なきだ》したのは梟であった。

唯《と》知れても、鳴くと云うより、上から吠下《ほえお》ろして凄《すさま》じい。

渠は身動きもしないで立竦《たちすく》んで、

「提灯《ちょうちん》か、あゝ。」

と呟《つぶや》いて一ツ溜息する。……橋詰《はしづめ》から打向《うちむか》う真直《まっすぐ》な前途《ゆくて》は、土塀《どべい》の続いた場末《ばすえ》の屋敷町《やしきまち》で、門《かど》の軒もまばらだけれども、其でも両側は家続き……で、町は便《たより》なく、すうと月夜に空へ浮く。上から覗いて、山の崖が処々で松の姿を楔《くさび》に入れて、ずッしりと壓《おさ》えて居る。……然うでないと、あの梟が唱える呪文を聞け、寝鎮《ねしずま》った恁《こ》うした町は、ふわ〳〵

と活《い》きて動く、鮮麗《あざやか》な銀河に吸取られようも計られぬ。

其の町の、奥を透かす処に、誂《あつら》えたような赤茶釜が、何処かの廂《ひさし》を覗いて、宙にぼッとして掛《か》った。

面《つら》の長さは三尺ばかり、頤《あご》の痩《やせ》た眉間尺《みけんじゃく》の大額《おおびたい》、ぬっと出て、薄霧《うすぎり》に包まれた不気味《ぶきみ》なのは、よく見ると、軒に打った秋祭の提灯《ちょうちん》で、一軒取込《けんとりこ》むのを忘れたのであろう、寂寞《ひっそり》した侍町《さむらいまち》に唯一箇《たゞひとつ》。

其が、消え残った。頓《やが》て尽《つ》きがたの蝋燭に、ひく〳〵と呼吸《いき》をする。

其処へ、魂を吹込んだか、凝《じっ》と視《み》るうち、老槐《ろうえんじゅ》の梟は、はたと忘れたように鳴止《なきや》んだのである。

「あゝ、毘沙門様《びしゃもんさま》の祭礼《まつり》だな。」

而《そ》して、其の提灯の顋《あぎと》に、凄まじい影の蠢《うごめ》くのは、葉やら、何やら、べた〳〵と赤く蒼く塗った中に、真黒にのたくらしたのは大きな蜈蚣《むかで》で、此は、其の宮のおつかわしめだと云うのを豫《かね》て聞いた。……

龍潭譚
りゅうたんだん

躑躅か丘　鎮守の社　かくれあそび　おう魔が時　大沼
五位鷺　九ツ谺　渡船　ふるさと　千呪陀羅尼

躑躅《つゝじ》か丘《おか》

日は午《ご》なり。あら、木《ぎ》のたら〳〵坂に樹の蔭もなし。寺の門《もん》、植木屋の庭、花屋の店など、坂下を挟《さしはさ》みて町の入口にはあたれど、のぼるに従いて、たゞ畑《はた》ばかりとなれり。番小屋めきたるもの小だかき処《ところ》に見ゆ。谷には菜《な》の花残りたり。路《みち》の右左、躑躅の花の紅《くれない》なるが、見渡す方《かた》、見返る方《かた》、いまを盛《さかり》なりき。ありくにつれて汗《あせ》少しいでぬ。

空よく晴れて一点の雲もなく、風あたゝかに野面《のづら》を吹けり。

一人にては行《ゆ》くことなかれと、優《やさ》しき姉上のいいたりしを、肯《き》かで、しのびて来つ。おもしろきながめかな。山の上の方《かた》より一束《ひとたば》の薪《たきぎ》をかつぎたる漢《おのこ》おり来《きた》れり。眉《まゆ》太く、眼《め》の細きが、向《むこう》ざまに顱巻《はちまき》したる、額《ひたい》のあたり汗になりて、のし〳〵と近づきつゝ、細き道をかたよけてわれを通せしが、ふりかえり、

「危ないぞ〳〵。」

といいずてに眦《まなじり》に皺《しわ》を寄せてさっ〳〵と行過《ゆきす》ぎぬ。

見返ればハヤたら〳〵さがりに、其《その》肩躑躅の花にかくれて、髪結《かみゆ》いたる天窓《あたま》のみ、やがて山蔭《やまかげ》に見えずなりぬ。草がくれの径《こみち》遠く、小川流るゝ谷間《たにあい》の畦道《あぜみち》を、菅笠《すげがさ》冠《かむ》りたる婦人《おんな》の、跣足《はだし》にて鋤《すき》をば肩にし、小さき女《むすめ》の児《こ》の手をひきて彼方《あなた》にゆく背姿《うしろすがた》ありしが、それも杉の樹立《こだち》に入りたり。

行く方《かた》も躑躅なり。来《こ》し方《かた》も躑躅なり。山土《やまつち》のいろもあかく見えたる。あまりうつくしさに恐しくなりて、家路に帰らんと思う時、わが居たる一株の躑躅のなかより、羽音《はおと》たかく、虫のつと立ちて頬を掠《かす》

めしが、かなたに飛びて、およそ五六尺隔てたる処に礫《つぶて》のありたるそのわきにとゞまりぬ。羽をふるうさまも見えたり。手をあげて走りかゝれば、ぱっとまた立ちあがりて、おなじ距離五六尺ばかりのところにとまりたり。其まゝ小石を拾いあげて狙《ねら》いうちし、石はそれぬ。虫はくるりと一ツまわりて、また旧《もと》のようにぞ居《お》る。追いかくれば迅《はや》くもまた遁《に》げぬ。遁ぐるが遠くには去らず、いつもおなじほどのあわいを置きてはキラ〳〵とさゝやかなる羽《は》ばたきして、鷹揚《おうよう》に其二《ふた》すじの細き髯《ひげ》を上下《うえした》にわづくりておし動かすぞいと憎《にく》さげなりける。

われは足踏《あしぶみ》して心いらてり。其居たるあとを踏みにじりて、

「畜生、畜生。」

と呟きざま、躍りかゝりてハタと打ちし、拳《こぶし》はいたずらに土によごれぬ。

渠《かれ》は一足《ひとあし》先なる方《かた》に悠々《ゆう〳〵》と羽《は》づくろいす。憎しと思う心を籠めて瞻《みま》もりたれば、虫は動かずなりたり。つく〴〵見れば羽蟻《はあり》の形して、それよりもやゝ大《おお》なる、身はたゞ五彩《ごさい》の色を帯びて青みがちにかゞやきたる、うつくしさいわん方《かた》なし。

色彩あり光沢《こうたく》ある虫は毒なりと、姉上の教えたるをふと思い出《い》でたれば、打置《うちお》きてすご〳〵と引返《ひっかえ》せしが、足許《あしもと》にさきの石の二ツに砕けて落ちたるより俄《にわか》に心動き、拾いあげて取って返し、きと毒虫をねらいたり。

このたびはあやまたず、したゝかうって殺しぬ。嬉しく走りつきて石をあわせ、ひたと打《うち》ひしぎて蹴飛《けと》ばしたる、石は躑躅《つつじ》のなかをくゞりて小砂利《こじゃり》をさそい、ばら〳〵と谷深くおちゆく音しき。袂《たもと》のちり打《うち》はらいて空を仰《あお》げば、日脚《ひあし》やゝ斜《なな》めになりぬ。ほか〳〵とかおあつき日向《ひなた》に唇かわきて、眼

のふちより頬のあたりむず痒《がゆ》きこと限りなかりき。

心着《こころづ》けば旧来《き》し方《かた》にはあらじと思う坂道の異《こと》なる方《かた》にわれはいつかおりかけ居たり。丘ひとつ越えたりけん、戻る路《みち》はまたさきとおなじのぼりになりぬ。見渡せば、見まわせば、赤土の道幅せまく、うねり〳〵果《はて》しなきに、両側つゞきの躑躅の花、遠き方《かた》は前後を塞ぎて、日かげあかく咲込《さきこ》めたる空のいろの真蒼《まさお》き下に、彳《たたず》むはわれのみなり。

鎮守《ちんじゅ》の社《やしろ》

坂は急ならず長くもあらねど、一つ尽《つく》ればまたあらたに顕《あらわ》る。起伏恰《あたか》も大波の如く打続《うちつづ》きて、いっ坦《たん》ならんとも見えざりき。

あまり倦《う》みたれば、一ツおりてのぼる坂の窪《くぼみ》に踞《つくば》いし、手のあきたるまゝ何ならん指もて土にかきはじめぬ。さという字も出来たり。くという字も書きたり。曲りたるもの、直《すぐ》なるもの、心の趣くまゝに落書《らくがき》したり。しかなせるあいだにも、頬のあたり先刻《さき》に毒虫の触れたらんと覚ゆるが、しきりにかゆければ、袖もてひまなく擦《こす》りぬ。擦りてはまたもの書きなどせる、なかにむつかしき字のひとつ形よく出来たるを、姉に見せばやと思うに、俄に其顔の見とうぞなりたる。

立《たち》あがりてゆくてを見れば、左右より小枝を組みてあわいも透《す》かで躑躅咲きたり。日影ひとしお赤《あこ》うなりまさりたるに、手を見たれば掌《たなそこ》に照りそいぬ。

一文字にかけのぼりて、唯《と》見ればおなじ躑躅のだら〳〵おりなり。走りおりて走りのぼりつ。いつまでか俹《かく》てあらん、こたびこそと思うに違《たが》いて、道はまた蜿《うね》れる坂なり。踏心地《ふみごこち》柔かく小石ひとつあらずなりぬ。

いまだ家には遠しとみゆるに、忍びがたくも姉の顔なつかしく、しばらくも得堪《えた》えずなりたり。

再びかけのぼり、またかけりおりたる時、われしらず泣きて居つ。泣きながらひたばしりに走りたれど、なお家ある処に至らず、坂も躑躅も少しもさきに異らずして、日の傾くぞ心細き。肩、背のあたり寒うなりぬ。ゆう日あざやかにぱっと茜《あかね》さして、眼もあやに躑躅の花、たゞ紅《くれない》の雪の降積《ふりつ》めるかと疑わる。

われは涙の声たかく、あるほど声を絞りて姉をもとめぬ。一《ひと》たび二《ふた》たび三《み》たびして、こたえやすると耳を澄せば、遥《はるか》に瀧の音聞えたり。どう〳〵と響くなかに、いと高く冴《さ》えたる声の幽《かすか》に、

「もういゝよ、もういゝよ。」

と呼びたる聞えき。こはいとけなき我がなかまの隠れ遊びというものするあい図なることを認め得たる、一声《ひとこえ》くりかえすと、ハヤきこえずなりしが、よう〳〵心たしかに其《そ》の声したる方《かた》にたどりて、また坂ひとつおりて一つのぼり、こだかき所に立ちて瞰《み》おろせば、あまり雑作《ぞうさ》なしや、堂の瓦屋根《かわらやね》、杉の樹立《こだち》のなかより見えぬ。かくてわれ踏迷《ふみまよ》いたる紅《くれない》の雪のなかをばのがれつ。背後《うしろ》には躑躅の花飛び〳〵に咲きて、青き草まばらに、やがて堂のうらに達せし時は一株《ひとかぶ》も花のあかきはなくて、たそがれの色、境内《けいだい》の手洗水《みたらし》のあたりを籠《こ》めたり。柵結《さくゆ》いたる井戸ひとつ、銀杏《いちょう》の古《ふ》りたる樹あり、そがうしろに人の家の土塀《どべい》あり。此方《こなた》は裏木戸のあき地にて、むかいに小さき稲荷《いなり》の堂あり。石の鳥居《とりい》あり。木の鳥居あり。この木の鳥居の左の柱には割れめありて太き鉄の輪を嵌《は》めたるさえ、心たしかに覚えある、こゝよ

りはハヤ家に近しと思うに、さきの恐しさは全く忘れ果てつ。たゞひとえにゆう日照りそいたるつゝじの花の、わが丈《たけ》よりも高き処、前後左右を咲埋《さきうず》めたるあかき色のあかきがなかに、緑と、紅《くれない》と、紫と、青白《せいはく》の光を羽色《はいろ》に帯びたる毒虫のキラ〱と飛びたるさまの広き景色のみぞ、画《え》の如く小さき胸にえがかれける。

かくれあそび

さきにわれ泣きいだして救《すくい》を姉にもとめしを、渠に認められしぞ幸《さいわい》なる。いうことを肯かで一人いで来しを、弱りて泣きたりと知られんには、さもこそとて笑われなん。優《やさ》しき人のなつかしけれど、顔をあわせて謂いまけんは口惜《くちお》しきに。

嬉しく喜ばしき思い胸にみちては、また急に家に帰らんとはおもわず。ひとり境内に彳みしに、わッという声、笑う声、木の蔭、井戸の裏、堂の奥、廻廊の下よりして、五ツより八ツまでなる児の五六人前後《あとさき》に走り出でたり、こはかくれ遊びの一人《いちにん》が見いだされたるものぞとよ。二人三人《ふたりみたり》走り来て、わが其処《そこ》に立てるを見つ。皆瞳《ひとみ》を集めしが、

「お遊びな、一所《いっしょ》にお遊びな。」とせまりて勧めぬ。小家《こいえ》あちこち、このあたりに住むは、かたいというものなりとぞ。風俗少しく異なれり。児どもが親達の家富《と》みたるも好《よ》き衣着《きぬ》たるはあらず、大抵《たいてい》跣足なり。三味線《さみせんひ》弾きて折々《おり〱》わが門《かど》に来るもの、溝川《みぞかわ》に鰌《どじょう》を捕うるもの、附木《つけぎ》、草履《ぞうり》など鬻《ひさ》ぎに来るものだちは、皆この児どもが母なり、父なり、祖母などなり。さるものとはともに遊ぶな、とわが友は常に戒《いまし》

めつ。然《さ》るに町方《まちかた》の者としいえば、かたいなる児ども尊《とうと》び敬いて、頃刻《しばらく》もともに遊ばんことを希《こいねが》うや、親しく、優しく勉めてすなれど、不断は此方より遠ざかりしが、其時は先にあまり淋しくて、友欲《ほ》しき念の堪《た》えがたかりし其心のまだ失せざると、恐しかりしあとの楽しきとに、われは拒《こば》まずして頷《うなず》きぬ。

児どもはさゞめき喜びたりき。さてまたかくれあそびを繰返すとて、拳《けん》してさがすものを定めしに、われ其任にあたりたり。面《おもて》を蔽《おお》えというまゝにしつ。ひッそとなりて、堂の裏崖《うらがけ》をさかさに落つる瀧の音どう〳〵と松杉《まつすぎ》の梢《こずえ》ゆう風に鳴り渡る。かすかに、

「もう可《い》いよ、もう可いよ。」

と呼ぶ声、谺《こだま》に響けり。眼をあくればあたり静まり返りて、たそがれの色また一際《ひときわ》襲い来れり。大なる樹のすく〳〵とならべるが朦朧《もうろう》としてうすぐらきなかに隠れんとす。

声したる方《かた》をと思う処には誰《たれ》も居らず。こゝかしこさがしたれど人らしきものあらざりき。

また旧の境内の中央に立ちて、もの淋しく瞶《みまわ》しぬ。山の奥にも響くべく凄《すさま》じき音して堂の扉を鎖《とざ》す音しつ、闃《げき》としてものも聞えずなりぬ。

親しき友にはあらず。常にうとましき児どもなれば、かゝる機会《おり》を得てわれをば苦めんとや企《たく》みけん。身を隠したるまゝ密《ひそか》に遁げ去りたらんには、探せばとて獲《え》らるべき。益《やく》もなきことをと不図《ふと》思いうかぶに、うちすてて踵《くびす》をかえしつ。さるにても万一《もし》わがみいだすを待ちてあらばいつまでも出でくることを得ざるべし、それもまたはかり難しと、心迷《こころまよ》いて、とつ、おいつ、徒《いたずら》に立ちて困《こう》ずる折しも、何処《いずく》より来りしとも見えず、暗うなりたる境内の、うつくしく掃《は》いたる土のひろ〴〵と灰色なせるに際立《きわだ》ちて、顔の色白く、うつくしき人、いつかわが傍《かたわら》に居て、うつむきざまにわれをば見き。

極めて丈高《たけたか》き女なりし、其手を懐《ふところ》にして肩を垂れたり。優《やさ》しきこえにて、

「此方《こちら》へおいで。此方。」

といいて前《さき》に立ちて導きたり。見知りたる女《ひと》にあらねど、うつくしき顔の笑《えみ》をば含みたる、よき人と思いたれば、怪《あや》しまで、隠れたる児のありかを教うるとさとりたれば、いそ〳〵と従いぬ。

おう魔《ま》が時

わが思う処に違わず、堂の前を左にめぐりて少しゆきたる突《つき》あたりに小さき稲荷の社《やしろ》あり。青き旗、白き旗、二三本其前に立ちて、うしろはたゞちに山の裾なる雑樹《ぞうき》斜めに生《お》いて、社の上を蔽いたる、其下のおぐらき処、孔《あな》の如き空地《くうち》なるをソとめくばせしき。瞳《ひとみ》は水のしたゝるばかり斜《ななめ》にわが顔を見て動けるほどに、あきらかに其心ぞ読まれたる。

さればいさゝかもためらわで、つか〳〵と社の裏をのぞき込む、鼻うつばかり冷たき風あり。落葉、朽葉《くちば》堆《うずたか》く水くさき土のにおいしたるのみ、人の気勢《けはい》もせで、頸《えり》もとの冷《ひや》ゝかなるに、と胸をつきて見返りたる、またゝくまと思う彼《か》の女《ひと》はハヤ見えざりき。何方《いずかた》にか去りけん、暗くなりたり。

身の毛よだちて、思わず啊呀《あなや》と叫びぬ。

人顔《ひとがお》のさだかならぬ時、暗き隅《すみ》に行くべからず、たそがれの片隅には、怪しきもの居て人を惑《まど》わすと、姉上の教えしことあり。

われは茫然《ぼうぜん》として眼《まなこ》を睜《みは》りぬ。足ふるいたれば動きもならず、固くなりて立ちすくみたる、左手《ゆんで》に坂

あり。穴の如く、其底よりは風の吹き出《い》づると思う黒闇々《こくあんく》たる坂下より、もののぼるようなれば、こゝにあらば捕えられんと恐しく、とこうの思慮もなさで社の裏の狭きなかににげ入りつ。眼を塞ぎ、呼吸《いき》をころしてひそみたるに、四足《よつあし》のものの歩むけはいして、社の前を横ぎりたり。

われは人心地《ひとごこち》もあらで見られじとのみひたすら手足を縮めつ。さるにてもさきの女《ひと》のうつくしかりし顔、優《やさし》かりし眼を忘れず。こゝをわれに教えしを、今にして思えばかくれたる児どものありかにあらで、何等か恐しきもののわれを捕えんとするを、こゝに潜《ひそ》め、助かるべしとて、導きしにはあらずやなど、はかなきことを考えぬ。しばらくして小提灯《こぢょうちん》の火影《ほかげ》あかきが坂下より急ぎのぼりて彼方《かなた》に走るを見つ。ほどなく引返《ひっかえ》してわがひそみたる社の前に近づきし時は、一人ならず二人三人連立《ふたりみたりつれだ》ちて来りし感あり。

恰も其立留《たちどま》りし折から、別なる跫音《あしおと》、また坂をのぼりてさきのものと落合《おちあ》いたり。

「おいく分らないか。」

「ふしぎだな、なんでも此辺で見たというものがあるんだが。」

とあとよりいいたるはわが家《いえ》につかいたる下男の声に似たるに、あわや出でんとせしが、恐しきものの然《さ》はたばかりて、おびき出《いだ》すにやあらんと恐しさは一《ひと》しお増しぬ。

「もう一度念のためだ、田圃《たんぼ》の方でも廻って見よう、お前も頼む。」

「それでは。」といいて上下《うえした》にばらくと分れて行く。

再び寂《せき》としたれば、ソと身うごきして、足をのべ、板めに手をかけて眼ばかりと思う顔少し差出《さしい》だして、外《と》の方《かた》をうかゞうに、何ごともあらざりければ、やゝ落着《おちつ》きたり。怪しきものども、何とてやはわれをみいだし得む、愚《おろか》なる、と冷《ひや》ゝかに笑いしに、思いがけず、誰《たれ》ならんたまぎる声して、あわてふためき遁ぐるがありき。驚きてまたひそみぬ。

「ちさとや、ちさとや。」と坂下あたり、かなしげにわれを呼ぶは、姉上の声なりき。

大沼《おおぬま》

「居ないッて私あ何うしよう、爺《じい》や。」

「根ッから居さっしゃらぬことはござりますまいが、日は暮れまする。何せい、御心配なこんでござります。お前様《まえさま》遊びに出します時、帯の結《むすび》めを丁《とん》とたたいてやらっしゃれば好《よ》いに。」

「あゝ、いつもはそうして出してやるのだけれど、きょうはお前私にかくれてそッと出て行ったろうではないかねえ。」

「それはハヤ不念《ぶねん》なこんだ。帯の結めさえ叩いときゃ、何がそれで姉様なり、母様《おふくろさま》なりの魂《たましい》が入るもんだで魔《エテ》めは何うすることもしえないでごす。」

「そうねえ。」とものかなしげに語らいつゝ、社の前をよこぎりたまえり。

走りいでしが、あまりおそかりき。

いかなればわれ姉上をまで怪《あやし》みたる。

悔《く》ゆれど及ばず、かなたなる境内の鳥居のあたりまで追いかけたれど、早や其姿は見えざりき。

涙ぐみてイむ時、ふと見る銀杏の木のくらき夜の空に、大なる円《まる》き影して茂れる下に、女の後姿《うしろすがた》ありてわが眼《まなこ》を遮《さえぎ》りたり。

あまりよく似たれば、姉上と呼ばんとせしが、よしなきものに声かけて、なまじいにわが此処にあるを知られんは、拙《つたな》きわざなればと思いてやみぬ。

とばかりありて、其姿またかくれ去りつ。見えずなればなおなつかしく、たとえ恐しきものなればとて、かりにもわが優しき姉上の姿に化《け》したる上は、われを捕えてむごからんや。さきなるは然もなくて、いま幻に見えたるがまこと其人なりけんもわかざるを、何とて言《ことば》はかけざりしと、打泣《うちな》きしが、かいもあらず。

あわれさま〴〵のものの怪しきは、すべてわが眼《まなこ》のいかにかせし作用なるべし、さらずば涙にくもりしや、術《すべ》こそありけれ、かなたなる御手洗《みたらし》にて清めてみばやと寄りぬ。

煤《す》けたる行燈《あんどう》の横長きが一つ上にか〻りて、ほと〻ぎすの画と句など書いたり。灯《ひ》をともしたるに、水はよく澄みて、青き苔《こけ》むしたる石鉢《いしばち》の底もあきらかなり。手に掬《むす》ばんとしてうつむく時、思いかけず見たるわが顔はそも〳〵いかなるものぞ。覚えず叫びしが心を籠めて、気を鎮《しず》めて、両の眼《まなこ》を拭《ぬぐ》い〳〵、水に臨む。

われにもあらでまたとは見るに忍びぬを、いかでわれか〻るべき、必ず心の迷えるならん、今こそ、今こそとわな〻きながら見直したる、肩をとらえて声ふるわし、

「お、お、千里《ちさと》。え〻も、お前は。」と姉上ののたまうに、縋《すが》りつかまくみかえりたる、わが顔を見たまいしが、

「あれ！」

といいて一足すさりて、

「違ってたよ、坊や。」とのみいいずてに衝《つ》と馳《は》せ去りたまえり。

怪しき神のさま〴〵のことしてなぶるわと、あまりのことに腹立たしく、あしずりして泣きに泣きつゝ、ひたばしりに追いかけぬ。捕えて何をかなさんとせし、そはわれ知らず。ひたすらものの口惜《くちお》しければ、とにかくもならばとてなん。

坂もおりたり、のぼりたり、大路《おおみち》と覚しき町にも出でたり、暗き径も辿りたり、野もよこぎりぬ。畦も越えぬ。あとをも見ずて駈けたりし。

道いかばかりなりけん、漫々たる水面やみのなかに銀河の如く横《よこた》わりて、黒き、恐しき森四方をかこめる、大沼《おおぬま》とも覚しきが、前途《ゆくて》を塞ぐと覚ゆる蘆《あし》の葉の繁きがなかにわが身体《からだ》倒れたる、あとは知らず。

五位鷺《ごいさぎ》

眼のふち清々《すがすが》しく、涼しき薫《かおり》つよく薫ると心着《こころづ》く、身は柔かき蒲団《ふとん》の上に臥したり。やゝ枕をもたげて見る、竹縁《ちくえん》の障子《しょうじ》あけ放して、庭つゞきに向いなる山懐《やまふところ》に、緑の草の、ぬれ色青く生茂《おいしげ》りつ。其半腹《はんぷく》にかゝりある巌角《いわかど》の苔のなめらかなるに、一挺《いっちょう》はだか蝋《ろう》に灯《ひ》ともしたる灯影《ほかげ》すゞしく、筧の水むく〳〵と湧きて玉《たま》ちるあたりに盥《たらい》を据えて、うつくしく髪結《かみゆ》うたる女《ひと》の、身に一糸もかけで、むこうざまにひたりて居たり。

筧の水は其たらいに落ちて、溢《あふ》れにあふれて、地の窪《くぼ》みに流るゝ音しつ。

蝋《ろう》の灯《ひ》は吹くとなき山おろしにあかくなり、くろうなりて、ちら〳〵と眼に映ずる雪なす膚《はだえ》白かりき。

わが寝返《ねがえ》る音に、ふとこなたを見返り、それと頷く状《さま》にて、片手をふちにかけつゝ片足を立てて盥のそとにいだせる時、颯《さ》と音して、烏《からす》よりは小さき鳥の真白《ましろ》きがひら〳〵と舞いおりて、うつくしき人の脛《はぎ》のあたりをかすめつ。其まゝおそれげものう翼を休めたるに、ざぶりと水をあびせざま莞爾《にっこ》とあでやかに笑うてたちぬ。手早く衣もて其胸をば蔽えり。鳥はおどろきてはた〳〵と飛去《とびさ》りぬ。

夜の色は極めてくらし、蝋《ろう》を取りたるうつくしき人の姿さやかに、庭下駄《にわげた》重く引く音しつ。ゆるやかに縁《えん》の端に腰をおろすとともに、手をつきそらして捩向《ねじむ》きざま、わがかおをば見つ。

「気分は癒《なお》ったかい、坊や。」

といいて頭《こうべ》を傾けぬ。ちかまさりせる面《おもて》けだかく、眉あざやかに、瞳《ひとみ》すゞしく、鼻やゝ高く、唇の紅《くれない》なる、額《ひたい》つき頬のあたり﨟《ろう》たけたり。こは予《かね》てわがよしと思い詰《つめ》たる雛《ひな》のおもかげによく似たれば貴《とうと》き人ぞと見き。年は姉上よりたけたまえり。知人《しりびと》にはあらざれど、はじめて逢いし方《かた》とは思わず、さりや、誰《たれ》にかあるらんとつく〴〵みまもりぬ。

またほゝえみたまいて、

「お前あれは斑猫《はんみょう》といって大変な毒虫なの。もう可いね、まるでかわったようにうつくしくなった、あれでは姉様《ねえさん》が見違えるのも無理はないのだもの。」

われも然あらんと思わざりしにもあらざりき。いまはたしかにそれよと疑わずなりて、のたまうまゝに頷きつ。あたりのめずらしければ起きんとする夜着《よぎ》の肩、ながく柔かにおさえたまえり。

「じっとしておいで、あんばいがわるいのだから、落着《おちつ》いて、ね、気をしずめるのだよ、可いかい。」

われはさからわで、たゞ眼《め》をもて答えぬ。

「どれ。」といいて立ったる折、のし〱と道芝《みちしば》を踏む音して、つゞれをまとうたる老夫《おやじ》の、顔の色いと赤きが縁近《えんちこ》う入《はい》り来つ。

「はい、これはお児さまがござらっせえたの、可愛《かわい》いお児じゃ、お前様も嬉しかろ。はゝゝ、どりゃ、またいつものを頂きましょか。」

腰をなゝめにうつむきて、ひったりとかの筧に顔をあて、口をおしつけてごっ〱〱とたてつゞけにのみたるが、ふッといきを吹きて空を仰《あお》ぎぬ。

「やれ〱甘いことかな。はい、参ります。」

と踵《くびす》を返すを、此方《こなた》より呼びたまいぬ。

「じいや、御苦労だが。また来ておくれ、この児を返さねばならぬから。」

「あい〱。」

と答えて去る。山風颯《やまかぜさっ》とおろして、彼《か》の白き鳥また翔《た》ちおりつ。黒き盥のふちに乗りて羽《は》づくろいして静まりぬ。

「もう、風邪を引かないように寝させてあげよう、どれそんなら私も。」とて静《しずか》に雨戸をひきたまいき。

九《ここの》ツ谺《こだま》

やがて添臥《そいぶし》したまいし、さきに水を浴びたまいし故《ゆえ》にや、わが膚《はだ》おり〱慄然《りつぜん》たりしが何の心ものうひしと取縋《とりすが》りまいらせぬ。あとを〱というに、おさな物語二ツ三ツ聞かせ給《たま》いつ。やがて、

「一ツ谺、坊や、二ツ谺といえるかい。」

「二ツ谺。」

「三ツ谺、四《よ》ツ谺といって御覧。」

「四ツ谺。」

「五《いつ》ツ谺。そのあとは。」

「六《む》ツ谺。」

「そう〱七《なな》ツ谺。」

「八《や》ツ谺。」

「九《ここの》ツ谺――こゝはね、九ツ谺という処なの。さあもうおとなにして寝るんです。」

背に手をかけ引寄《ひきよ》せて、玉《たま》の如き其乳房《ちぶさ》をふくませたまいぬ。露《あらわ》に白き襟、肩のあたり鬢《びん》のおくれ毛はら〱とぞみだれたる、かゝるさまは、わが姉上とは太《いた》く違えり。乳《ちち》をのまんというを姉上は許したまわず。

ふところをかいさぐれば常に叱りたまうなり。母上みまかりたまいてよりこのかた三年《みとせ》を経《へ》つ。乳《ち》の味は忘れざりしかど、いまふくめられたるはそれには似ざりき。垂玉《すいぎょく》の乳房《ちぶさ》たゞ淡雪《あわゆき》の如く含むと舌にきえて触るゝものなく、すゞしき唾《つば》のみぞあふれいでたる。

軽く背《せな》をさすられて、われ現《うつゝ》になる時、屋《や》の棟《むね》、天井の上と覚《おぼ》し、凄まじき音してしばらくは鳴りも止《や》まず。こゝにつむじ風吹くと柱《はしら》動く恐しさに、わなゝき取《とり》つくを抱きしめつゝ、

「あれ、お客があるんだから、もう今夜は堪忍《かんにん》しておくれよ、いけません。」

とキとのたまえば、やがてぞ静まりける。

「恐《こわ》くはないよ。鼠《ねずみ》だもの。」

とある、さりげなきも、われはなお其響《ひゞき》のうちにものの叫びたる声せしが耳に残りてふるえたり。

うつくしき人はなかばのりいでたまいて、とある蒔絵《まきえ》ものの手箱のなかより、一口《ひとふり》の守刀《まもりがたな》を取出《とりだ》しつゝ鞘《さや》ながら引《ひき》そばめ、雄々《おゝ》しき声にて、

「何が来てももう恐くはない。安心してお寝よ。」とのたまう、たのもしき状よと思いてひたと其胸にわが顔をつけたるが、ふと眼をさましぬ。残燈《ありあけ》暗く床柱《とこばしら》の黒うつやゝかにひかるあたり薄き紫の色籠めて、香《こう》の薫残りたり。枕をはずして顔をあげつ。顔に顔をもたせてゆるく閉《とじ》たまいたる眼《め》の睫毛《まつげ》かぞうるばかり、すや〳〵と寝入りて居たまいぬ。ものいわんとおもう心おくれて、しばし瞻《みまも》りしが、淋しさにたえねばひそかに其唇に指さきをふれて見ぬ。指はそれて唇には届かでなん、あまりよくねむりたまえり。鼻をやつままん眼をやおさんとまたつく〴〵と打《うち》まもりぬ。ふと其鼻頭《はなさき》をねらいて手をふれしに空《くう》を捻《ひね》りて、うつくしき人は雛《ひな》の如く顔の筋《すじ》ひとつゆるみもせざりき。またその眼のふちをおしたれど水晶のなかなるものの形を取らんとするよう、わが顔は其おくれげのはしに頬をなでらるゝまで近々《ちかぐ》とありながら、いかにしても指さきは其顔に届かざるに、はては心いれて、乳《ち》の下に面《おもて》をふせて、強く額《ひたい》もて圧《お》したるに、顔にはたゞあたゝかき霞《かすみ》のまとうとばかり、のどかにふわ〳〵とさわりしが、薄葉《うすよう》一重《ひとえ》の支《ささ》うるなく着けたる額《ひたい》はつと下に落ち沈むを、心着《こゝろづ》けば、うつくしき人の胸は、もとの如く傍《かたわら》にあおむき居て、わが鼻は、いたずらにおのが膚《はだ》にぬくまりたる、柔《やわらか》き蒲団に埋《うも》れて、おかし。

渡船《わたしぶね》

夢幻《ゆめまぼろし》ともわかぬに、心をしずめ、眼をさだめて見たる、片手はわれに枕させたまいし元のまま柔かに力なげに蒲団のうえに垂れたまえり。

片手をば胸にあてて、いと白くたおやかなる五指《ごし》をひらきて黄金《おうごん》の目貫《めぬき》キラ〳〵とうつくしき鞘の塗《ぬり》の輝きたる小さき守刀をしかと持つともなく乳《ち》のあたりに落して据《す》えたる、鼻たかき顔のあおむきたる、唇のものいう如き、閉じたる眼《め》のほゝ笑む如き、髪のさら〳〵したる、枕にみだれかゝりたる、それも違わぬに、胸に剣《つるぎ》をさえのせたまいたれば、亡《な》き母上の爾時《その》のさまに紛《まご》うべくも見えずなん、コハこの君《きみ》もみまかりしよとおもういまわしさに、はや取除《とりの》けなんと、胸なる其守刀に手をかけて、つと引く、せっぱゆるみて、青き光眼《まなこ》を射《い》たるほどこそあれ、いかなるはずみにか血汐《ちしお》さとほとばしりぬ。眼もくれたり。した〳〵とながれにじむをあなやと両の拳《こぶし》もてしかとおさえたれど、留《とゞ》まらで、とう〳〵と音するばかりぞ淋漓《りんり》としてながれつたえる、血汐のくれない衣をそめつ。うつくしき人は寂《せき》として石像の如く静《しずか》なる鳩尾《みぞおち》のしたよりしてやがて半身をひたし尽《つく》しぬ。おさえたるわが手には血の色つかぬに、燈《ともしび》にすかす指のなかの紅《くれない》なるは、人の血の染みたる色にはあらず、訝《いぶか》しく撫で試《こゝろ》むる掌《たなそこ》の其血汐にはぬれもこそせね、こゝろづきて見定むれば、かいやりし夜のもののあらわになりて、すゞしの絹をすきて見ゆる其膚《はだ》にまといたまいし紅《くれない》の色なりける。いまはわれにもあらで声高《こわだか》に、母上、母上と呼びたれど、叫びたれど、ゆり動かし、おしうごかししたりしが、効《かい》なくてなん、ひた泣きに泣く〳〵いつのまにか寝たりと覚《おぼ》し。顔あたゝかに胸をおさるゝ心地《ここち》に眼覚めぬ。空青く晴れて日影まばゆく、木も草もてらてらと暑きほどなり。

われはハヤゆうべ見し顔のあかき老夫《おじ》の背《せな》に負われて、とある山路《やまじ》を行くなりけり。うしろよりは彼《か》のうつくしき人したがい来ましぬ。

さてはあつらえたまいし如く家に送りたまうならんと推《おし》はかるのみ、わが胸の中《うち》はすべて見すかすばかり知りたまうようなれば、わかれの惜《お》しきも、ことのいぶかしきも、取出《とりい》でていわんは益《やく》なし。教うべきことならんには、彼方《かなた》より先んじてうちいでてこそしたまうべけれ。

家に帰るべきわが運《うん》ならば、強いて止《とど》まらんと乞《こ》いたりとて何かせん、さるべきいわれあればこそ、と大人《おとな》しゅう、ものもいわでぞ行く。

断崖の左右に聳《そび》えて、点滴《てんてき》声する処ありき。雑草《ざっそう》高き径ありき。松柏《まつかしわ》のなかを行く処もありき。きゝ知らぬ鳥うたえり。褐色なる獣《けもの》ありて、おりおり叢《くさむら》に躍り入りたり。ふみわくる道とにもあらざりしかど、去年《こぞ》の落葉《おちば》道を埋《うず》みて、人多く通《かよ》う所としも見えざりき。

おじは一挺《いっちょう》の斧《おの》を腰にしたり。れいによりてのしのしとあゆみながら、茨《いばら》など生《お》いしげりて、衣の袖をさえぎるにあえば、すかすかと切って払いて、うつくしき人を通し参らす。されば山路のなやみなく、高き塗下駄《ぬりげた》の見えがくれに長き裾さばきながら来たまいつ。

かくて大沼の岸に臨みたり。水は漫々として藍《らん》を湛《たた》え、まばゆき日のかげも此処の森にはさゝで、水面をわたる風寒く、颯々《さっさっ》として声あり。おじはこゝに来てソとわれをおろしつ。はしり寄れば手を取りて立ちながら肩を抱《いだ》きたまう、衣の袖左右より長くわが肩にかゝりぬ。

蘆間《あしま》の小舟《おぶね》の纜《ともづな》を解きて、老夫《おじ》はわれをかゝえて乗せたり。一緒《いっしょ》ならではと、しばしむずかりたれど、めまいのすればとて乗りたまわず、さらばとのたまうはしに棹《さお》を立てぬ。船は出でつ。わッと泣きて立上《たちあが》りしがよろめきてしりいに倒れぬ。舟というものにははじめて乗りたり。水を切るごとに眼くるめくや、背後《うしろ》に居たまえりとおもう人の大なる環《わ》にまわりて前途《ゆくて》なる汀《みぎわ》に居たまいき。いかにして渡し越したまいつらんと思うときハヤ左手《ゆんで》なる汀に見えき。見る〳〵右手《めて》なる汀にまわりて、やがて旧のうしろに立ちたまいつ。箕《み》の形したる大なる沼は、汀の蘆と、松の木と、建札《たてふだ》と、其傍《かたわら》なるうつくしき人ともろともに緩《ゆる》き環《わ》を描いて廻転し、はじめは徐《おもむ》ろにまわりしが、あと〳〵急になり、疾《はや》くなりつゝ、くるくる〳〵と次第にこまかくまわる〳〵、わが顔と一尺ばかりへだたりたる、まぢかき処に松の木にすがりて見えたまえる、とばかりありて眼の前《さき》にうつくしき顔の﨟たけたるが莞爾《にっこ》とあでやかに笑《え》みたまいしが、そののちは見えざりき。蘆は繁《しげ》く丈《たけ》よりも高き汀に、船はとんとつきあたりぬ。

ふるさと

おじはわれを扶《たす》けて船より出だしつ。また其背《せな》を向けたり。

「泣くでねえ〳〵。もうじきに坊ッさまの家《うち》じゃ。」と慰めぬ。かなしさはそれにはあらねど、いうもかいなくてたゞ泣きたりしが、しだいに身のつかれを感じて、手も足も綿の如くうちかけらるゝよう肩に負われて、顔を垂れてぞともなわれし。見覚えある板塀《いたべい》のあたりに来て、日のやゝくれかゝる時、老夫《おじ》はわれを抱き下《おろ》して、溝のふちに立たせ、ほく〳〵打《いち》えみつゝ、慇懃《いんぎん》に会釈《えしゃく》したり。

「おとなにしさっしゃりませ。はいい。」

といいずてに何地《いずち》ゆくらん。別れはそれにも惜《お》しかりしが、あと追うべき力もなくて見おくり果てつ。指す方《かた》もあらでありくともなく歩《ほ》をうつすに、頭《かしら》ふら〳〵と足の重たくて行悩《ゆきなや》む、前に行くも、後ろに帰るも皆見知越《みしりごし》のものなれど、誰《たれ》も取りあわんとはせで往《ゆ》きつ来りつす。さるにてもなおものありげにわが顔をみつゝ、行《ゆ》くが、冷《ひや》ゝかに嘲《あざけ》るが如く憎《にく》さげなるぞ腹立《はらだた》しき。おもしろからぬ町ぞとばかり、足はわれ知らず向直《むきなお》りて、とぼ〳〵とまた山ある方《かた》にあるき出《いだ》しぬ。

けたゝましき跫音して鷲掴《わしづかみ》に襟を掴《つか》むものあり。あなやと振返《ふりかえ》ればわが家《いえ》の後見《うしろみ》せる奈四郎《なしろう》といえる力逞《ちからたく》ましき叔父の、凄まじき気色《けしき》して、

「つまゝれめ、何処《どこ》をほッつく。」と喚《わめ》きざま、引立《ひった》てたり。また庭に引出《ひきいだ》して水をやあびせられんかと、泣叫《なきさけ》びてふりもぎるに、おさえたる手をゆるべず、

「しっかりしろ。やい。」

とめくるめくばかり背を拍《う》ちて宙につるしながら、走りて家に帰りつ。立騒《たちさわ》ぐ召《めし》つかいどもを叱りつも細引《ほそびき》を持て来さして、しかと両手をゆわえあえず奥まりたる三畳の暗き一室《ひとま》に引立《ひった》てゆきて其まゝ柱に縛《いまし》めたり。近く寄れ、喰《くい》さきなんと思うのみ、歯がみして睨《にら》まえたる、眼《め》の色こそ怪しくなりたれ、逆《さか》つりたる眦は憑《つ》きもののわざよとて、寄りたかりて口々にのゝしるぞ無念なりける。

おもての方《かた》さゞめきて、何処《いずく》にか行き居れる姉上帰りましつと覚《おぼ》し、襖《ふすま》いくつかぱた〳〵と音してハヤコゝに来たまいつ。叔父は室《しつ》の外にさえぎり迎えて、

「ま、やっと取返《とりかえ》したが、縄を解いてはならんぞ。もう眼が血走って居て、すきがあると駈け出すじゃ。魔《エテ》どのがそれしょびくでの。」

と戒《いまし》めたり。いうことよくわが心を得たるよ、然《しか》り、隙《ひま》だにあらんにはいかでかこゝにとゞまるべき。

「あ。」とばかりにいらえて姉上はまろび入りて、ひしと取着《とりつ》きたまいぬ。ものはいわでさめ〴〵とぞ泣きたまえる、おん情《なさけ》手にこもりて抱かれたるわが胸絞らるゝようなりき。

姉上の膝に臥《ふ》したるあいだに、医師来りてわが脈をうかがいなどしつ。叔父は医師とともに彼方《あなた》に去りぬ。

「ちさや、何うぞ気をたしかにもっておくれ。もう姉様《ねえさん》は何うしようね。お前、私だよ。姉さんだよ。ね、わかるだろう、私だよ。」

といきつく〴〵じっとわが顔をみまもりたまう、涙痕《るいこん》したゝるばかりなり。

其心の安んずるよう、強《し》いて顔つくりてニッコと笑うて見せぬ。

「おゝ、薄気味《うすきみ》が悪いねえ。」

と傍《かたわら》にありたる奈四郎《なしろう》の妻なる人呟《つぶや》きて身ぶるいしき。

やがてまた人々われを取巻《とりま》きてありしことども責むるが如くに問いぬ。くわしく語りて疑《うたがい》を解かんとおもうに、おさなき口の順序正しく語るを得んや、根問《ねど》い、葉問《はど》いするに一々《いちいち》説明《ときあ》かさんに、しかもわれあまりに疲れたり。うつゝ心に何をかいいたる。

ようやくいましめはゆるされたれど、なお心の狂いたるものとしてわれをあしらいぬ。いうこと信ぜられず、すること皆《みな》人の疑《うたがい》を増すをいかにせん。ひしと取籠めて庭にも出《いだ》さで日を過しぬ。血色わるくなりて痩《や》せもしつとて、姉上のきづかいたまい、後見《うしろみ》の叔父夫婦にはいとせめて秘《かく》しつゝ、そとゆうぐれを忍びて、おもての景色見せたまいしに、門辺《かどべ》にありたる多くの児ども我が姿を見ると、一斉《いっせい》に、アレさらわれものの、気狂の、狐つきを見よやというく、砂利《じゃり》、小砂利《こじゃり》をつかみて投げつくるは不断親しかりし朋達《ともだち》なり。

姉上は袖もてわれを庇《かば》いながら顔を赤うして遁げ入りたまいつ。人目なき処にわれを引据《ひきす》えつと見るまに取って伏《ふ》せて、打ちたまいぬ。

悲しくなりて泣出《なきだ》せしに、あわたゞしく背《せな》をばさすりて、

「堪忍《かんにん》しておくれよ、よ、こんなかわいそうなものを。」

といいかけて、

「私あもう気でも違いたいよ。」としみぐと搔口説《かきくど》きたまいたり。いつのわれにはかわらじを、何とてさはあやまるや、世にたゞ一人なつかしき姉上までわが顔を見るごとに、気を確《たしか》に、心を鎮めよ、と涙ながらいわるゝにぞ、さてはいかにしてか、心の狂いしにはあらずやとわれとわが身を危《あや》ぶむよう其毎《そのごと》になりまさりて、果《はて》はまことにものくるわしくもなりもてゆくなる。

たとえば怪しき糸の十重二十重《とえはたえ》にわが身をまとう心地しつ。しだいくに暗きなかに奥深くおちいりてゆく思《おもい》あり。それをば刈払《かりはら》い、遁出《のがれい》でんとするに其術《すべ》なく、すること、なすこと、人見て必ず、眉《まゆ》を顰《ひそ》め、嘲《あざけ》り、笑い、卑《いやし》め、罵《のゝし》り、はた悲《かなし》み憂《うれ》いなどするにぞ、気あがり、心激《こころげき》し、たゞじれにじれて、すべてのもの皆われをはらだたしむ。

口惜《くちお》しく腹立たしきまゝ身の周囲《まわり》はことぐく敵《かたき》ぞと思わるゝ。町も、家も、樹も、鳥籠《とりかご》も、はたそれ何等のものぞ、姉とてまことの姉なりや、さきには一《ひと》たびわれを見て其弟を忘れしことあり。塵《ちり》一つ

としてわが眼に入るは、すべてものの化《け》したるにて、恐しきあやしき神のわれを悩まさんとて現《げん》じたるものならん。さればぞ姉がわが快復《かいふく》を祈る言《ことば》もわれに心を狂わすよう、わざと然はいうならんと、一《ひと》たびおもいては堪《た》うべからず、力あらば恣《ほしいまま》にともかくもせばやせよかし、近づかば喰いさきくれん、蹴飛《けと》ばしやらん、掻《かき》むしらん、透《すき》あらばとびいでて、九ツ谺とおしえたる、とうときうつくしきかのひとの許《もと》に遁げ去らむと、胸の湧《わ》きたつほどこそあれ、ふたゝび暗室にいましめられぬ。

千呪陀羅尼《せんじゅだらに》

毒ありと疑えばものも食わず、薬もいかでか飲まん、うつくしき顔したりとて、優しきことをいいたりとて、いつわりの姉にはわれことばもかけじ。眼にふれて見ゆるものとしいえば、たけりくるい、罵り叫びてあれたりしが、ついには声も出でず、身も動かず、われ人をわきまえず心地死ぬべくなれりしを、うつら〳〵舁《か》きあげられて高き石壇をのぼり、大なる門を入りて、赤土《あかつち》の色きれいに掃《は》きたる一条《ひとすじ》の道長き、右左、石燈籠《いしどうろう》と石榴《ざくろ》の樹の小さきと、おなじほどの距離にかわる〴〵続きたるを行きて、香《こう》の薫しみつきたる太き円柱《まるばしら》の際《きわ》に寺の本堂に据《す》えられつ、ト思う耳のはたに竹を破《わ》る響きこえて、僧ども五三人《ごさんにん》一斉に声を揃え、高らかに誦《じゅ》する声耳を聾《ろう》するばかり喧《かし》ましさ堪《た》うべからず、禿顱《とくろ》ならび居る木のはしの法師ばら、何をかすると、拳《こぶし》をあげて一人《にん》の天窓をうたんとせしに、一幅《ひとはば》の青き光颯《さっ》と窓を射て、水晶の念珠瞳《ねんじゅひとみ》をかすめ、ハッシと胸をうちたるに、ひるみて踞《うずく》まる時、若僧円柱《じゃくそうえんちゅう》をいざり出でつゝ、つい居て、サラ〳〵と金襴《きんらん》の帳《とばり》を絞る、燦爛《さんらん》たる御廚子《みずし》のなかに尊き像《すがた》こそ拝まれたれ。一段高まる経の声、トタンにはたゝがみ天地《てんち》に鳴りぬ。

端厳微妙《たんげんみみょう》のおんかおばせ、雲の袖、霞の袴《はかま》ちら〳〵と瓔珞《ようらく》をかけたまいたる、玉《たま》なす胸に繊手《せんしゅ》を添えて、ひたと、おさなごを抱きたまえるが、仰《あお》ぐ〳〵瞳《ひとみ》うごきて、ほゝえみたまうと、見たる時、やさしき手のさき肩にかゝりて、姉上は念じたまえり。

滝やこの堂にかゝるかと、折しも雨の降りしきりつ。渦《うずま》いて寄する風の音、遠き方《かた》より呻《うな》り来て、どっと満山《まんざん》に打《うち》あたる。

本堂青光《あおびかり》して、はたゝがみ堂の空をまろびゆくに、たまぎりつゝ、今は姉上を頼までやは、あなやと膝にはいあがりて、ひしと其胸を抱きたれば、かゝるものをふりすてんとはしたまわで、あたゝかき腕《かいな》はわが背《せな》にて組合《くみあ》わされたり。さるにや気も心もよわ〳〵となりもてゆく、ものを見る明《あきら》かに、耳の鳴るがやみて、恐しき吹降《ふきぶ》りのなかに陀羅尼《だらに》を呪《じゅ》する聖《ひじり》の声々《こえごえ》さわやかに聞きとられつ。あわれに心細くもの凄《すご》きに、身の置処《おきどころ》あらずなりぬ。からだひとつ消えよかしと両手を肩に縋りながら顔もて其胸を押しわけたれば、襟をば掻《か》きひらきたまいつゝ、乳《ち》の下にわがつむり押入《おしい》れて、両袖を打《うち》かさねて深くわが背《せな》を蔽い給《たま》えり。御仏《みほとけ》の其《それ》をさなごを抱きたまえるも斯くこそと嬉しきに、おちいて、心地《ここち》すが〳〵しく胸のうち安く平《たい》らになりぬ。やがてぞ呪《じゅ》もはてたる。雷《らい》の音も遠ざかる。わが背《せ》をしかと抱きたまえる姉上の腕《かいな》もゆるみたれば、ソと其懐《ふところ》より顔をいだしてこわ〴〵其顔をば見上げつ。うつくしさはそれにもかかわらでなん、いたくもやつれたまえりけり。雨風のなおはげしく外《おもて》をうかゞうことだにならざる、静まるを待てば夜《よ》もすがら暴通《あれとお》しつ。家に帰るべくもあらねば姉上は通夜《つや》したまいぬ。其一夜の風雨にて、くるま山の山中、俗に九ツ谺といいたる谷、あけがたに杣《そま》のみいだしたるが、忽《たちま》ち淵《ふち》になりぬという。

里の者、町の人皆挙《みなこぞ》りて見にゆく。日を経てわれも姉上とともに来り見き。其日一天《いってん》うらゝかに空の色も水の色も青く澄《す》みて、軟風《なんぷう》おもむろに小波《さゝなみ》わたる淵の上には、塵一葉《ちりひとは》の浮べるあらで、白き鳥の翼《つばさ》広きがゆたかに藍碧《らんぺき》なる水面を横ぎりて舞えり。

すさまじき暴風雨《あらし》なりしかな。此谷もと薬研《やげん》の如き形したりきとぞ。幾株《いくかぶ》となき松柏の根こそぎになりて谷間に吹倒《ふきたお》されしに山腹の土《つち》落ちたまりて、底をながるゝ谷川をせきとめたる、おのずからなる堤防をなして、凄まじき水をば湛えつ。一《ひと》たびこのところ決潰《けっかい》せんか、城《じょう》の端《はな》の町は水底《みなそこ》の都となるべしと、人々の恐れまどいて、怠《おこた》らず土を装《も》り石を伏せて堅き堤防を築きしが、恰も今の関屋《せきや》少将の夫人姉上十七の時なれば、年つもりて、嫩《ふたば》なりし常磐木《ときわぎ》もハヤ丈《たけ》のびつ。草生い、苔むして、いにしえよりかゝりけんと思い紛《まご》うばかりなり。

あわれ礫を投ずる事なかれ、うつくしき人の夢や驚かさんと、血気《けっき》なる友のいたずらを叱り留めつ。年若く面清《おもてきよ》き海軍の少尉候補生は、薄暮暗碧《はくぼあんぺき》を湛えたる淵に臨みて粛然《しゅくぜん》とせり。

夜釣<ruby>よ<rt></rt>づり<rt></rt></ruby>

これは、大工、大勝《だいかつ》のおかみさんから聞いた話である。

牛込築土《うしごめつくど》前の、此の大勝棟梁のうちへ出入りをする、一寸《ちょっと》使える、岩次《いわじ》と云って、女房持、小児《こども》の二人あるのが居た。飲む、買う、摶《ぶ》つ、道楽は少《すこし》もないが、たゞ性来の釣好きであった。

またそれだけに釣がうまい。素人《しろと》にはむずかしいという、鰻釣の糸捌《いとさば》きは中でも得意で、一晩出掛けると、湿地で蚯蚓《みみず》を穿《ほ》るほど一かゞりにあげて来る。

「棟梁、二百目が三ぼんだ。」

大勝の台所口へのらりと投込むなぞは珍しくなかった。

が、女房は、まだ若いのに、後生願いで、おそろしく岩さんの殺生を気にして居た。

霜月《しもつき》の末頃である。一晩、陽気違いの生暖い風が吹いて、むっと雲が蒸して、火鉢の傍《そば》だと半纏《はんてん》は脱ぎたいまでに、悪汗《わるあせ》が浸《にじ》むような、其《その》暮方だった。岩さんが仕事場から――行願寺《ぎょうがんじ》内にあった、――路地うらの長屋へ帰って来ると、何か、ものにそゝられたように、頻《しきり》に気の急《せ》く様子で、いつもの銭湯にも行かず、さく〳〵と茶漬で済まして、一寸友だちの許《とこ》へ、と云って家を出た。

留守には風が吹募る。戸障子ががた〳〵鳴る。引窓がばた〳〵と暗い口を開く。空模様は、その癖、星が晃々《きらきら》して、澄切って居ながら、風は尋常ならず乱れて、時々むく〳〵と古綿を積んだ灰色の雲が湧上がる。とぽつりと降る。降るかと思うと、颯《さっ》と又暴《あら》びた風で吹払う。

次第に夜が更けるに従って、何時か真暗に凄くなった。

女房は、幾度も戸口へ立った。路地を、行願寺の門の外までも出て、通《とおり》の前後を眴《みまわ》した。人通りも、もうなくなる。……釣には行っても、めったにあけた事のない男だから、余計に気に懸けて帰りを待つのに。――小児たちが、また悪く暖いので寝苦しいか、変に二人とも寝そびれて、踏脱《ふみぬ》ぐ、泣き出す、着せかける、賺《すか》す。で、女房は一夜まんじりともせず、烏《からす》の声を聞いたそうである。

然《さ》まで案ずる事はあるまい。交際《つれあい》のありがちな稼業の事、途中で友だちに誘われて、新宿あたりへぐれたのだ、と然《そ》う思えば済むのであるから。

言うまでもなく、宵のうちは、いつもの釣だと察して居た。内から棹なんぞ……鈎《はり》も糸も忍ばしては出なかったが――それは女房が頻《しきり》に殺生を留める処から、つい面倒さに、近所の車屋、床屋などに預けて置いて、そこから内証で支度して、道具を持って出掛ける事も、女房が薄々知って居たのである。

処が、一夜あけて、昼に成っても帰らない。不断そんなしだらでない岩さんだけに、女房は人一倍心配し出した。

さあ、気に成ると心配は胸へ滝の落ちるようで、――帯引緊《おびひきし》めて夫の……という急《せ》き心で、昨夜《ゆうべ》待ち明した寝みだれ髪を、黄楊《つげ》の鬢櫛《びんくし》で掻き上げながら、その大勝のうちはもとより、慌だしく、方々心当りを探し廻った。が、何処《どこ》にも居ないし、誰も知らぬ。

やがて日の暮《くれ》るまで尋ねあぐんで、――夜あかしの茶飯《ちゃめし》あんかけの出る時刻――神楽坂下《かぐらさかした》、あの牛込見附で、顔馴染だった茶飯屋に聞くと、其処《そこ》で……覚束ないながら一寸心当りが付いたのである。

「岩さんは、……然うですね、――昨夜《ゆうべ》十二時頃でもございましたろうか、一人で来なすって――とう降り出しやがった。こいつは大降《おおぶ》りに成らなけりゃいゝがッて、空を見ながら、おかわりをなすったけ。ポツリ〳〵降ったばかり。すぐに降りやんだものですから、可《い》い塩梅だ、と然う云ってね、また、お前さん、すたく駆出して行きなすったよ。……へい、え丶、お一人。——他にゃ其の時お友達は誰も居ずさ。——変に陰気で不気味な晩でございました。ちょうど来なすった時、目白の九つを聞きましたが、いつもの八つころほど寂莫《ひっそり》して、びゅうく風ばかりさ、おかみさん。」

せめても、此《これ》だけを心遣《や》りに、女房は、小児たちに、まだ晩の御飯にもしなかったので、阪《さか》を駈《か》け上るようにして、急いで行願寺内へ帰ると、路地口に、四つになる女の児と、五つの男の児と、廂合《ひあわい》の星の影に立って居た。

顔を見るなり、女房が、

「父《とう》さんは帰ったかい。」

と笑顔して、いそくして、優しく云った。——何が什《ど》うしても、「帰った。」と言わせるようにして聞いたのである。

不可《いけ》ない。……

「う丶ん、帰りゃしない。」

「帰らないわ。」

と女の児が拗ねでもしたように言った。

男の児が袖を引いて

「父《おとっ》さんは帰らないけれどね、いつものね、鰻《うなぎ》が居るんだよ。」

「え丶、え。」

「大きな長い、お鰻《と丶》よ。」

「こんなだぜ、おっかあ。」

「あれ、およし、魚尺《うおしゃく》は取るもんじゃない――何処にさ……そして?」

と云う、胸の滝は切れ、唾が乾いた。

「台所の手桶に居る。」

「誰が持って来たの、――魚屋さん?……え、坊や。」

「うゝん、誰だか知らない。手桶の中に充満《いっぱい》になって、のたくってるから、それだから、遁《に》げると不可ないから蓋《ふた》をしたんだ。」

「あの、二人で石をのっけたの、……お石塔《せきとう》のような。」

「何だねえ、まあ、お前たちは……」

と叱る女房の声は震えた。

「行ってお見よ。」

「お見なちゃいよ。」

「あゝ、見るから、見るからね、さあ一所《いっしょ》においで。」

「私《わたい》たちは、父《おとっ》さんを待ってるよ。」

「出て見まちょう。」

と手を引合って、もつれるようにばら〳〵寺の門へ駈けながら、卵塔場《らんとうば》を、灯《ともしび》の夜の影に揃って、かわいゝ顔で振返って、

「おっかあ、鰻を見ても触っちゃ不可ないよ。」

「触るとなくなりますよ。」

と云いすてに走って出た。

女房は暗がりの路地に足を引《ひか》れ、穴へ掴込まれるように、頸から、肩から、ちり毛もと、ぞッと氷るばかり寒くなった。

あかりのついた、お附合の隣の窓から、岩さんの安否を聞こうとしでもしたのであろう。格子をあけた婦《おんな》があったが、何にも女房には聞こえない。……

肩を固く、足がふるえて、その左側の家《うち》の水口へ。……

……行くと、腰障子《こししょうじ》の、すぐ中で、ばちゃ〳〵、ばちゃり、ばちゃ〳〵と音がする。……

手もしびれたか、きゅっと軋む……水口を開けると、茶の間も、框《かまち》も、だゞっ広く、大きな穴を四角に並べて陰気《いんき》である。引窓に射す、何の影か、薄あかりに一目見ると、唇がひッつッった。……何《ど》うして小児の手で、と疑うばかり、大きな沢庵石が手桶の上に、ずしんと乗って、あだ黒く、一つくびれて、ぼうと浮いて、可厭《いや》なものの形に見えた。

くわッと逆上《のぼ》せて、小腕《こがいな》に引《ひき》ずり退《の》けると、水を刎《は》ねて、ばちゃ〳〵と鳴った。

もの音もきこえない。

蓋を向うへはずすと、水も溢《あふ》れるまで、手桶の中に輪をぬめらせた、鰻が一条《ひとすじ》、唯一条であった。のろのろと畝《うね》って、尖った頭を恁《こ》うあげて、女房の蒼白い顔を、熟《じっ》と視た。——と言うのである。

鮒の牲《にえ》

「姉さん、姉さん。」

仕事場で、弟の呼ぶ声に、勝手元で夜食の跡片附かち〳〵と、冷い皿小鉢を洗って居た、お園といって二十《はたち》になる姉は、評判の孝行者で、極の堅気じゃあるけれども、生れつき仇ッぽい粋なのが、すいと、水仕事をした爪尖を赤う、襷懸《たすきがけ》のまゝで板の間をばた〳〵、畳をすら〳〵と急いで出て来た。兎《と》見ると仕事場の傍を土間にして、畳二枚ばかりの、半分を仕切って据附けた鞴《ふいご》の前《まい》に、新筵《あらむしろ》を敷いて、弟の伊八は、大胡座を組んで、物々しく、腕を拱《こまぬ》いて、炭火の未だ新しい、薄紫の火気の立つのを凝縮《みつ》めて居る。

「おや、お仕事なの。」思懸けないという様子である。

伊八は振返って一寸目配せして、声を潜め、

「母様《おっかさん》は。」

「お炬燵《こたつ》に、今夜はね、鞴様の祭で、お前と二人、母様の見て居らっしゃる前でお盃……。三々九度は可笑《おかし》いねえ、お一杯頂いたので、大層お喜びなすったの、御気分も良いようで、今うと〳〵して居らっしゃるようだよ。」

伊八は然《さ》も嬉しそうに、莞爾《にっこり》して、

「其奴《そいつ》あ可《いい》塩梅だね。えゝと、姉さん。」

「あゝ、何の用。そしてお前仕事をおしか、火なんぞ拵えてさ、鞴様の神祭《おまつり》じゃありませんか。今夜は休んで、母様の炬燵へ煖《あた》ったら可《い》い私も御免を蒙《こうむ》って煖らして戴こうや、然《そ》うやって煖りながら、あのね、いまに何ぞ火鉢で拵えるから、又倭文庫《やまとぶんこ》の後を読んでお聞かせな、ね、可いじゃあないか、お祭りだもの、」と言った。

正面の壁に一幅を懸けて祭ったのは、観世音の俤《おもかげ》に似て、黒髪を分けて背後《うしろ》に乱し、胸に五彩の瓔珞《ようらく》を飾り、白衣《びゃくえ》を絡《まと》い、雲に駕し、右手に一挺の鉄槌を取って乳《ち》のあたりに構え、左手《ゆんで》に八花形《やつはながた》の鏡を取って頭《かしら》より高く翳《かざ》した神の画像《えすがた》である。

五徳土器《ごとくかわらけ》に大川《おおかわ》の鮭の切身の新《あら》けきを装《も》り、並べて、楕円の桶に満々と水を湛え、湖の鮒を活けて、牲《にえ》として奉り、棚には皿も油も清い燈明を供えてあるが、蓋《けだ》し之は渠等姉弟《かれらきょうだい》の亡父なる、金属彫刻の名工、立山の家の貧しき鞴祭の例であった。

伊八は右手《めて》に金床《かなとこ》を扣《ひかえ》えつゝ、仕事場に立った姉の顔を件の燈明に透し見て、

「今日は父が四十九日だし、鞴様のお祭だしね、此間から寝たッ切《きり》の母様も前刻《さっき》おいら達が一杯やった時は、起上って炬燵に凭懸《よりかか》って見て居てくんなすった、その上式《かた》ばかりでも一ツ受けて頂かれたし、こんな嬉しい気の勇むこたあ近来ないんだから、後継のおいらが手初めに一番拵えたいものがあって、綿の切だの、鑢粉《やすりこ》だの、鏨《はがね》のはつり屑《くず》だの一所にしてあった、あの彼是《かれこれ》五分《ふん》ばかりある黄金《きん》を一絡めにちょっくら溶かそうと思って、此処に坐って遣りかけたんだが、おいら、嬉しいんだが何だか、こう、涙が出ちゃあね、姉さん、おい、弱虫だなんて言いッこなしよ、目が曇って、斯《こ》うやって其《その》」と、いいかけた鼻をつまらせ嬰児《あかんぼ》の泣く真似のように目を擦って、「いくら拭いても不可《いけね》えや、爐《ろ》茶碗の中が判然《はっきり》見えないから、加減を間違えて流しちゃあ悪い、ね姉さん、お前其《そ》の美しい目で一寸其処《ちょっとそこ》から覗いてくんねえ、父《ちゃん》も年紀《とし》を取って目が霞んでからは、いつでもお前の目が代《かわり》をしたんだぜ、おい、後生だい、お前忙《まい》しかろうけれど、何黄金《きん》だから、ゆけなしだ。」

お園《その》は何にもいわず、声を曇らせ、

「あゝ、可いとも、さあちゃんと見て居るよ。」

「じゃあ頼むぜ。」

伊八は屹《きっ》と向直った、手を働かすと、たゝらが煽《あお》って、炉《ろ》の火は潑々《ぱっぱっ》と瞬いた、其の音ばかり、母の咳《しわぶ》く声もしない、戸の外は猶《なお》のこと、霜月の半過ぎては、宵の内から人足絶えて、森《しん》として累《かさな》り累る雪国の冬の雲は日の光も破らばこそ、夜は殊に峯から吹下ろす、氷柱《つらら》のような寒い風が一陣《ひとしきり》一陣宇宙を裂《つんざ》いて、針ほどの透間《すきま》さえ、分けて破屋《あばらや》の壁一重、颯《さっ》と鳴って吹込んで襟元から悚《ぞっ》気として、燈明の灯も消えようとした、途端にばら〳〵と溢《こぼ》れたのは鐘の音に連るゝ霰《あられ》である。

伊八は心を取直したが、思わず振返ると這《こ》はいかに、姉は炉の中を見ようともせず、 襦袢の袖で目を圧《おさ》えて、崩折れて居た。

「姉さん」、とばかり伊八も我を忘れて、姉の躰に身を投げ懸け、其膝に取着くと、腕《かいな》はいつか領《うなじ》にからんで、二人が抱合って思うさま泣いた。

屋を打つ霰の音凄く、又ばら〳〵と壁を潜《くぐ》ると、鮒が刎《は》ねた、桶の水は颯《ぱっ》と散って、炉の火の消える音。二人は之に驚かされて伊八は慌しく爐茶碗を引上げたが、こゝに活けるが如き神のましまさずは一滴の黄金は流れて土に塗《まみ》れたであろう。そして之は母に知らさず薬の代《しろ》に姉が身を売る前夜であった。

雪霊《せつれい》記事

一

「此《これ》のくらいな事が……何の……小児《こども》のうち歌留多《かるた》を取りに行ったと思えば――」

越前《えちぜん》の府、武生《たけふ》の、侘《わび》しい旅宿《やど》の、雪に埋れた軒を離れて、二町ばかりも進んだ時、吹雪に行悩みながら、私は――然う思いました。

思いつゝ、推切《おしき》って行《ゆ》くのであります。

私は此処《こゝ》から四十里余り隔たった、おなじ雪深い国に生れたので、恁《こ》うした夜道を、十町や十五町歩行《ある》くのは何でもないと思ったのであります。

が、其《そ》の凄《すさま》じさと言ったら、まるで真白な、冷い、粉の大波を泳ぐようで、風は荒海に斉《ひと》しく、ごうごうと呻《うな》って、地――と云っても五六尺積った雪を、押揺《おしゆす》って狂うのです。

「あの時分は、脇の下に羽でも生えて居たんだろう。屹《きっ》と然うに違いない。身軽に雪の上へ乗って飛べるように。」

……でなくっては、と呼吸《いき》も吐《つ》けない中《うち》で思いました。

九歳十歳《ここのつとお》ばかりの其の小児は、雪下駄、竹草履、それは雪の凍《い》てた時、こんな晩には、柄にもない高《たか》足駄《あしだ》さえ穿《は》いて居たのに、転びもしないで、然《しか》も遊びに更けた正月の夜《よ》の十二時過ぎなど、近所の友だちにも別れると、唯一人で、白い社《やしろ》の広い境内も抜ければ、邸町《やしきまち》の白い長い土塀も通る。……ザザッ、ごうと鳴って、川波、山颪《やまおろし》とともに吹いて来ると、ぐる〳〵と廻る車輪の如き濃く黒ずんだ雪の渦に、くる〳〵と舞いながら、ふわ〳〵と済まアして内へ帰った――夢ではない。が、あれは雪に霊があって、小児を可愛《いとし》がって、連れて帰ったのであろうも知れない。

「あゝ、酷いぞ。」

ハッと呼吸《いき》を引く。目口に吹込む粉雪《こゆき》に、ばッと背を向けて、そのたびに、風と反対の方へ真俯向《まうつむ》けに成って防ぐのであります。恁う言う時は、其の粉雪を、地《じ》ぐるみ煽立《あおりた》てますので、下からも吹上げ、左右からも吹捲《ふきま》くって、よく言うことですけれども、面《おもて》の向けようがないのです。

小児の足駄を思い出した頃は、実は最《も》う穿《はき》ものなんぞ、疾《とう》の以前になかったのです。

しかし、御安心下さい。――雪の中を跣足《はだし》で歩行く事は、都会の坊ちゃんや嬢さんが吃驚《びっくり》なさるような、冷いものでないだけは取柄です。ズボリと踏込んだ一息の間は、冷《つめた》さ骨髄に徹するのですが、勢《いきおい》よく歩行いて居るうちには温く成ります、ほか〳〵するくらいです。

やがて、六七町潜って出ました。

まだ此《こ》の間は気丈夫でありました。町の中《うち》ですから両側に家が続いて居ります。此の辺は水の綺麗な処で、軒下の両側を、清い波を打った小川が流れて居ます。尤も其れなんぞ見えるような容易《やさし》い積り方じゃありません。

御存じの方は、武生と言えば、あゝ、水のきれいな処かと言われます――此の水が鐘を鍛えるのに適するそうで、釜、鍋、庖丁、一切の名産――其の昔は、聞えた刀鍛冶《かたなかじ》も住みました。今も鍛冶屋が軒を並べて、其の中に、柳とともに目立つのは旅館であります。

が、最う目貫《めぬき》の町は過ぎた、次第に場末、町端《まちはず》れの――と言うとすぐに大《おお》きな山、嶮《けわし》い坂に成ります――あたりで。……此の町を離れて、鎮守の宮を抜けますと、いま行こうとする、志す処へ着く筈《はず》なのです。

それは、――其許《そこ》は――自分の口から申《もう》し兼ねる次第でありますけれども、私の大恩人――いえいえ恩人で、そして、夢にも忘れられない美しい人の侘住居《わびずまい》なのであります。

侘住居と申します――以前は、北国《ほっこく》に於ても、旅館の設備に於ては、第一と世に知られた此の武生の中《うち》でも、其の随一の旅館の娘で、二十六の年に、其の頃の近国の知事の妾《おもいもの》に成りました……妾《めかけ》とこそ言え、情深《なさけぶか》く、優《やさし》いのを、昔《いにしえ》の国主の貴婦人、簾中《れんちゅう》のように称《たた》えられたのが名にしおう中の河内《かわち》の山裾《やますそ》なる虎杖《いたどり》の里に、寂しく山家住居《やまがずまい》をして居るのですから。此の大雪の中に。

二

流る、水とともに、武生は女のうつくしい処だと、昔から人が言うのであります。就中《なかんずく》、蔦屋《つたや》――其の旅館の――お米《よね》さん（恩人の名です）と言えば、国々評判なのでありました。

まだ汽車の通じない時分の事。……

「昨夜は何方《どちら》でお泊り。」

「武生でございます。」

「蔦屋ですな、綺麗な娘さんが居ます。勿論、御覧でしょう。」

旅は道連《みちづれ》が、立場《たてば》でも、又並木でも、言《ことば》を掛合う中《うち》には、屹と此の事がなければ納まらなかったほどであったのです。

往来《ゆきき》に馴《な》れて、幾度《いくたび》も蔦屋の客と成って、心得顔をしたものは、お米さんの事を渾名《あだな》して、むつの花、むつの花、と言いました。——色と言い、また雪の越路《こしじ》の雪ほどに、世に知られたと申す意味ではないので——此は後言《くりごと》であったのです。……不具だと言うのです。六本指、手の小指が左に二つあると、見て来たような噂《うさわ》をしました。何故《なぜ》か、——地方《いなか》は分けて結婚期が早いのに——二十六七まで縁に着かないで居たからです。

（しかし、……やがて知事の妾《おもいもの》になった事は前に一寸申しました。）

私はよく知って居ます——六本指なぞと、気《け》もない事です。確《たしか》に見ました。しかも其の雪なす指は、摩耶夫人《まやぶにん》が召す白い細い花の手袋のように、正に五弁で、其《それ》が九死一生だった私の額に密《そっ》と乗り、軽く胸に掛《かゝ》ったのを、運命の星を算《かぞ》える如く熟《じっ》と視《み》たのでありますから。——

また其の手で、硝子杯《コップ》の白雪に、鶏卵《たまご》の蛋黄《きみ》を溶かしたのを、甘露を灌《そそ》ぐように飲まされました。ために私は蘇返《よみがえ》りました。

「冷水《おひや》を下さい。」

最う、それが末期《まつご》だと思って、水を飲んだ時だったのです。

脚気《かっけ》を煩って、衝心をしかけて居たのです。其のために東京から故郷《くに》に帰る途中だったのでありますが、汚れくさった白絣《しろがすり》を一枚きて、頭陀袋《ずだぶくろ》のような革鞄《かばん》一つ掛けたのを、玄関さきで断られる処を、泊めてくれたのも、蛍と紫陽花《あじさい》が見透《みとお》しの背戸に涼んで居た、其のお米さんの振向いた瞳《め》の情だったのです。

水と言えば、せい〳〵米の磨汁《とぎしる》でもくれそうな処を、白雪に蛋黄の情。――萌黄《もえぎ》の蚊帳《かや》、紅《べに》の麻、……蚊の酷い処ですが、お米さんの出入《ではい》りには、はら〳〵と蛍が添って、手を映し、指環《ゆびわ》を映し、胸の乳房を透《すか》して、浴衣の染の秋草は、女郎花《おみなえし》を黄に、萩を紫に、色あるまでに、蚊帳へ影を宿しました。

「まあ、汗びっしょり。」

と汚い病苦の冷汗に……そよ〳〵と風を恵まれた、浅葱色《あさぎいろ》の水団扇《みずうちわ》に、幽《かすか》に月が映《さ》しました。……大恩と申すは此なのです。――

おなじ年、冬のはじめ、霜に緋葉《もみじ》の散る道を、爽《さわやか》に故郷から引返《ひっかえ》して、再び上京したのでありますが、福井までには及びません、私の故郷からは其から七里さきの、丸岡の建場《たてば》に俥《くるま》が休んだ時立合せた上下の旅客の口々から、もうお米さんの風説《うわさ》を聞きました。

知事の妾《おもいもの》と成って、家を出たのは、其の秋だったのでありました。

こゝはお察しを願います。――心易くは礼手紙、たゞ音信《おとずれ》さえ出来ますまい。

十六七年を過ぎました。――唯今《ただいま》の鯖江《さばえ》、鯖波《さばなみ》、今庄《いまじょう》の駅が、例の音に聞えた、中の河内、木の芽峠、湯の尾峠を、前後左右に、高く深く貫くのでありまして、汽車は雲の上を馳《はし》ります。間《あい》の宿《しゅく》で、世事の用は聊《いさゝ》かもなかったのでありますが、可懐《なつかしさ》の余り、途中で武生へ立寄りました。内証で……何となく顔を見られますようで、ですから内証で、其の蔦屋へ参りました。

皐月《さつき》上旬でありました。

三

門《かど》、背戸の清き流《ながれ》、軒に高き二本柳《ふたもとやなぎ》、――其の青柳《あおやぎ》の葉の繁茂《しげり》――こゝに彳《たゝず》み、あの背戸に団扇《うちわ》を持った、其の姿が思われます。それは昔のまゝだったが、一棟《ひとむね》、西洋館が別に立ち、帳場も卓子《テエブル》を置いた受附に成って、蔦屋の様子はかわって居ました。

代替りに成ったのです。――

少しばかり、女中に心づけも出来ましたので、それとなく、お米さんの消息を聞きますと、蔦屋も蔦龍館《ちょうりゅうかん》と成った発展で、持《もち》の此の女中などは、京の津から来て居るのだそうで、少しも恩人の事を知りません。

番頭を呼んでもらって訊《たず》ねますと、――勿論其の頃の男ではなかったが――此はよく知って居ました。蔦屋は、若主人――お米さんの兄――が相場にかゝって退転をしたそうです。お米さんにまけない美人をと言って、若主人は、祇園《ぎおん》の芸妓《げいしゃ》をひかして女房にして居たそうでありますが、それも亡くなりました。

知事――其の三年前《ぜん》に亡く成った事は、私も新聞で知って居たのです――其のいくらか手当が残ったのだろうと思われます。当時は町を離れた虎杖の里に、兄妹がくらして、若主人の方は、町中の或会社へ勤めて居ると、此の由、番頭が話してくれました。一昨年の事なのです。

――いま私は、可恐《おそろし》い吹雪の中を、其処《そこ》へ志して居るのであります――

が、さて、一昨年《いっさくねん》の其の時は、翌日、半日、いや、午後三時頃まで、用もないのに、女中たちの蔭で怪《あや》しむ気勢《けはい》のするのが思い取られるまで、腕組が、肘枕《ひざまくら》で、やがて夜具を引被《ひっかぶ》ってまで且つ思い、且つ悩み、幾度《いくたび》か逡巡《しゅんじゅん》した最後に、旅館をうろ〳〵と成って、とうとう恩人を訪ねに出ました。

故《わざ》と途中、余所《よそ》で聞いて、虎杖村に憧憬《あこがれ》れ行く。……

道は鎮守がめあてでした。

白い、静《しずか》な、曇った日に、山吹も色が浅い、小流《こながれ》に、苔蒸《こけむ》した石の橋が架《か》ゝって、其の奥に大きくはありませんが深く神寂《かんさ》びた社があって、大木の杉がすら〳〵と杉なりに並んで居ます。入口の石の鳥居の左に、就中《とりわけ》暗く聳《そび》えた杉の下《もと》に、形はつい通りでありますが、雪難之碑《せつなんのひ》と刻んだ、一基の石碑が見えました。

雪の難――荷担夫《にかつぎふ》、郵便配達の人たち、其の昔は数多《あまた》の旅客も――此からさしかゝって越えようとする峠路《とうげみち》で、屢々《しば〳〵》命を殞《おと》したのでありますから、いずれ其の霊を祭ったのであろう、と大空の雲、重《かさな》る山、続く巓《いただき》、聳《そび》ゆる峰を見るにつけて、凄じき大濤《おおなみ》の雪の風情を思いながら、旅の心も身に沁《し》みて通過ぎました。

畷道《なわてみち》少しばかり、菜種の畦《あぜ》を入った処に、志す庵《いおり》が見えました。侘《わび》しい一軒家の平屋ですが、門《かど》のかゝりに何となく、むかしの状《さま》を偲《しの》ばせます、萱葺《かやぶき》の屋根ではありません。

伸上る背戸に、柳が霞んで、こゝにも細流《せゝらぎ》に山吹の影の映るのが、絵に描いた蛍の光を幻に見るようでありました。

夢にばかり、現《うつゝ》にばかり、十幾年。

不思議にこゝで逢いました――面影は、黒髪に笄《こうがい》して、雪の裲襠《かいどり》した貴夫人のように遥《はるか》に思ったのとは全然《まるで》違いました。黒繻子《くろじゅす》の襟のかゝった縞《しま》の小袖に、些《ちっ》とすき切れのあるばかり、空色の絹のおなじ襟のかゝった筒袖《こいぐち》を、帯も見えないくらい引合せて、細《ほっそ》りと着て居ました。

其の姿で手をつきました。ああ、うつくしい白い指、結立《ゆいた》ての品のいゝ円髷《まるまげ》の、情らしい柔順《すなお》な髱《たぼ》の耳朶《みみたぶ》かけて、雪なす項《うなじ》が優しく清らかに俯向いたのです。

生意気に杖《ステッキ》を持って立って居るのが、目くるめくばかりに思われました。

「私は……関……」

と名を申して、

「蔦屋さんのお嬢さんに、お目にかゝりたくて参りました。」

「米は私《わたくし》でございます。」

と顔を上げて、清《すず》しい目で熟《じっ》と視《み》ました。

私の額は汗ばんだ。——あのいつか額に置かれた、手の影ばかり白く映る。

「まあ、関さん。——おとなにお成りなさいました……」

此ですもの、可懐《なつかし》さはどんなでしょう。

しかし、こゝで私は初恋、片おもい、恋の愚痴《ぐち》を言うのではありません。

……此の凄《すご》い吹雪の夜《よ》、不思議な事に出あいました、其のお話をするのであります。

四

その時は、四畳半《かこい》ではありません。が、炉を切った茶の室《ま》に通されました。時に、先客が一人ありまして炉の右に居ました。気高いばかり品のいゝ年とった尼さんです。失礼ながら、此の先客は邪魔でした。それがために、いとゞ拙《つたな》い口の、千の一つも、何にも、ものが言われなかったのであります。

「貴女《あなた》は煙草をあがりますか。」

私はお米さんが、其の筒袖の優しい手で、煙管《きせる》を持つのを視て然う言いました。

お米さんは、控えて一寸俯向きました。

「何事もわすれ草と申しますな。」

と尼さんが、能の面がものを言うように言いました。

「関さんは、今年三十五にお成りですか。」

とお米さんが先へ数えて、私の年を訊ねました。

「三碧《さんぺき》のう。」

と尼さんが言いました。

「貴女は？」

「私は一つ上……」

「四緑《しろく》のう。」

と尼さんがまた言いました。

——略して申すのですが、其処へ案内もなく、ずか〳〵と入って来て、立状《たちざま》に一寸私を尻目にかけて、炉の左の座についた一人《にん》があります——山伏か、隠者か、と思う風采《ふうさい》で、ものの鷹揚《おうよう》な、悪く言えば傲慢《ごうまん》な、下手が画《え》に描いた、奥州めぐりの水戸の黄門と言った、鼻の隆《たか》い、髯《ひげ》の白い、早や七十ばかりの老人でした。

「此は関さんか。」

と、いきなり言います。私は吃驚しました。

お米さんが、しなよく頷《うなず》きますと、

「左様か。」

と言って、此から滔々《とう〳〵》と弁じ出した。其の弁ずるのが都会に於ける私ども、なかま、なかまと申して私などは、ものの数でもないのですが、立派な、画の画伯方《せんせいがた》の名を呼んで、片端《かたっぱし》から、奴《やつ》がと苦り、彼《あれ》め、と蔑《さげす》み、小僧、と呵々《からく》と笑います。

私は五六尺飛退《とびさが》って叩頭《おじぎ》をしました。

「汽車の時間がございますから。」

お米さんが、送って出ました。花菜の中を半《なかば》の時、私は香に咽《むせ》んで、涙ぐんだ声して、

「お寂しくおいでなさいましょう。」

と精一杯に言ったのです。

「いゝえ、兄が一緒ですから……でも大雪の夜《よ》なぞは、町から道が絶えますと、こゝに私一人きりで、

五日も六日も暮しますよ。」

とほろりとしました。

「其のかわり夏は涼しゅうございます。避暑に行らっしゃい……お宿をしますよ。……其の時分には、降るように蛍が飛んで、此の水には菖蒲《あやめ》が咲きます。」

夜汽車の火の粉が、木の芽峠を蛍に飛んで、窓には其の菖蒲が咲いたのです――夢のようです。……あの老尼は、お米さんの守護神《まもりがみ》――はてな、老人は、――知事の怨霊《おんりょう》ではなかったか。

そんな事まで思いました。

円髷に結って、筒袖を着た人を、しかし、其《その》二人は却って、お米さんを秘密の霞に包みました。三十路《みそじ》を越えても、窶《やつ》れても、今も其美しさ。片田舎の虎杖になぞ世にある人とは思われません。ために、音信を怠りました。夢に所がきをするようですから。……とは言え、一つは、日に増し、不思議に色の濃く成る炉の右左の人を憚《はばか》ったのであります。

音信して、恩人に礼をいたすのに仔細《しさい》はない筈《はず》。雖然《けれども》、下世話にさえ言います。慈悲すれば、何とかする。……で、恩人と言う、其の恩に乗じ、情に附入るような、賤《いや》しい、浅ましい、卑劣な、下司《げす》な、無礼な思いが、何うしても心を離れないものですから、ひとり、自ら憚られたのでありました。

私は今、其処へ――

五

「あゝ、彼処《あすこ》が鎮守だ――」

吹雪の中の、雪道に、白く続いた其の宮を、さながら峰に築いたように、高く朦朧《もうろう》と仰ぎました。

「さあ、一息。」

が、其の息が吐《つ》けません。

真俯向けに行く重い風の中を、背後《うしろ》からスッと軽く襲って、裾、頭《かしら》をどッと可恐いものが引包むと思うと、ハッとひき息に成る時、さっと抜けて、目の前へ真白な大《おおき》な輪の影が顕《あらわ》れます。とくる〳〵と廻るのです。廻りながら輪を巻いて、巻き〳〵巻込めると見ると、忽ち凄じい渦に成って、ひゅうと鳴りながら、舞上って飛んで行く。……行くと否や、続いて背後《うしろ》から巻いて来ます。それが次第に激しく成って、六ツ四ツ数えて七ツ八ツ、身体《からだ》の前後に列を作って、巻いては飛び、巻いては飛びます。巌《いわ》にも山にも砕けないで、皆北海の荒波の上へ馳《はし》るのです。――最う此の渦がこんなに捲《ま》くように成りましては堪えられません。此の渦の湧立《わきた》つ処は、其の跡が穴に成って、其処から雪の柱、雪の人、雪女、雪坊主、怪しい形がぼッと立ちます。立って倒れるのが、其のまゝ雪の丘のように成る……其が、右に成り、左に成り、横に積り、縦に敷きます。其の行く処、飛ぶ処へ、人のからだを持って行って、仰向《あおむ》けにも、俯向《うつむか》せにもたゝきつけるのです。

――雪難之碑。――峰の尖《とが》ったような、其処の大木の杉の梢《こずえ》を、睫毛《まつげ》にのせて倒れました。私は雪に埋れて行く……身動きも出来ません。くいしばっても、閉じても、目口に浸《し》む粉雪《こゆき》を、しかし紫陽花《あじさい》の青い花片《はなびら》を吸うように思いました。

――「菖蒲《あやめ》が咲きます。」――

蛍が飛ぶ。

私はお米さんの、清く暖き膚《はだ》を思いながら、雪にむせんで叫びました。

「魔が妨げる、天狗《てんぐ》の業《わざ》だ――あの、尼さんか、怪しい隠士《いんし》か。」

解説

玉だらけ疵だらけの完璧

長山靖生

近代を生きた人とは思われない、たおやかな美文を紡いだ泉鏡花は、怪異幻想に心奪われた人でもあった。鏡花作品には特に怪異譚でなくとも、どこか非現実の匂いがする。花であれ景色であれ出来事であれ、美しさや楽しさや浮き立つ高揚などと表裏相即して、いつも妖しく怖ろしく目眩のするような魔の影が覗いている。心揺さぶるものにはいつも魔が潜んでいるのだ。

鏡花は多くのものに怯えている。言霊を畏れ、悪鬼魍魎に怯え、悪因縁に怯える。現世のものにもしばしば脅かされ、権力者も知識人も乱暴者も恐い。その意味で鏡花は極めて弱い人である。しかしそれらはみな鏡花の筆によって抽象化され純粋観念に移しかえられていく。その筆さばきには何人も干渉することはできない。その意味では鏡花はあらゆるものを筆ひとつで操る存在である。それでいて鏡花には、自分が描き出した世界にさえ本気で怯えているような風情がある。

鏡花の筆は、危ない危ない引き返さねば……と思いながら、なぜか目が離せず、一歩また一歩と足は自然に前に出てしまう子どものようなところがある。どうせ逃れられないものならば、いっそ魔に魅入られてしまおうか。怖がりの鏡花は、魔に引き寄せられる人でもあった。

妖しい美しさに彩られた鏡花作品を集めた本書では、姉のような存在や若い母といった、神秘的包容力を持つ女性への幼少期からの幻惑を湛える「幼い頃の記憶」「化鳥」の二編を巻頭に置き、それ以降は初春から梅雨、夏を経て秋、そして冬へと至る四季の行事情景に沿いながら作品を並べてみた。泉鏡花の幻妖怪美の世界を堪能して頂ければと思う。

泉鏡花の同時代人で、その文学の美質も欠点も含めた全体を的確に捉えていたのは、夏目漱石ではないかと思う。漱石は鏡花作品について次のように述べている。

鏡花の銀短冊というのを読んだ。不自然を極め、ヒネくレを尽し、執拗の天才をのこりなく発揮して居る。鏡花が解脱すれば日本一の文学者であるに惜しいものだ。文章も警句が非常に多いと同時に凝り過ぎた。変梃な一風のハイカラがった所が非常に多い。玉だらけ疵だらけな文章だ。

（明治三八年四月二日付、野村伝四宛書簡）

また『海異記』を読んだ際にも、漱石はほぼ同様の感想を抱き、明治三九年一月九日付・森田米松（草平）宛書簡に〈警句は無論沢山ある。あれをなぜもっとうまく繋げないのかと思う。こう感ずるが僕は鏡花に対して憎悪心も何も有して居らん寧ろ好意を以て迎えよむのである。こんなのは矢張り天性の趣味の相違でありましょう〉と述べている。

英文学者でもあり、西洋近代小説に基準をおいていた漱石にとって、鏡花作品が美しく光るものでありながら同時に瑕疵も露わな「玉だらけ疵だらけ」と感じられたのは、よく分かる。実際、鏡花作品には近代の基準からはみ出したところがある。実は若い頃の私は、鏡花がそれほど好きではなかった。美しい文辞やリズムには惹かれたものの、ところどころ作者自身が距離感なく入り込んでいるような気持ちの偏りを、描かれた怪異以上に危険なものと感じたのだ。心理描写にしても理論的な整合性ではなく、情念に流れて景色に溶け込むような茫漠たるところがある。その前近代性に、若い時分の私は馴染めなかった。

それがある年齢になってからは気にならなくなった。脇の甘さのように見えていたものが、懐の深さと感じられるようになり、離れ業のような現世と彼岸の往還も「そういうこともあるかもしれない」と実感されるようになってきた。近代合理主義が揺らいでいるためか、それとも私自身がだんだんあちら側に近づいているためだろうか……。

鏡花自身は、自分の作風について〈私の作に対する希望は、花なら花を見、月なら月を見る場合と同じく、それに対し、それを読む間は、総て他《た》の事を忘れ、一切の雑念を去って、作物其物の中に人を遊離させたい。そして読んだ後でも、何か深い印象を残したい。（中略）作物に依って宗教的な考えを起させようとか、現代思潮を窺わせようとか、或は社会問題を解決しようとか、そういう何かの目的を以て書くのではない。〉（談話筆記「芸術は予が最良の仕事也」、明治四二）と述べている。

泉鏡花（本名・鏡太郎）は明治六年一一月四日、石川県金沢市下新町に、父清次、母鈴の長男として生まれた。父は工名を政光という錺職人で元加賀藩細工方白銀職に属し、象嵌細工や彫金を業としており、母方は加賀藩御手役者葛野流大鼓方だった。鏡花作品に漂う幽玄の趣は、幼少期から能楽に親しんでいたのも一因なのかもしれない。また旅役者の一座による芝居の類もよくみており、それが『照葉狂言』などの作品につながっているといわれている。

明治一三年、金沢の養成小学校に入学、在学中の明治一六年一二月に母が次女やえ出産直後に産褥熱のために亡くなっている。享年二九歳だった。この出来事は鏡花の心に大きな衝撃を残し、生涯続く母神幻想の源泉となった。翌一七年六月に父と共に石川郡松任の摩耶夫人像に詣でて以来、鏡花は摩耶信仰を奉持することになるが、そこにも亡母への思慕の念が大きく関わっているだろう。

高等小学校を経て明治一八年に日本基督一致教会系の北陸英和学校に進んだが、明治二〇年に退学し、市内の井波他次郎私塾に転じた。ここでは自身が学ぶ一方、代稽古で英語を講じたこともあった。

明治二二年、富山の友人宅に身を寄せていた際、尾崎紅葉の小説『二人比丘尼色懺悔』に接して文学を志すようになった。以後しばらく紅葉作品を中心に小説を耽読して過ごすことになる。

鏡花が上京して牛込の尾崎紅葉宅を訪ねたのは、明治二四年一〇月一九日のことだった。そのときの模様を泉鏡花は次のように記している。

予は年十九歳の今日の今、初めて温容に接せるなり。勿論日に日に、都大路も境遇により蜀道の嶮を走る時も、モシヤそれかと仇人をさえあこがれつること幾度かありたれども、見えしは初めてなるに、何となく御面顔《おんかおばせ》、心のうちにあり〳〵と初見参とは思われず。憚り多き事ながら、夢にて見しに変らせ給わず。（中略）片時《へんし》、と雖も忘れざりしは、先生にておわします。奇なる哉、心凝って幻に描きしを、今のあたりに見《まみ》えしぞや。そゞろに涙さしぐみぬ。

「初めて紅葉先生に見えし時」（明治四二年）

入門を許された鏡花は、その日から尾崎家の書生となり、心酔する師匠のもとで家事雑事や紅葉の原稿整理の手伝いなどを務め、紅葉の信頼を受けるようになる。鏡花は郷里には、金沢大火の数日を除いてほとんど帰省しなかった。

そんな鏡花が、紅葉の推薦を受けて最初に発表した小説は「冠弥左衛門」（「京都日出新聞」明治二五年一〇―一一月）だった。まだ不慣れだった鏡花は新聞小説に苦労し、新聞社側も不評を理由に打ち切りを求めるなどしたが、紅葉が社をなだめる一方、鏡花に助言を繰り返して完結にこぎつけた。同年中に鏡花は「活人形」（春陽堂「探偵小説」第一一集）、「金時計」（博文館「少年文学」第一九編）を発表。後者は紅葉の少年文学『侠黒児』（博文館、明治二六）に併収された。

明治二七年一月、父が逝去し、鏡花は一度金沢に帰省した。実家からの経済援助がなくなり、逆に祖母など家族への責任を再認識した鏡花は、文筆一本で生計を立てる決意を新たにし、東京に戻る。そして明治二八年には「夜行巡査」（「文藝倶楽部」）、「外科室」（同）を発表して文壇の注目を浴びた。

明治二九年には愛国心を名目にした卑しい欲望解放を糾弾する「海城発電」（「太陽」）を発表。「琵琶伝」（「国民之友」）、「化銀杏」（「文藝倶楽部」）、「照葉狂言」（「読売新聞」）などを続けざまに発表して人気作家としての地位を確立した。さらに「化鳥」（「新著月刊」、明治三〇）、「湯島詣」（春陽堂、明治三二）、「高野聖」（「新小説」、明治三三）など作風の幅を示した。

だが元々腺病質の鏡花は多忙と気苦労からか胃腸を悪くし、明治三五年、静養のため逗子に転居した。その際、同郷の友人吉田賢龍の紹介で身の回りの世話として半玉の伊藤すずを頼んだが、この間に親しくなり、翌三六年一月に鏡花が牛込神楽坂に転居すると、そこで同棲するようになった。

そのことを知った紅葉は怒り、鏡花は別離を約束したものの恋情は断ち難く、けっきょく師の目を盗んで交際を続けた。その出来事と心情は『婦系図』（「やまと新聞」明治四〇）に投影されている。主人公の主税は、大恩ある師から、学問半ばで恋に心を傾けることを咎められるが、そのときの師の台詞は

「俺を棄てるか、婦《おんな》を棄てるか」という苛烈なものだった。主税は泣く泣くお蔦（すずに相当）に別れを切り出すが、お蔦が口にする「切れるの別れるのッて、そんな事は、芸者の時に云うものよ。……私にゃ死ねと云って下さい」という名セリフは、紅葉の『金色夜叉』（明治三〇―三五）の「今月今夜のこの月を……」同様、昭和四〇年代になっても小学生すら皆知っているような有名な台詞だった。なお「切れるの別れるの」は『婦系図』を新派の舞台用に脚色した際に加筆されたもので、のちに小説も加筆修正された。

尾崎紅葉は明治三二年頃からしばしば体調不良に苦しみ、塩原や修善寺で湯治療養したものの改善に乏しく、しだいに短気になっていた。泉鏡花が人気作家となり、紅葉と同等かそれ以上の原稿料をもらうようになっていたことも、紅葉の苛立ちの一因だったかもしれない。しかし鏡花は、病苦で辛辣になっていた紅葉にもよく仕えた。紅葉は明治三六年三月に胃癌と診断され、同年一〇月三〇日に逝去した。鏡花は強い衝撃を受け、硯友社の仲間と共に葬儀を取り仕切った。

こののち、鏡花とすずは結婚するが、師への尊敬の念と一抹の後ろめたさを生涯持ち続けることになる。その一方で、夫婦仲は極めてよく、終生、互いの名を刻んだ腕輪を大切に身につけていたという。

明治三八年二月に祖母が亡くなり、七月は胃腸病が悪化したために再び静養のため伊豆に移るなどもあったが、この間も鏡花は旺盛な執筆活動を続けた。

『婦系図』が「やまと新聞」に連載されたのは明治四〇年のことで、翌四一年には伊井蓉峰と喜多村緑郎が組んで新富座で初演されている。以来、特に喜多村は鏡花と親しく交流し、『白鷺』（明治四三）、『日本橋』（大正三）などを初演したほか、鏡花を中心とした怪談会などにもしばしば出席している。

さらに戯曲に意欲を燃やした鏡花は大正六年に『天守物語』を発表。妖美な世界を描いたこの作品は、鏡花自身の自信作だったで、「もし、『天守』を上演してくれたら謝礼はいらぬ」とまで口にしていたというが、難曲のため生前には上演されることはなかった。『天守物語』の初演は昭和二六年一〇月に新橋演舞場で、富姫を花柳章太郎、亀姫を水谷八重子が演じた。演出は伊藤道郎が担当した。こののち、「天守物語」は歌舞伎では歌右衛門、扇雀、新劇では杉村春子、能では「冥の会」で観世静夫など、ひろい幅で上演されるようになり、一九七七年に五代目坂東玉三郎が演じ、やがて玉三郎と宮沢りえで映画版も作られた。玉三郎は『天守物語』『夜叉ヶ池』『海神別荘』を鏡花三部作とみなし、繰り返し演出・主演し、『婦系図』に偏っていた鏡花演劇のイメージを大きく転回させていくことになる。

この辺で話題を収録作品に転じよう。

幼い頃の思い出というものは、ポツンとある場面だけが突出して鮮明で、しかしそれがいつのことだったのか、前後の出来事はすっかり欠落しているか曖昧に霞んでいるものが多い。鮮明すぎる記憶は、後日聞かされたものを自分の記憶と取り違えたり、夢や願望で捕捉した架空の思い出なのではないかと疑われることもある。「幼い頃の記憶」(「新文壇」明治四五年四月)は、五歳の頃に一度見かけただけなのに、心から離れない若い女性にかんする随筆という形を取った作品。母と共に乗った小舟で出会った派手な友禅縮緬を着た少女は、一七歳くらいか、それとももっと若くて一二、三歳だったかもしれぬという。言葉すら交わしていない少女が、なぜそんなにも鮮明な記憶として残っているのか。少女に注がれた眼差しは幼児のそれとは思われず、前世の記憶なのかよほどの縁ある相手なのか、清潔でありながらエロティックなものも感じられる小品で、創作的な奥行きも感じられる。それはまるで幼児が抱いていた前世の記憶のようでもある。自分の記憶の中に夢幻の種を播いて大輪の花どころか、多くの枝葉を持つ大樹に育てたのが鏡花という人物だった。

「化鳥」(「新著月刊」明治三〇年四月)もまた母と共にある男の子の記憶の物語だ。橋守をする母と共に過ごしている男の子は、橋を行き交う人々動物に見立てる。彼には人と獣とは別物だという、系統分類という近代知に、素朴な疑問を抱いている。それは深化や進歩への懐疑でもある。

主要な西洋近代思想では、歴史を「発展するもの」としてとらえていた。カントは歴史を自由の概念の発展とみなし、ヘーゲルは世界精神の自己展開ととらえた。ニーチェも古代—中世—近世の図式を踏まえて神の死を論じた。ここには機械技術や自然科学のように知識の蓄積によって発展する研究分野と人格的進歩の混同が感じられるが、ダーウィニズムもまた、生物種が分化していく現象を種の進歩優劣を自明視する思想だった。この場合の「思想」とは、客観的な科学的事実ではない思惟という意味である。ダーウィニズムの優勝劣敗思想は社会進化論の過当競争を肯定する理論にも転嫁されたし、優生思想から人種差別に至る差別思考にもつながっていくことになる。

鏡花は生物種のメタモルフォーゼはすんなり納得したろうが、生物種の優劣や序列には違和感を抱いていたようだ。作中の男の子が次々に思い付く動物見立てはただの連想なのだが、同時に人間の基底にその個人の来歴につながる動物性を見る原初のトーテムを言い当てているようでもある。

さらに男の子は無意識から集合無意識へと真相を容易に掘り下げていく。羽のある美しいお姉さんと母が同一視され、さらには少年自身にも何か身体に変化の兆しがみられる。鳥は妖しい魅力をもった女のトーテムだが、それは人面鳥体の迦陵頻伽を介して死のイメージも漂う。ここにあるのは若くして死んだ母への思いなのか、それともタナトスを伴ったエロスであるのか。

フロイト流に言えば、ある種の人が心の内なる幼年時代の記憶に固執し思い出に耽るのは、人類の幼年時代たる原初への回帰願望と結びついた願望であり、思いは必然的に神秘的なものへと遡っていくことになる。ただしギリシャ神話ならびにユダヤ＝キリスト教という強大な父権思想を自明視していたフロイトが、エディプス・コンプレックスという父殺しと近親相姦の神話原型を見出したのとは異なり、泉鏡花が回帰する原初神話は日本的なそれだった。そこに絶対唯一の硬質な神はおらず、常に神々という複数形で身近な地平に溶け込んでいる自然的人格的なそれであり、思想や意思としてではなく「眺め」として感じられる柔らかなものだった。ユダヤ＝キリスト教では神と悪魔、天国と地獄の対立は絶対的だが、鏡花の世界では天界的なものと冥府的なものは糾える縄の如くに絡み合っており、倫理判断値は別の次元で人前にあらわれる。

なお作中に特定の地名は記されていないが、鏡花の生家近くを流れている浅野川や、対岸に位置する卯辰山周辺の景色を映しているというのが定説になっている。鏡花の母が眠る墓はその卯辰山にあった。鏡花にとって「実景」はいつも「実情」としてあった。少なくとも作中においてはそうだった。つまり心に浮かぶ思いとしての情景であって、叙情と叙景は重なっているのである。また本作は鏡花がそれまでの文語体から口語調に切り替えた最初の作品でもあった。

「化鳥」もそうだが、鏡花には流れる水にかかわる作品がとても多い。それは川や堀の多い金沢の風景と関連してもいただろう。

「絵本の春」（「文芸春秋」大正一五年一月）もそんな金沢の景色から始まっている。旧幕時代、ある家で美女が虐げられ無残な最期を遂げた伝説が語られる。それは子どもを怖がらせるための伝説ないし作り話だったのか、それとも貸本屋の草双紙中の物語だったのか、子どもの記憶には茫漠たるところがある。それが大人になってからの、大正時代の洪水と結びつけられるところが、鏡花らしい。

時間も空間も、何かのきっかけがあればいつでも可逆的に呼び覚まされて結びつき、絡まり合って心を揺さぶる。そのようにして人は生きているのであり、整然たる時間軸などは仮想にすぎない——と言われているような気がする。いや鏡花はわざわざ言ったりはしない。そのようにして「ある」のであり、「ある」ことを描くのである。川はしばしば蛇に譬えられ、八岐大蛇も氾濫により豊穣と再益を共にもたらす川水の神格化とする説があるが、この作品でも洪水の場面で一条の真赤な蛇が登場している。「雛がたり」（「新小説」大正六年三月）はやや古風な文体で綴られており、ある種の江戸随筆にも似た言葉の奢侈が際立つ作品だ。美しい光景で占められた作品の末尾に、だがまだ事件は起きてはいないものの、何事かが起こりそうな予兆が、春の夜の雲のように横たわっている。幸せな光景であっても、鏡花の作品には陰影が見え隠れする。

「凱旋祭」（「新小説」明治三〇年五月）は紀元（といっても皇紀ではなく西暦）一八九五年某日、即ち日清戦争の凱旋祝賀を描いた作品だ。舞台は巽公園などの地名から金沢市内と察せられる。

それにしても日本武尊の銅像が見下ろす巽公園を中心に繰り広げられたお目出度い戦勝祝賀の祭礼を描いたにもかかわらず、「凱旋祭」の描写は不穏だ。山車や行列を繰り出しての熱狂的喧騒には、どこか魔物に憑かれて踊らされているような、おどろおどろの陰はありはすまいか。祝い狂う人々のなかに鬼が立ち混じっているのではないか。

極彩色に彩られた街を行く数千の鬼灯提灯には真蒼な顔が描かれ、いずれも歪んだその顔は敵兵に擬せられている。さらには長蛇のごとき鼻を持った巨象の造り物や桜の老木が変じた巨大な怪獣、そして幾百人の相関が数珠繋ぎになって練り歩く蜈蚣行列の行軍という、魔界じみた狂乱が描かれる。御丁寧に、蜈蚣をなしていた男たちが散開して各氏酒気を帯びて騒ぐ様は、寸断された蜈蚣の各部位が頭を失ってもなお蠢いている浅ましい姿に譬えられている。凱旋門と生首提灯と浮かれ騒ぐ人々に彩られた街に、ポツンと戦没将校の未亡人がたたずんでいるのも印象的だ。

鏡花には、周囲から白い目で見られるのもいとわず敵兵をも介護する看護兵と、愛国と称して外地で暴虐な振舞いを為す卑劣漢を描いた「海城発電」のような作品もあり、厭戦の思いがあったのは確かだ。だがおそらく鏡花は、社会的、政治的な立場から戦争批判をしているのではないだろう。鏡花の嫌悪はより根源的な、人間の持つ凶暴性や自己正当化の盲目性へと向けられていた。

「鎧」（「写真報知」大正一四年二月）では二つの怪異が語られている。ひとつは富山山間部の神通川流域での出来事であり、もうひとつは兵庫県美方郡にある山陰本線鎧駅近郊での出来事である。前者には立山地獄（立山谷）の風景と思しきものも描き込まれている。こちらの逸話は「星女郎」（明治四一）の男性版のようでもあり、後者には「高野聖」にも通じる要素が感じられる。どちらについても「鎧」のほうが素朴な語り口で、書かれたのは後だが、むしろこちらのほうが原型的であるように感じられる。

「処方秘箋」（「天地人」明治三四年一月）もまた男の子の記憶にある美しい女性の物語だが、こちらは女の鳥ではなく蛇に変じる存在であり、「化鳥」と対をなすようにして、母の包容力ではなく女の魔性を象徴する。だが男を魅了する散在としての聖女と魔女に違いはあるのだろうか。太母と少年の対は、アニムスとアニマでもあろう。

鳥に化ける女は迦陵頻伽を介して天女と結びつく一方で、ハーピーから吸血鳥バンピイルともつながっている。そして化鳥と蛇体が女の両面にして同体であることは、仏教の迦陵頻伽の原型ともいうべきヒンドゥー教の魔鳥ガルーダ（金翅鳥）と怪蛇カーダーヤが相いれない仇敵として描かれる一方、しばしば同一視ないし互換性ある存在として描かれていることからも察せられるだろう。女の美質と魔性は当人にも制御不可能な絡み合う複合要素なのかもしれない。男はそれにおそるおそる魅せられるばかりである。

鏡花の幼年期ファンタジーは美的で妖艶だが、必ずしもフロイト的な性的躍動の過大評価には組せず、詩や静謐とのほうが親和性が高い。エロスとタナトスが表裏一体であるなら、そのどちらでもあり得る局面で鏡花はタナトスへと傾く。それは死に対する恐怖交じりの憧憬であり、性的抑圧の産物ではない。人は性＝生を目指すのが当然だという活力神話こそ近代的な人間性の抑圧なのだ。人がいずれ死ぬ存在であり、死は常に自分自身の完結点として約束されているのだ。その早すぎる到来は恐怖の対象だが、いずれ自分が行くべき安らかな場所があるとの思いは、病弱な子どもにとっては甘美な誘惑でもあったかもしれぬ。

余談ながら萩原朔太郎は「自分は怪談と云うものを好まない。ちっとも怖いと思ったことがない。しかし、そう云う怪談にエロチックな要素が這入ってくると、それが妙に怖くなり出す。だから『牡丹燈籠』のような怪談だけは好きだ」と堀辰雄に語ったことがあるという。堀は〈そう云う萩原さんの説は独特なものかも知れぬ。しかし僕も、鏡花の作品に関するかぎり、その説の信奉者になるだろう〉（「貝の穴に河童がいる」）と書いている。

「外科室」（「文芸倶楽部」明治二八年六月）の婦人もまた、清廉な妻にして心に何事かを秘めた魔性の存在だ。手術の痛みよりも守りたい秘密がいかなるものかは察せられるが、耐え抜く女の意地の強固さは、男には空恐ろしいばかりだ。堀辰雄が指摘したような意味で、怖い女性である。

「紫陽花」（「大倭心」創刊号、明治二九年九月）は継母に疎んじられる氷売りの美少年と、氷を欲する貴女の束の間の場面を描いた掌編だが、この作品にも青く光る蛇が登場する。それはあるいは紫陽花の色がうつる淋しい貴女のもうひとつの姿でもあろうか。ちなみに鏡花の俳句に「花二つ紫陽花青き月夜かな」があるが、本作は陽炎が立ちそうな暑い日の白昼夢である。

なお「紫陽花」は初出時には「野社」と題されており、次いで「氷売り」と改題され、さらに「草水晶」として小栗風葉、田山花袋との合集『花吹雪』（新声社、明治三二）に収録、その後、「炭の鋸」と改題して「少年世界」明治三四年二号に再録、「紫陽花」と改められたのは『柳筥』（春陽堂、明治四二）収録以降のことだった。

「くさびら」（「東京日日新聞」大正一二年六月二七日）は梅雨時に悩みの種となる茸をめぐるユーモラスな短文。狂言「茸」（和泉流では「茸」だが大蔵流だと「菌」と表記）も引かれているが、同作は能「葵上」の日パロディという側面もあり、艶を感じさせる紅茸はさしずめ般若面の六条御息所（後シテ）であろうか。

「人魚の祠」（「新日本」大正五年七月）は全篇に香木の甘い香りが立ち込めつつも、一作のうちで美醜の振幅がひときわ大きな作品だ。たまたま見かけた婦人が抱く嬰児外貌に思われたところから語られる物語は、利根川流域関東平野の多湿な地域を舞台にしている。

若い工学士は、本当の沼か川の氾濫により一時的にできたものか、沼で美しく泳ぎ去る女と三俵法師を見たという話をする。三俵（桟俵）法師とはこの場合、桟俵のような藁衣を頭から身からすっかり被った男を指すだろう。男が着ているのはよく見ると棕櫚の皮であり、一面びっしりと蚤がたかって蠢いている異形ぶりだった。ここで一転、一昔前の華族令嬢と豪農の哀しい夫婦譚となる。棕櫚を纏った夫が死んでいるなら、水辺で見かけた件の二人は死者ということになるのだろう。怪談といっても、特に祟りを為すでもなく悪さをするのでもなく、二人は死後もそれぞれのありようを繰り返し演じているのであろうか。

「星あかり」は「太陽」（明治三一年一七号、八月）に発表されたが当初は「みだれ橋」という題名だった。正安元（一二九九）年に創建された鎌倉の古刹妙長寺から由比ヶ浜に向かう途中にあるのが乱橋である。鏡花は明治二四年に友人の医学生と共に妙長寺に滞在したことがあり、この作品にはその印象が投影されていると思われる。

この作品には蚊帳の中に寝ている自分を眺める場面があるが、大正期に大流行するドッペルゲンガー物の、日本でのかなり早い作品だと思う。しかも単なるドッペルゲンガーではなく、自己を観察する自分を見詰めるさらに外なる自分という多層性があり、どこまでも〝観る人〟である鏡花の気質がよくあらわれている。なお本作では「もう一人の自分」を観てしまう現象を、精神の異常かもしれないとしているところは、怪異を稀にこの世にあらわれる不思議とし、「ないこと」ではなく「あること」の領域におく鏡花にしては珍しい。もっとも鏡花は、狂気を不思議を感じやすくなった心のありようとして「あること」と見ていたのかもしれない。

「ほたる」(「文車」明治二八年一〇月)ではある男が六月のある雨模様の日、柴垣内にいた妙齢のお嬢さんに声をかけられ、彼女の幼い弟のためにほたるを獲ってやる。そして翌年の四月、伝通院から神楽坂まで散歩しようと思った男がどこかで道に迷ってしまい、場所も分からず暗くなって困っている折、柴垣内の婦人が声をかけてくれて、道を教えたうえ提灯までくれた。その顔が「見違えるほどだった」というところをみると件の弟思いのお嬢さんなのだろう。一年に満たぬうちに蛍の光は提灯の明かりに育ち、お嬢さんもまた成長していた。それだけの話だが、不思議な人のえにしを感じさせる。なお鏡花の俳句に「髪長き蛍もあらん夜はふけぬ」がある。

「月夜」(「婦女界」明治四四年八月)はごく短い作品で随筆とも読めるが、夜空に浮かぶ夏の月と真黒にのたくる蜈蚣の対比が生理的嫌悪を誘う。宮のつかわしめという説明が不気味さをいっそう引き立てる。「凱旋祭」もそうだが、鏡花は蜈蚣の姿態を嫌悪し、怖気をふるっていたのではないか。

「龍潭譚」(「文藝倶楽部」明治二九年一一月)は一種の神隠し譚だが、魔物のありようといい、少年の心の動きといい、魔界へと迷い込んでいくこと自体が、神隠しというより母なるものへの回帰の色合いが濃厚に漂っている。魔物は脅迫者としてではなく誘惑者、保護者であり、主人公の驚愕は怯えではなく未了の形で訪れる。少年は現世からは隠されるが、少年自身にとってそれは覚醒でもあり、ここでも魔性と聖性は表裏一体である。

「龍潭譚」の少年は坂を登って社の境内に入っていく。その姿は『高野聖』の宗朝の少年期のようにも思われる。直接的に、宗朝その人というわけではなく、そのようなタイプということだ。とすればこの作品にもみられる太母神のイメージが何を含意するのかも分かるだろう。ちなみに黄泉比良坂の太古から、坂は境に通じて異界への回路であるが、あるいは山丘ではなく我々の暮らす世界の方が、下なる冥府に近い怪しい世界なのかもしれない。

発表当時、この作品について戸川秋骨（早川漁郎名義）は雑誌「太陽」（第二〇〇号、明治二九年一二月）に評を寄せ〈これを少年子に読ましむべきフェアリー、テールの類となさむか、余りにむづかしかるべし。幽玄なるものとの奇趣を寄する一個の理想的製作と見むか、余りに繊弱にして然かも架空的なるに驚く〉との戸惑いを示している。

なお作中、斑猫の毒で「われ（幼児）」の顔がただれる場面は、「黒壁」にもみられるものだ。金沢郊外の野田山周辺は斑猫の生息地で、鏡花はその被害を見知っていたか、あるいは幼少期から怖い言葉で注意を受けていたのではないかと思う。蜈蚣といい斑猫といい、不気味だからこそ怯えつつ目が向いてしまうのが鏡花という人だ。

「夜釣」（「新小説」明治四四年一二月）は最初、「鰻」のタイトルで「新小説」（明治四四年一二月号）に発表され、『鏡花随筆』（文武堂、大正七）収録時に「ばけ鰻」と改題、さらに「サンデー毎日」（大正一三年四三号）に「夜釣」として再掲されて以降、この題名となっている。

殺生戒は仏教説話が繰り返し説いてきたところで、怪談にも多く取り入れられているが、この掌編もそのひとつだ。明示を避けるような書き方がされているのではっきりしないが、夜釣の男が因果応報を受けて鰻に変じたのだとすれば、これは鏡花お得意の変身譚のひとつということになるだろう。

　連想といえば私が鰻で真っ先に思い出す文人は斎藤茂吉だ。茂吉の鰻好きは有名だが、鰻にまつわる歌も多い。食い気たっぷりに「肉厚き鰻もて来し友の顔しげしげと見むいとまもあらず」のようなユーモラスな歌が多いが、「これまでに吾に食はれし鰻らは仏となりてかがよふらむか」「吾がなかにこなれゆきたる鰻らをおもひて居れば尊くもあるか」もある。茂吉にとって殺生は命を頂くことであり、供養というより深く感謝して、自分の命と食べたものの命が一体化することとしてあった。

「鮒の牲」（「太平洋」明治三三年二月）は金属彫刻の名人だった亡父の後を継いだばかりで未熟な弟と、二十歳になる健気な姉の物語である。

　鞴祭は旧暦一一月八日で、この日は本来なら仕事を休み、鞴を清めて御神酒、赤飯、蜜柑などをお供えするのだが、父の四十九日でもあり、早く職人として一人前になりたいと気持ちがはやるのかあえて火を入れているのである。そんな弟を見守りつつ畝は病気の母のためにある決意を固めていた。「姉の力」のあまりに哀しい発露であり、「鮒の牲」という題名も哀しい。末尾に描かれた姉の行く末を思えば、聖母と妖女、観音力と鬼神力、慈愛と怨嗟は表裏一体なのかもしれない。親兄弟のそれぞれに、彫金師の子でありながら父の跡を継がなかった鏡花自身と、苦界に沈みかけた妻すずの投影を見るのは、穿ちすぎだろうか。

「雪霊記事」（「小説倶楽部」大正一〇年四月）には明治二六年、脚気の療養を主な目的として帰郷した折の見聞が反映しているらしいが、遭難実話を織り交ぜつつ、物語は怪異とも自然の厳しさともつかぬ雪の白さに蔽われており、判然としない。第一、作中〈此の凄《すご》い吹雪の夜《よ》、不思議な事に出あいました、其のお話をするのであります〉とあるのに、肝心の不思議は露骨には語られていない。それでも全体に、人の心を悴ませるような寒々としたもの、その反面での熱い思いが通っている。関とお米の再会を妨げようとするかのような猛吹雪自体が、雪霊の意思が籠った不思議というべきなのだろうか。なお鏡花作品には「雪霊続記」もあるが、本作とは設定に微差があり、直接の続編というより互いに独立した異話とみるべきかと思う。

「雪霊記事」もそうだが、鏡花作品に見える怪異は、障子越しや雪や霧の中の影のように、あるかなしかわからぬ気配だけで終わるものが少なくない。

幽霊の表現として、三島由紀夫が柳田國男『遠野物語』中にある幽霊がふれた炭取がくるくると廻ったという箇所を取り上げ、物理的力を以て現実を侵犯してくる力強い存在証明を推奨したことはよく知られている。

だが炭取の回転をさして（正確には、回転を見たと思うことによって）怪異の実在証明とするのは甚だ疑問だ。回転を見たというのが、幽霊を見たというのと同様、眼の錯覚や幻覚でないとはいえまい。よしんば話者が回転を続ける炭取に手をふれて痛みを感じたり、傷を受けたとしても、それもまた錯乱した当人の自傷の結果ではないと断じることは困難だ。けっきょく徴《しるし》を見なければ信じない者は、奇跡も怪異も真には見得ないのではないか。近代システムが推進する「合理性」はしょせん「合利性」であり、実証性もまた物質に偏した心の眼を持たぬ所業にすぎないことは、近代人の荒み具合、その心にぽっかりと穿たれた空洞が、何よりはっきり示しているのだ。

魂は気持ち同様、目には見えぬもの。見えないものを見えないままに感じ、また描くことが本当なのではないか――と思うことが、鏡花にはあったのではないか。本書に明確な怪異譚や変幻譚ばかりでなく、漠たる不自然さや妖しい気分だけが記された小品も採った所以である。

鏡花の非近代性、非西洋中心性は、自然への回帰、震源のアウラの回復、大地への還帰、禁欲的倫理からの魂の解放を孕んでいた。それは合理主義的で組織的な人間管理に対するアンチテーゼをも秘めている。それはあるいは西洋理性の古層であるギリシャ神話のさらなる深層にペラスガー信仰を見出したバッハオーフェンとも共通する傾向だ。バッハオーフェンが『母権制』で明らかにしたような共感的で非管理的なつながりの世界を、泉鏡花は理論ではなく小説によって表現したのだ。

尤も鏡花は、自信たっぷりに自己の表現を自覚し肯定する理論家ではなかった。たとえば彼は自然主義の台頭に悩んでいた。作風や文芸思潮が人によって異なるのは当たり前で、世間の流行が変化するのも常のことだが、鏡花自身が意図していない作風を基準に自然主義系批評家から党派的に酷評されるのには堪えられなかった。

批評家が、うまいにせよ、まずいにせよ、真心をもって言って呉れゝば、それが必ず作者にも通ずる。その真心をさえ領《りょう》することが出来たら、作者はまずいと言われても決して怒る理由はない。然し若しその批評が情実にわたって、嫁に対する小姑のような態度でやられたら、何うします。

（「芸術は予が最良の仕事也」）

そんな鏡花を愛し支えようとするファンたちは鏡花会を催し、鏡花との交流を楽しんだ。同会は明治四一年から四四年にかけて八回ほど開かれている。参会者は鏡花の愛読者たちだったが、その中には画家の鏑木清方、池田蕉園、小村雪岱らや文学者の笹川臨風、長谷川時雨、木下利玄、登張竹風らもいた。

鏡花は騒がしい質ではまったくなかったが、文士仲間との付き合いはひろく、紅葉門下の硯友社の人々とはもちろん、画家や学者、若い作家たちに対しても丁寧だった。明治末期、鏡花の自己認識はさておき、周囲からみれば鏡花は大家のひとりであり、だからこそ自然主義派は打倒すべき仮想敵として鏡花を攻撃したのだが、反自然主義を意図する白樺派の若者たちは鏡花を愛読し、明治四三年四月に「白樺」を創刊すると自宅に届け、以降も毎号届けていた。しかし直接挨拶して「読んで下さい」などとは言えずにいた。

有島家は鏡花の家のすぐ近くで、また、里見弴はしばしば散歩姿の鏡花を見かけていたものの、声をかけて自己紹介する勇気はなかった。その鏡花は、白樺派が明治四四年にロダンの彫刻や複製の西洋名画を展示する展覧会を催した際に会場を訪れた。会場に詰めていた白樺派の人々は「泉鏡花が来た！」と浮き立ち、鑑賞を妨げぬよう遠巻きに眺めていた。そして鏡花がゴッホの麦畑の絵の前でじっくり止まっていたとき、いちばん勇気がある志賀直哉が「泉さんでしょう、よく来てくださった」というような挨拶をし、続いて武者小路実篤や里見弴も挨拶して、以降は鏡花宅に出入りするようになった。ことに里見は、久保田万太郎や水上瀧太郎同様、鏡花門弟を自称したが、いずれに対しても鏡花は同業の友人として遇した。

鏡花の実弟泉豊春も尾崎紅葉門下に入った人で、斜汀という号をもらって鏡花にも似た妖美幻想の小説を書いたが、二葉亭四迷の訳を通してロシア文学に接して以降、嗜好を転じて自然主義派に接近した。斜汀は徳田秋声がやっていた本郷のアパートで亡くなったが、秋声は葬式万端の世話を焼いた。これに対して、鏡花は過分のお礼を持っていったが、その礼節と他人行儀に、秋声は二重の意味で堪《こた》えたらしい。

師匠に対する没後の態度で仲違いしたものの、双方とも後悔の念があった。水上瀧太郎や里見弴が「九九九会」に二人を客として招いて仲直りを図ったが、どちらも意地があって声がかけられず、鏡花はやたら酒を飲んで酔ったのか酔ったふりなのか寝てしまい、秋声もいつの間にかスッと帰ってしまった。それでも秋声は「この間はあんな具合で君たちの好意を無にしちゃったけど、何とかもう一度機会を作ってくれないか」と里見に頼んだ。その素直な気持ちにはグッと来たものの、「そんなこと何度やったって絶対に無駄だ、そのかわり、どちらが先か知らないけど、いざという時には必ず知らせるから」と言った。

しかし肝心の知らせが、鏡花の臨終には間に合わなかった。訃報を届けた里見に、玄関から飛び出してきた秋声が、「駄目じゃあないか、そんな時分に知らせてくれたって！」と怒鳴りつけた。そして秋声は往来の真ん中で泣いた。陽がカンカンと照り付けていた。

「玉だらけ疵だらけ」とは鏡花の人生にも、周囲の人々にも言えることかもしれない。そしておそらくそこには、玉だけに彩られた人生よりも豊かで尊いものがあった。

収録作品について

各作品は、『鏡花全集』（岩波書店、一九八六年〜一九八八年）などを底本に、適宜初出誌等を参照しました。初出は長山靖生氏の「解説」の通りです。なお、本書収録にあたり、可読性を鑑み、旧仮名を新仮名に、旧字を新字に改め、ルビも適宜振ってあります。また、改行に準じて字下げを施しております。

本文中には今日的観点に立つと不適切と思われる表現があるかと思いますが、執筆あるいは発表された当時の時代背景、作品のもつ歴史的な意味や文学的価値を考慮してあります。

なお、長山靖生氏の解説は書き下ろしです。

【編集部】

【著者】

泉 鏡花

（いずみ・きょうか）

1873（明治 6）年～ 1939（昭和 14）年、小説家。石川県金沢市下新町出身。
15 歳のとき、尾崎紅葉『二人比丘尼色懺悔』に衝撃を受け、17 歳で師事。
1893 年、京都日出新聞にてデビュー作『冠彌左衛門』を連載。
1894 年、父が逝去したことで経済的援助がなくなり、
文筆一本で生計を立てる決意をし、『予備兵』『義血侠血』などを執筆。
1895 年に『夜行巡査』と『外科室』を発表。
脚気を患いながらも精力的に執筆を続け、
小説『高野聖』（1900 年）、『草迷宮』（1908 年）、『由縁の女』（1919 年）や
戯曲『夜叉ヶ池』（1913 年）、『天守物語』（1917 年）など、数々の名作を残す。
1939 年 9 月、癌性肺腫瘍のため逝去。

【編者】

長山 靖生

（ながやま・やすお）


評論家。1962 年茨城県生まれ。鶴見大学歯学部卒業。歯学博士。

文芸評論から思想史、若者論、家族論など幅広く執筆。

1996 年『偽史冒険世界』（筑摩書房）で大衆文学研究賞、
2010 年『日本ＳＦ精神史　幕末・明治から戦後まで』（河出書房新社）で日本ＳＦ大賞、
星雲賞を受賞。

2019 年『日本 SF 精神史【完全版】』で日本推理作家協会賞受賞。

2020 年『モダニズム・ミステリの時代』で第 20 回本格ミステリ大賞【評論・研究部門】受賞。

ほかの著書に『鷗外のオカルト、漱石の科学』（新潮社）、

『吾輩は猫であるの謎』（文春新書）、『日露戦争』（新潮新書）、『千里眼事件』（平凡社新書）、

『奇異譚とユートピア』（中央公論新社）、『三木清 戦間期時事論集』（同）など多数。

泉《いずみ》　鏡花《きょうか》　幻妖《げんよう》美《び》譚《たん》傑作集《けっさくしゅう》

処方秘箋《しょほうひせん》

2023 年 12 月 24 日　第 1 刷発行

【著者】

泉 鏡花

【編者】

長山 靖生

発行者：高梨 治

発行所：株式会社**小鳥遊《たかなし》書房**

〒 102-0071　東京都千代田区富士見 1-7-6-5F

電話 03 (6265) 4910（代表）／FAX　03 (6265) 4902

http://www.tkns-shobou.co.jp

装画・装幀　YOUCHAN（トゴルアートワークス）

印刷・製本　モリモト印刷株式会社

ISBN978-4-86780-035-5　C0093